I0694377

DIEZ MIL HERIDAS

PATXI IRURZUN

DIEZ MIL HERIDAS

Editado por HarperCollins Ibérica, S.A.
Núñez de Balboa, 56
28001 Madrid

Diez mil heridas
© 2019, Francisco Javier Irurzun Ilundain
Autor representado por Silvia Bastos, S.L. Agencia Literaria. www.silviabastos.com
© 2019, para esta edición HarperCollins Ibérica, S.A.

Diseño de cubierta: CalderónStudio

ISBN: 978-84-9139-361-0

PREFACIO

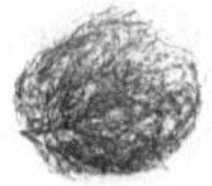

Mi abuelo, Pedro Guinea, que también fue conocido como el Bandido Negro, Malasombra o Medianapia, nunca supo su verdadero nombre, aquel con el que fue amamantado bajo el cielo de África.

Tampoco recordaba con precisión cómo, siendo solo un niño, fue regalado como esclavo a los reyes de Navarra, en cuyo Palacio Real de Olite desempeñó, antes de unirse a la partida del bandido Sanchicorrota, diferentes oficios, tales como *praegustator* o catador de venenos, mensajero real o mozo de cuadras, aunque en su caso convendría más decir «mozo de leonera», pues era el encargado de cuidar los leopardos, panteras y otros animales salvajes que el Príncipe de Viana cobijaba en uno de los profundos fosos de su castillo al que se conocía por ese nombre: la leonera.

Pedro Guinea, acaso porque sus señores suponían que un negro africano debía de estar familiarizado con esas fieras, alimentaba a estas con sus propias manos, y en una desdichada ocasión incluso lo hizo de manera literal, pues un león le arrancó de un mordisco su tierno brazo —tenía entonces apenas once años— dejándolo manco para los restos.

No fue lo único que allí perdió mi abuelo, pues, como antes he dicho, también fue mensajero real, a pie, o *lasterkari*, como los llamaban en Navarra, y bien es sabido que son los mensajeros quienes a menudo pagan las malas noticias. Mi abuelo lo hizo con una oreja, en una ocasión, y en otra con media nariz, y si no pagó en ninguna de las dos con la vida fue porque era, además del más feo, el *lasterkari* más admirado y respetado del reino.

Pedro Guinea, Medianapia, contaban, era capaz de salvar corriendo en apenas la mitad de media jornada las doce leguas que separaban los palacios reales de Olite y Tudela. Tenía un corazón de caballo y unas piernas que parecían esculpidas en mármol negro de Markina. Era, en fin, un hombre extraordinariamente fuerte, como lo fue también mi padre, el mulato Zaide, que en la azarosa expedición del conquistador Álvar Núñez Cabeza de Vaca exploró y recorrió lugares inhóspitos del Nuevo Mundo como La Florida o el gran río del Espíritu Santo, al que también llaman Misisipi, donde soportó mil penurias, hambre, enfermedad, intemperie, pero donde también encontró el amor; donde fue esclavo de esclavos y señor de los desiertos; y donde sobrevivió durante casi diez años entre salvajes, y no estoy hablando precisamente de los indios.

A mí, al contrario que a ellos dos, la naturaleza no me dotó ni de su fortaleza física ni de su espíritu aventurero (si bien la vida me deparó algunos peregrinos lances, de los que también daré cuenta en estas páginas), pero la rueda de la fortuna, mi voluntad y la Hermandad de los Negritos, a la que mediante estas páginas me dirijo buscando una vez más su amparo, me permitieron encontrar consuelo y refugio en los libros, que aprendí a leer y escribir, y dicen que no sin tino. Siempre he sentido que ese don es el aliento de mi padre y mi abuelo respirando a través de los tiempos y los continentes, venciendo a la implacable muerte y al olvido. Y que mi obligación es emplear mi talento en contar —o, las más de las veces, en imaginar— sus venturosas vidas, que son también la mía, y las de mi madre y mi abuela y la de la madre de mi abuela, y las

de todos aquellos otros, mujeres, cautivos, bandidos —como Sanchicorrota, que robaba a los ricos para dárselo a los pobres—, so-
metidos por la espada y por la pluma, y de quienes, si no lo hago
yo, sepan vuestras mercedes, nadie escribirá nunca, porque nunca
existieron; o, mejor dicho, porque fueron obligados a vivir como
si no tuvieran derecho a hacerlo.

En Sevilla, a 28 de diciembre de 1539

LIBRO PRIMERO

MEDIANAPIA

CAPÍTULO 1

En el que se cuenta cómo bajo la mollera de algunos anida un polluelo muerto, mientras que otros dejan volar su imaginación libre como un pájaro

Una bandada de grullas emborronó el azul limpio del cielo, dibujando en él la punta de una flecha. Soplaba el primer cierzo de noviembre y Sancho Errota pensó que solo así, con sus mismas armas, era posible combatir aquel viento acerado e hiriente.

—¿Adónde van, Sanchicorrota? —Señaló las aves el niño que desde hacía días merodeaba por el molino.

—Van a África, en busca de calor —contestó el molinero.

Y simuló no darse cuenta de que, mientras él miraba a lo alto, el pequeño volvía a sisar un puñado de harina y a echárselo al zurrón que colgaba sobre sus costillares afilados por el hambre.

—Pues mi madre dice que en invierno los pájaros se esconden en el fondo de los lagos —dijo el niño.

—Bueno, pero será en el fondo de los lagos de África —replicó con desgana Sancho Errota.

La presencia de aquel niño le atosigaba. Era un impertinente, que hacía preguntas sin cesar, a pesar de que creía tener las respuestas para todas ellas. Pero sobre todo le enervaba aquel comportamiento, aquellas mañas de mal ladronzuelo, que le recordaban a un perrillo que corre a recoger las migas que caen bajo la mesa, o a un pájaro de mal agüero que picotea en los sembrados.

A la vez, sin embargo, sentía lástima por él. El padre de Benjamín, que así se llamaba el pequeño, había perdido la vida jugándosela a los dados, hacía apenas un mes en una *tafurería*, una casa de juegos de Tudela. El cadáver del hombre que lo acuchilló, un judío con mal vino y mal perder, todavía se balanceaba en el patíbulo de Puy de Sancho, a las afueras de la ciudad, colgado por los pies entre dos perros que le habían comido la cara y desgarrado las entrañas a bocados.

Los perros, al menos, y las aves de carroña no pasaban hambre en aquel año del señor de 1446 en Navarra. Tampoco los señores del castillo ni los príncipes ni sus recaudadores de impuestos. Por el contrario, desde que el padre de Benjamín, un humilde curtidor, había muerto, su mujer y los seis huérfanos que había dejado se dedicaban a vagar por la villa de Cascante, de la que eran vecinos, mendigando un mendrugo de pan o un buche de vino y también robando de vez en cuando fruta y —decían— alguna que otra gallina.

«Pronto alguien se cansará y los denunciará o, lo que es peor, se tomará la justicia por su mano», pensó Sanchicorrota.

Desde hacía semanas, el agua entraba a su molino cada vez con menos empuje y el rumor del río Queiles había dejado de ser imperceptible en su constancia para convertirse en el rugido suplicante y entrecortado de un vientre famélico. La tierra seca tenía hambre. El verano había sido sofocante y el sol había quemado las espigas. Solo había llovido una vez en meses y la tormenta fue de piedra, como un golpe asestado con saña desde el cielo que redujo a polvo casi toda la cosecha. Y lo poco que se había salvado del granizo y la sequía se lo habían llevado los impuestos, vaciando los graneros de los campesinos. Pronto, en definitiva, serían los estómagos de estos los que aullaran y el hambre los volvería desconfiados e irritables, animales que devorarían a sus hermanos de camada.

—Sanchicorrota, ¿vas a levantar hoy la piedra? —interrumpió de nuevo Benjamín al corpulento molinero, que movía sacos de un lugar a otro sin aparente esfuerzo, como si acarreara dentro de ellos sus cavilaciones.

—Hoy no toca.

—Si quieres yo te ayudo a ponerte la faja —insistió el pequeño.

—He dicho que no —le cortó tajante Sancho Errota.

Pero esta vez, al contrario de lo que el molinero pensaba, el niño no pretendía distraerle para volver a robarle al descuido, sino que había recordado y añorado una imagen tan feliz como lejana: la de Sanchicorrota, uno de aquellos días de verano en que los labradores se acercaban con sus carretas hasta aquel lugar, cuando tras ayudarles a descargar el grano y molerlo, levantaba la enorme rueda volandera para limpiarla, picar sus muelas y repasar las rayas por las que se decantaba la harina o el salvado.

La piedra pesaría más de cincuenta arrobas. Sanchicorrota, antes de separarla del molino, solía dejar que los niños intentaran mover la mole de cuarcita. A veces cuatro o cinco de ellos unían sus fuerzas, o se acercaba algún adulto presuntuoso y empujaba hasta que la sangre parecía que fuera a reventarle una vena del cuello, pero ninguno conseguía nunca desplazar la gigantesca muela ni un solo dedo. El molinero, entretanto, observándolos desde lejos en silencio y con una media sonrisa, comenzaba a arrebujarse alrededor del cuerpo una faja negra e interminable. Mediría más de treinta pies y para colocársela algunos niños solían sujetar uno de sus extremos, orgullosos y alborozados —pues que Sanchicorrota los eligiera para esta tarea era un privilegio—, tirando con fuerza, mientras él en la otra punta iba girando sobre sí mismo lentamente, apretando con fuerza la tela sobre el abdomen.

Benjamín recordó cómo en cada vuelta la cintura del molinero parecía reducirse y su pecho hincharse de manera prodigiosa, hasta convertirlo, con el último giro, en una especie de genio que salía de una lámpara mágica, o en un gigante, uno de aquellos gentiles que, decían, eran capaces de arrancar con sus manos peñas o estrangular las gargantas de los ríos.

Los gentiles, sin embargo, al contrario que Sanchicorrota, no tenían asma. A lo largo de los años que llevaba trabajando en el molino —había comenzado a hacerlo siendo solo un niño y ahora tenía veinte— los pulmones se le habían llenado de polvo y, cada vez que cogía aire, sobre todo cuando hacía un esfuerzo, sentía que le daba la vuelta en el pecho a un reloj de arena. A Sanchicorrota, lejos de asustarle, le agradaba sentir esa aspereza dentro de su cuerpo. Sabía que el día que dejara de escuchar aquel murmullo junto a su corazón, como si un león ronroneara dentro de él, su fuerza descomunal comenzaría a flaquear.

De momento, no obstante, no había nadie más en muchas leguas a la redonda capaz de mover la pesada rueda volandera y colgarla del pescante con ayuda del cual Sancho Errota la separaba finalmente de su hermana, la piedra solera, mientras todos a su alrededor aplaudían y reían, para salir a continuación del interior del molino y sentarse a la orilla del río a beber vino, cantar jotas o asar al fuego de las hogueras conejos o pajaricos, que devoraban felices al tiempo que la noche caía sobre ellos resplandeciente de luciérnagas, estrellas fugaces y deseos sencillos pedidos a su paso.

Días y atardeceres felices de verano que, no obstante, parecía que habían transcurrido mucho tiempo atrás, antes de que el hambre, la peste y la guerra cabalgaran sobre la tierra agrietada, asolándolo todo.

—Sanchicorrota… —insistió el niño.

—¿Qué? ¡Me vas a desgastar el nombre!

—Mira, se acercan forasteros. —Señaló a lo lejos una nube de polvo.

Sancho Errota amontonó otro de sus sacos, pesados como pensamientos, y se alejó del molino varios pasos, con una mano en la frente que lo protegiera del sol. Desde atrás, donde se encontraba Benjamín, su cabellera pelirroja parecía una llamarada de luz y fuego desprendida desde el cielo, que difuminaba su silueta en el horizonte.

Al molinero también le costó distinguir las figuras de quienes se acercaban. Al principio solo pudo sentir el temblor de la tierra, sacudida por los cascos de los caballos como un tambor de guerra; después, el polvo que levantaban y los precedía dejó en su garganta un poso amargo; y, finalmente, la imagen de los jinetes se perfiló a través de la nube de arena, constatando todos aquellos malos augurios: eran tres soldados y, al mando de ellos, un recaudador de impuestos. Sancho Errota lo reconoció de inmediato, así como a uno de los soldados, un joven del pueblo.

El recaudador vestía un capote de cuero que, sin embargo, no había impedido que la camisa blanca que llevaba bajo él asomara salpicada de tierra, como una bandera de paz sucia.

—¡Buenos días! —saludó, descubriéndose el sombrero y adelantándose al grupo, que se detuvo varios pies por detrás de él.

Sanchicorrota no contestó. Dudaba mucho que aquel fuera a ser un buen día para él. Se hizo un silencio cortante. Solo se escuchaba el jadeo de los caballos. El cierzo helado arrastraba el vapor de sus respiraciones y congelaba las de los hombres al fondo de sus pechos.

—Creo que este año no esperabas verme por aquí —rompió finalmente el hielo el recaudador, en un tono entre desafiante y sarcástico.

El molinero clavó sus ojos verdes en él con un destello de odio antiguo. A sus espaldas pudo ver al joven soldado, el muchacho del pueblo, cabizbajo, avergonzado de estar allí. El recaudador, por el contrario, parecía disfrutar y sentirse importante con aquel trabajo, que a Sanchicorrota le parecía despreciable.

—Así es. Ya pagué las pechas al señor del castillo. ¿Qué quieres ahora? —le espetó, señalando tras de sí la muralla que rodeaba Cascante y bajo la cual se asentaba su molino.

Hacía unos meses el rey había donado la villa al canciller del

Reino de Navarra, don Juan de Beaumont, así como todas sus pechas, y en nombre del mismo el alcaide había recaudado al finalizar el verano en aquel molino los impuestos que habitualmente se tributaban al monarca.

—Vengo en nombre de nuestro rey...

—¿Nuestro rey? ¿Cuál de ellos? ¿El Príncipe de Viana o acaso su padre, ese al que muchos llaman el usurpador? —le cortó el molinero.

—Ten cuidado con lo que dices, Sanchicorrota, podría hacer que te cortaran la lengua y la arrojaran a los cerdos por tu insolencia.

—Que así sea, y que los cutos hablen entonces por mí, seguro que su palabra tendría más valor entonces para su majestad que la de un vasallo.

—Si Dios lo quiere algún día el Príncipe de Viana será rey de Navarra, pero hoy nuestro señor y a quien debemos lealtad es a don Juan, el infante de Aragón. Durante los próximos días su majestad se alojará en el Palacio Real de Tudela, y ha dispuesto que se le suministre todo lo necesario para que en su mesa nunca falte el mejor pan de boca para él y toda su corte.

—En ese caso, que el rey pague la harina; o que su canciller, don Juan de Beaumont, le dé la parte que le corresponde.

El recaudador, ignorando las palabras del molinero, extrajo de un cilindro de cuero que llevaba colgado al cuello un papel, lo desenrolló y comenzó a leer:

—La ayuda especial para el Palacio Real de Tudela será un cahíz de harina candeal en cada uno de los molinos reales del Ebro...

Sancho Errota, por su parte, se acercó al precioso rocín de pelaje azulado que montaba el recaudador, le susurró algo al oído y palmeó su lomo. Tenía la piel empapada en sudor. Cada gota que se desprendía del cuerpo del caballo y caía al suelo parecía un pequeño gusano, que se encogía sobre sí mismo, antes de ser tragado vorazmente por la tierra sedienta.

—Haz lo que debas. No me pondré nervioso. —Escuchó el molinero la voz del animal.

Después fue él quien volvió a hablar, interrumpiendo al recaudador:

—Decid a vuestro rey que no se puede moler dos veces el mismo trigo. Y que debería de avergonzarse de intentar quitar el pan de la boca a sus campesinos, para que sus invitados lo desmiguen con las manos y las sobras se arrojen a las bestias. Lengua y pan de trigo candeal, ¡no viven mal los cerdos del rey mientras sus vasallos mueren de hambre!

—Tendrás que decírselo tú mismo, Sanchicorrota, porque tengo orden de volver a palacio de una de estas dos formas: con la harina o con la harina y el molinero que se niegue a entregarla preso.

A sus espaldas, Sancho Errota escuchó un suspiro. Se volvió y vio al pequeño Benjamín, temblando de frío. El cierzo helado había enturbiado sus ojos húmedos y su camisa se le pegaba a las costillas como una segunda piel, tan ajada y fina como la primera.

Sanchicorrota se dio la vuelta, pasó al lado del muchacho, acarició su cabeza y entró al molino.

En una de las paredes encaladas tenía colgadas las gubias, el cincel y otras herramientas con las que solía limpiar y picar las muelas. Se dirigió a ella, descolgó el martillo y volvió de nuevo sobre sus pasos. Antes de salir, miró por última vez las piedras molares, ahora silenciosas, la tolva sobre la que revoloteaban como mosquitos las briznas del trigo que había vertido hacía apenas una hora… Sintió cómo su pecho asmático también se llenaba de insectos y que la sangre latía en sus sienes como el agua de su molino golpeando la compuerta.

Salió, pasó de nuevo junto a Benjamín, volvió a acariciarle la cabeza y se dirigió hacia el recaudador.

Este recibió el primer e inesperado golpe en la tibia. Sonó como un palo que se quebraba, y cuando se dobló por el dolor, Sancho Errota lo descabalgó tirando de la manga de su capote y arrojándolo al suelo. El caballo apenas se inmutó, al igual que los soldados del rey, a quienes la mirada de hierba escarchada del molinero y su figura imponente habían convertido en piedra.

El segundo golpe lo descargó en la cabeza. Rompió el cráneo del recaudador como si fuera el cascarón de un huevo, bajo el que apareció la masa gelatinosa y ensangrentada de un polluelo muerto.

Sancho Errota dio luego un paso hacia el caballo, volvió a palmear su lomo y subió de un salto sobre la silla. Al hacerlo, las grietas en la tierra reseca que había bajo las pezuñas del animal se cerraron, como una herida restañada, y lo mismo sucedió en cada terrón, en cada uno de aquellos terrones regados solo con sangre y sudor que el majestuoso rocín azul holló mientras se alejaba llevando sobre sus lomos a aquel gigante, cuyos cabellos rojos incendiaban el cielo; o al menos eso fue lo que contaron el pequeño Benjamín y los soldados después, y después todos aquellos a los que los soldados y Benjamín lo contaron.

Sanchicorrota, sin embargo, mientras cabalgaba hacia el horizonte, solo vio sobre su cabeza aquella bandada de grullas, como una punta de flecha, y cómo al final de la misma, una de ellas se descolgaba del grupo y seguía su propio rumbo, desafiando al viento helado.

CAPÍTULO 2

En el que se presenta a Pedro Guinea, mozo de fieras en el Palacio Real de Olite y a su señor, don Carlos de Viana, un príncipe educado para mandar que aborrece hacerlo

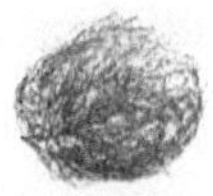

Agazapada sobre la grupa del caballo, la pantera componía con él la figura de un animal prodigioso. Las centellas que despedían sus ojos, como esmeraldas, se entreveraban bajo el sol con los reflejos del collar de plata que rodeaba su cuello y con los de la gruesa cadena unida a él con la que mi abuelo, Pedro Guinea, retenía a la fiera.

El cuerpo de la pantera parecía, en suma, la cuerda tensa de una ballesta preparada para ser disparada; el corazón del arquero, una aldaba.

Pedro Guinea tenía además las pantorrillas cubiertas de rocío y un hormiguero en sus manos, con las que tensaba la cadena, tal vez porque en realidad una de ellas no era una mano sino un muñón. Todavía era capaz de sentir en él sus cinco dedos, aquellos cinco dedos que otra fiera, uno de los leones del príncipe, le arrancó de un voraz bocado, hacía entonces cuatro años.

—*Ketekete* —susurró al oído del animal, intentando calmarlo.

Mientras lo hacía, de reojo vio delante de él, acuclillado y tembloroso, un lebrel blanco, uno de los perros de caza de su señor, defecando. Aquella imagen no tenía mucho que ver con la de los galgos lustrosos y valientes junto a los cuales el Príncipe de Viana acostumbraba a retratarse y a aparecer en sus escudos y pendones.

—*¡Ketekete!* —repitió Pedro Guinea, dirigiéndose esta vez al can.

No sabía de dónde procedía, ni qué quería decir aquella palabra, que venía a sus labios cuando se encontraba nervioso o en tensión, pero también en situaciones de calma, en las que su mente se quedaba en blanco. Del mismo modo, otras veces le asaltaban visiones difusas, recuerdos envueltos por una especie de nebulosa cálida y amarilla, como la luz de un farol en mitad de la madrugada oscura: el olor a naranjas y el chapoteo de remos, acurrucado en el suelo húmedo de una barcaza; la luz cegadora de otro sol distinto, impidiéndole abrir los ojos y avivando un rescoldo de fuego en sus retinas; un sabor agrio a leche y a sudor y a excrementos frescos pegado al cielo de su paladar…

Recuerdos imprecisos, pero que percibía como propios, con la misma viveza con que todavía era capaz de sentir al final de su mano mutilada un cosquilleo en los dedos de esta.

—¡Allí! —Interrumpió sus pensamientos el grito del príncipe, al que siguió de inmediato el tañido metálico de una trompeta.

Y después, una jauría de perros ladrando.

A su derecha, observó al lebrel cuadrarse en un acto reflejo, y cómo todo su cuerpo se detuvo durante apenas un instante de temblor, antes de echar a correr tras el venado que había saltado entre la maleza.

Pedro Guinea también dudó, atenazado por otro de aquellos recuerdos: los ladridos a lo lejos de otros perros; el aliento agitado de alguien que huía, resoplándole en el rostro; el sabor de la sal, el humo y la tierra en la palma de una mano, que tapaba su boca, ahogando su llanto; los ladridos otra vez de los perros, cada vez más cerca y más furiosos…

—¡Allí, Pedro! —Volvió a escuchar la voz del príncipe, señalando en dirección al venado.

La cadena con que Pedro Guinea sujetaba a la pantera se tensó, arrastrándolo unos pasos. Una de las plantas de sus pies desnudos pisó algo blando y caliente.

Reconoció de inmediato el olor.

Y después, enrabietado, por fin, soltó a la pantera, que siguió la estela que había dejado tras de sí el tembloroso lebrel.

La fiera se movió como un látigo, como una flecha: sobrepasó veloz al perro y llegó a la altura del venado, que sin embargo consiguió esquivar la primera acometida, cambiando bruscamente la trayectoria de su huida, y haciendo rodar a la pantera por tierra. Pedro Guinea observó cómo ahora el venado reculaba hacia donde había quedado el galgo, y cómo este comenzó a ladrarle desesperado, no para acosarlo, como hacía el resto de la jauría, sino para que no se acercara a él. Sin embargo, atraído por el imán del miedo, el venado llegó hasta donde se encontraba el desdichado galgo, casi a la vez que la pantera volvía a darle alcance y lanzaba un zarpazo al aire, que erró de nuevo pero hirió de muerte al lebrel blanco, lanzándolo por los aires, como una nube que se desangraba, atravesada por los últimos rayos del atardecer.

En el tercer intento, la pantera no falló; tras una nueva persecución derribó al venado golpeándole los cuartos traseros y desequilibrándolo, para, una vez en el suelo, abalanzarse sobre su cuello y clavarle certeramente los colmillos en la yugular, arrebatándole en un instante, en un solo sorbo, la vida.

—¡Las tripas! —gritó entonces Pedro Guinea a uno de los lacayos que acompañaban al príncipe, mientras corría hacia donde el felino devoraba la pieza abatida.

El mozo cargó sobre sus hombros un capazo, se acercó también a la carrera y volcó a los pies de la pantera un mondongo de intestinos, hígados, riñones… Al hacerlo, a Pedro Guinea le vino a la mente otra imagen, esta más reciente y definida: la de los cocineros del palacio, arrojando al suelo, en una de las puertas del mismo, las vísceras sobrantes tras preparar algún suculento banquete para los príncipes y sus invitados. Recordó cómo varias mujeres y niños se disputaban a codazos y mordiscos aquella casquería, y cómo hacían cola después con la ropa, las manos y los rostros embadurnados de sangre para pagar unas monedas por un trozo del pulmón de una vaca o el jirón de un corazón de cerdo.

—*¡Ketekete!* —gritó a la pantera la misteriosa palabra que solía martillear en su cabeza, como si con ella pudiera borrar esa repugnante imagen, en la que costaba diferenciar a los humanos de las fieras.

Y tras volver a atar la cadena al collar de plata de la bestia, tiró de ella con fuerza, arrastrándola hasta el trémulo montón de vísceras, con las que la pantera aplacó su instinto depredador.

Durante unos segundos, Pedro Guinea se quedó ensimismado observándola, escuchando cómo masticaba y se relamía, mientras otros lacayos apartaban de sus fauces el cuerpo despedazado del venado.

—¡Magnífico, Pedro! —Oyó, de repente, a sus espaldas.

Era una voz extraña, dulce y grave a la vez, en la que los dos tonos sonaban impostados. La voz de un hombre educado para mandar y que aborrecía hacerlo.

La voz del Príncipe de Viana.

Pedro Guinea se volvió hacia él e hizo una reverencia de agradecimiento.

—Lo siento, mi señor, hemos perdido uno de los galgos —se disculpó a continuación, señalando al lebrel, que agonizaba entre unos matorrales.

Tenía un costado desgarrado por el zarpazo de la pantera, y a través de sus costillares se veía palpitar su corazón, como si ya no le perteneciera, como si fuera otro animal muriendo dentro de su cuerpo. El galgo respiraba sus últimos estertores y, sin embargo, sus ojos se mantenían muy abiertos, rasgados por un velo de serenidad que parecía proclamar al mundo que aquel que perecía no era él, que aquella muerte y aquel destino le habían sido impuestos, y él en realidad solo había pretendido huir de ellos.

—Sacrificadlo, que no sufra más —ordenó el rey.

Pedro Guinea observó cómo la mirada del príncipe también se enturbiaba.

—Aquí huele como a mierda —dijo después, tratando de disimular las lágrimas con aquella inesperada procacidad.

Los lacayos que le rodeaban le rieron la gracia.

Entretanto, Pedro Guinea, con disimulo, se limpió la planta del pie frotándola sobre la hierba húmeda.

—Llevad ese venado a las cocinas reales y que lo preparen para el banquete de mañana —dijo el príncipe—. Y tú, Pedro, estate preparado, mañana llegará mi padre, el rey, y querrá que en palacio haya presente un *praegustator*.

—Sí, majestad —contestó Pedro Guinea.

Intentó que al hacerlo no se le quebraran la voz ni la sonrisa. Apreciaba al príncipe, pues siempre lo había tratado con cariño, pero también sabía que para él era poco más que uno de sus perros de caza, a los que amaba pero a los que no dudaba en exponer a la muerte. Al día siguiente tendría que catar cada alimento antes de lo que hicieran sus señores y, en consecuencia, padecer una muerte que no le correspondía si el rey trataba de envenenar a su hijo o este al rey.

—Regresemos a Olite —ordenó el Príncipe de Viana.

Pedro Guinea volvió a hacer una reverencia de despedida. Al agacharse, él también sintió el olor de la hez del galgo golpeándole la nariz; la mitad de la nariz que todavía conservaba en el rostro.

CAPÍTULO 3

En donde Sanchicorrota huye a la Bardena
Blanca y para eso debe atravesar el río Ebro
con la ayuda de un tritón u hombre pez

—Si cruzo el Ebro estaré a salvo —se dijo Sancho Errota.

—Yo me quedaré a este lado del río, lo siento, amigo, no sé nadar. —Escuchó cómo le contestaba el caballo azul del que hacía apenas unos minutos había descabalgado con un golpe mortal al recaudador de impuestos.

El molinero palmeó agradecido el cuello del animal y tras apearse de él permaneció un rato detenido a la orilla del río, dejando que el cierzo ensanchara sus pulmones asmáticos con los olores del sotobosque y la tierra, a tomillo, espliego y romero, a arcilla y yeso, que llegaban desde la otra ribera, allá donde arrancaban las Bardenas, un extenso territorio habitado por pastores, leñadores, carboneros y salteadores de caminos.

Al sur, los frondosos pinares de La Negra, con sus copas sacudidas por el viento, parecían saludarle, como manos que se agitaban y le daban la bienvenida. Pero él debía dirigirse en la otra dirección, al norte, desde donde se adivinaban en lontananza los áridos cabezos de la Bardena Blanca, que parecían enormes castillos de arena deshechos por el agua y el viento. En ellos encontraban refugio y se enseñoreaban, entre sus barrancos y torrenteras, excavando cuevas en la piedra o durmiendo al raso cada noche bajo diferentes estrellas, bandidos, desertores, huidos de la justicia…

Sanchicorrota sabía que en cuanto cruzara el río se convertiría en uno de ellos, en un proscrito, que tal vez ya nunca volvería a ver a sus padres, ni regresaría a su pueblo, a Cascante. Pero sabía también que si no lo hacía, si no vadeaba el Ebro, sucedería exactamente lo mismo y además estaría muerto.

—Tienes que darte prisa —dijo el caballo, cabeceando hacia el río.

Una estela cortó el agua y Sancho Errota comprendió que era la noticia de la muerte del recaudador, adelantándole, y que esta no tardaría en llegar a Cabanillas, el primer pueblo al otro lado del Ebro.

Sus oídos de molinero calibraron el caudal del agua. No era muy potente, pero atravesar a nado el río era una temeridad. Sancho Errota no era buen nadador y el agua estaba muy fría. Por otra parte, tampoco quería arriesgarse a hacerlo en una barca o pontón, donde alguien pudiera verle, o a pie desde una presa, como las que había en los meandros de Fontellas.

Antes de introducirse en el río se giró para despedirse del caballo azul, pero este ya había desaparecido, se había esfumado, como si solo hubiera existido en su imaginación. Sin embargo, sobre la tierra quedaban las huellas de sus herraduras, que había marcado volviendo exactamente sobre sus pasos y borrando de ese modo el rastro que le había llevado hasta allí.

Pedro Guinea dio dos pasos hacia delante. El agua helada del Ebro le mordió los tobillos, antes de empapar sus borceguís de piel y convertirlos en dos animales muertos por segunda vez. Consiguió caminar, no obstante, todavía varios pies más, y cuando el agua le llegó hasta el pecho y su filo helado le cortó la respiración, se zambulló enérgicamente, tratando de encontrar algo de aire bajo el agua. Apenas lo hubo hecho, la corriente le propinó un inesperado empujón. Sintió como si alguien tirara desde el fondo del río de uno de sus brazos e intentó zafarse y volver a sacar la cabeza. Cuando, al cabo de unos segundos de oscuridad, lo consiguió, notó en el pecho un ardor efímero, el ardor del hielo, que poco a poco fue extendiéndose al resto del cuerpo. Se dio cuenta también de que ya no hacía pie. Intentó dar unas brazadas, pero apenas avanzó hacia la otra orilla, arrastrado por el curso del río. Cuando se detuvo notó otro estirón, esta vez en uno de sus pies, y comenzó a patalear, hasta que consiguió deshacerse de los pesados borceguís, que lo arrastraban al fondo. Quiso volver a coger aire, antes de hundirse de nuevo, pero solo consiguió tragar un poco de agua. Sacó la cabeza y comenzó a toser con violencia, como si cada vez que lo hiciera necesitara escupir un trozo de sus pulmones. Cuando se calmó, trató de nadar un poco más, pero sus brazos no le obedecían, estaban dormidos, congelados. Otro nuevo empujón en las piernas volvió a arrastrarlo al fondo. Supo que esta vez no conseguiría regresar a la superficie y todo le pareció absurdo. Hacía apenas una hora estaba en el molino, acarreando los sacos de grano sin apenas esfuerzo, como quien amontona un pensamiento banal sobre otro, y ahora se daba cuenta de que iba a morir. El reloj de arena en su pecho había dado su última vuelta y el tiempo y el aire se agotaban. Pero no tenía miedo, ni se arrepentía. Volvería a golpear al recaudador de impuestos. Si no lo hubiera hecho, si hubiera entregado los sacos de trigo para el rey, habría vivido toda su vida sin honor. Prefería aquello antes que seguir vivo pero convertido en un esclavo. Abrió los ojos bajo el agua y vio que un hilo dorado salía en espiral de su boca y cómo la arena se transformaba primero en briznas de trigo y cómo después estas tomaban vida, desplegaban alas, convertidas en pájaros que vivían en invierno bajo el agua, y después en libélulas revoloteando a su alrededor, sobre su cadáver flotando en el río, pero también cómo, de repente, bruscamente, la nube de insectos y pájaros se desvanecía, igual que en ese instante de lucidez en que nos vamos adormeciendo y durante apenas un momento, en un respingo, nos damos cuenta de que nuestros pensamientos se desgajan de nosotros.

Y antes de volver a hundirse y quedar inconsciente, ahogado y rendido ante la certeza de la muerte, Pedro Guinea pudo ver también el resplandor de una luz plateada que se abría paso a través del agua negra y helada y al tritón que emergía de ella, con su cola cubierta de escamas tintineantes, que agitaba nadando hacia él; y vio también el rostro barbado de aquel hombre pez, y cómo acercaba este al suyo y besaba sus labios, con una violenta dulzura, como quien trata de reanimar las ascuas de una hoguera agonizante, la respiración del fuego bajo una tormenta.

CAPÍTULO 4

En el que el enano Roberto, también conocido
como Gobegto, ofende a Pedro Guinea y este se
resarce con la hermosa imagen de su amada
Urraca orinando a la luz de una antorcha

Pedro Guinea miró su rostro reflejado en un charco, bajo la luz de una de las escasas antorchas que iluminaban la llamada sala de los arcos, que en realidad era solo una estancia, húmeda y fría, bajo el jardín colgante, y que se usaba como una especie de almacén de carne humana, en el que juglares, bufones, músicos, y también camareros, escuderos trinchantes, coperos, catadores de veneno…, aguardaban a ser llamados para servir en la parte noble de palacio.

Sobre sus cabezas se elevaba otro mundo distinto, lleno de luz, al que los sirvientes solo podían acceder mirando al suelo. El suelo del palacio era su techo; un techo reforzado con gruesas y ovaladas arcadas de piedra que, no obstante, no podían retener las filtraciones procedentes de aquel jardín colgante que mandó construir, con sus surtidores de agua, sus naranjos, sus pajareras y pavos reales, doña Leonor de Trastámara, la abuela del Príncipe de Viana.

Acuclillado junto a una de las goteras, Pedro Guinea acariciaba pensativo un diente de tiburón, que colgaba de una tira de cuero alrededor de su cuello.

—¿Cómo puedo ser tan rematadamente feo? —se preguntó, al verse reflejado en aquel charco.

Aborrecía su piel negrísima, que espantaba a los niños y las mujeres, sus orejas de soplillo, pero sobre todo aquella nariz mellada, que cortó de un tajo de espada un hidalgo levantisco, hasta el que su señor lo envió como *lasterkari*, como mensajero real, exigiendo vasallaje, cuando aquel proclamó su propio reino en un bosque perdido del valle navarro de Ulzama.

—Devuelve esto a tu señor, y pregúntale si acaso no se huele cuál es mi respuesta —contestó aquel hidalgo tronado, arrojándole a los pies la aleta desmochada de su nariz.

Todavía podía sentir el sabor de la sangre, atravesando a borbotones su garganta, y el escozor de la herida, que se volvía a abrir cada vez que se levantaba una corriente de aire que le cortaba la cara.

Como entonces.

—¡La loca, la loca de sus majestades! —Irrumpió en la sala de los arcos el enano Roberto, a quien también llamaban Gobegto, desatando a su paso impetuoso el revuelo de su capa de terciopelo rojo, con la que aireaba su autoridad.

Roberto era el chambelán encargado de contratar y despedir a los artistas de palacio y de preparar sus intervenciones durante los banquetes, bailes y entretenimientos reales.

—¡¿Se puede *sabeg* dónde está esa chiflada?!

Las risas, los malabares, las notas de mandolinas y dulzainas afinándose se interrumpieron súbitamente. Parecía mentira que una voz de trueno como aquella pudiera brotar de un cuerpo tan pequeño. Roberto provocaba además en quienes le rodeaban una sensación inmediata de antipatía. Pedro Guinea no comprendía cómo durante algún tiempo pudo haber sido el bufón favorito de la corte. A no ser…

—¡*Gápido!*

A no ser a causa de aquel defecto en el habla, de aquella incapacidad para pronunciar la erre, que causaba un indeseado y peligroso efecto cómico a su alrededor.

Pedro Guinea observó de reojo cómo a un joven atabalero, al que llamaban Briano, se le escapaba una pequeña pedorreta por la nariz, y cómo los ojos del enano Roberto saltaban, convertidos en perros de presa, buscando al culpable.

Aquellas burlas solían desatar episodios de ira en el chambelán, que acababan con algunos de los artistas en una mazmorra o incluso en el corral de ordalías, donde se les aplicaba algún suplicio ejemplar, pese a lo cual las chanzas resultaban inevitables, cada vez que el antiguo bufón abría la boca. A veces, incluso, eran los propios músicos y juglares los que las propiciaban, subyugados por una insania extraña e incontenible, semejante a uno de esos ataques de risa durante un duelo o un entierro.

—Señor Roberto, la orate ha partido rauda como un rayo por esa galería —contestó uno de los juglares.

Nuevas pedorretas sobrevolaron la sala.

—¡Medianapia! —Trató de cortarlas cuanto antes el chambelán, señalando a Pedro Guinea, que estaba agachado junto a él—. ¡Busca a esa maldita loca, sus majestades están impacientes!

El joven africano se puso parsimonioso en pie. Tenía apenas quince años pero su cuerpo era ya una montaña de músculos, que empequeñeció todavía más a Roberto, al que miró desafiante desde lo alto. No lo temía. No había muchas cosas a las que pudiera temer un *praegustator*, alguien acostumbrado a degustar el sabor de la muerte en cada trago de vino, en cada bocado de pan.

—Me llamo Pedro. Pedro Guinea, no Medianapia —dijo, sin alterarse, y luego añadió—: ¿A quién buscáis? —Para finalmente espetarle—: Ella también tiene un nombre. ¡Decidlo! ¡Decid su nombre!

Un silencio repentino se apoderó de la sala. Era un silencio denso, que parecía que, como la muerte, también pudiera masticarse. De hecho, el chambelán abrió la boca para contestar, pero solo consiguió que sus mandíbulas se movieran arriba y abajo, sin pronunciar palabra. Después tragó a duras penas saliva y su rostro enrojeció:

—*¡Ugaca! ¡Ugaca Aguigue!* —gritó, fuera de sí, por fin.

Lo cual desató un estallido de carcajadas salvajes, incontrolables, como una bandada de aves carroñeras que alzaban el vuelo y se golpeaban las alas contra aquel inalcanzable techo de piedra de la sala.

—¡Silencio, silencio, malditos! —los azuzaba el chambelán con los truenos que retumbaban procedentes de su pecho herido.

Pedro Guinea, aprovechando el tumulto, descolgó una antorcha y se internó en una de las galerías subterráneas que partían desde aquella sala y por la que minutos antes había desaparecido Urraca Aguirre, la loca de los príncipes.

Como toda corte europea que se preciara, el Príncipe de Viana y su esposa, doña Inés de Cleves, tenían a su disposición un loco, una loca en su caso, que los entretuviera con sus desvaríos. Ese era su cometido, aunque en la mayoría de los casos los locos acababan convirtiéndose en personas de la más alta estima y confianza de los monarcas: ellos eran los únicos que desde su enajenación eran capaces de hablarles sin temor ni reverencias, de hablarles en cierto modo con cordura, pues sus palabras eran las que traían el eco verdadero de las intrigas de palacio y de la vida real al otro lado de sus murallas. Y al revés: junto a sus locos, los reyes y príncipes podían, por un momento, bajar la guardia, mostrarse humanos, vulnerables e imperfectos…

—¡U-rra-ca, U-rra-ca! —canturreaba Pedro Guinea, mientras corría a través del túnel.

El sonido de sus pies descalzos golpeando el suelo componía en su mente aquel estribillo, que pronunciaba permitiendo que el nombre de la muchacha acariciara sus labios y que ello, y el bamboleo de su pene golpeándole los muslos al correr, le provocaran una erección.

Le sucedía, esto último, a menudo, cada vez que veía a Urraca o pensaba en ella, en el extraño color de sus ojos, grises como el cielo antes de una tormenta; en sus cabellos rojizos, cortados a trasquilones, que ella misma se arrancaba a veces con los dedos, como si fueran llamas de un fuego que quemaba su cabeza; en su piel blanquísima, como una hostia consagrada, que cada noche soñaba con profanar y deshacer en su lengua…

—¡U-rra-ca, U-rra-ca! —repetía, y también trepaba a sus labios, desde los abismos de su memoria, aquella extraña palabra cuyo origen desconocía—: *¡Ketekete, ketekete!*…

Y aquel sonsonete le precedía y le guiaba a través de los meandros de la oscura y húmeda galería.

Solo él y algunos otros pocos en la corte conocían o, al menos, se atrevían a recorrer aquellos túneles que atravesaban bajo tierra los cimientos del castillo y sobre los que se contaban diferentes leyendas. Uno de los túneles, decían, conducía hasta la iglesia-fortaleza de Ujué, atalaya del reino, a cuatro leguas de distancia, y a través del mismo los reyes podían huir si este era asaltado; otro desembocaba en la bodega de alguna casa de Olite, y el Príncipe de Viana, se murmuraba, lo usaba de vez en cuando para, disfrazado de vasallo, salir de palacio a escuchar a algún músico tocar el laúd en una taberna o un burdel del pueblo, o para bailar en alguna romería confundido entre los campesinos; había también espaciosos túneles, con la anchura suficiente para que un carruaje los atravesase y tan altos que un caballero podía cabalgar sin dificultad sobre su montura; y otros que se iban estrechando a medida que se hundían bajo tierra y que no eran sino osarios, catacumbas en las que se amontonaban las calaveras y esqueletos de quienes se habían perdido —a veces ejércitos enteros— conspirando o tratando de entrar o salir del palacio a través de esas galerías secretas.

A Pedro Guinea, sin embargo, aquellas leyendas no lo detenían ni atemorizaban y recorría el túnel derramando desde su boca hasta su sexo, como un hilo trenzado con saliva y esperma, el nombre de aquella muchacha a la que amaba en secreto, y a la que no tardó en encontrar.

Distinguió el resplandor sobre la pared de otra tea de fuego al llegar a una de las curvas del túnel, y a su voz la ahogó el rumor sibilante, conocido y cotidiano, de un líquido golpeando con fuerza la tierra. Se acercó con sigilo, caminando con dificultad a causa de la cada vez más rotunda erección, y tal y como había imaginado, encontró a Urraca acuclillada, orinando. Había dejado su antorcha en el suelo, y al trasluz del fuego el chorro dorado parecía un hilo de miel, delgado, trémulo, argentino, obstinado. Se sorprendió a sí mismo al establecer esa comparación, como si sus términos formaran parte de un extraño poema, enviado a través de un túnel del tiempo desde otra época y otro continente, desde el futuro; y se preguntó por qué los poetas nunca escribían sobre todo eso, sobre los humores y las secreciones, que a fin de cuentas conformaban e igualaban a todos los seres humanos. Pedro Guinea, desde luego, nunca había visto nada tan hermoso, pero a la vez se sintió sucio y vulgar pensando en ello, más todavía cuando no pudo evitar agarrar con firmeza su pene y acariciarlo, lenta, suavemente, primero, después más deprisa, sacudiéndolo por fin con un ímpetu animal… No era la primera vez que observaba a hurtadillas a la muchacha. ¿De qué otra manera si no era así, desde lejos, a escondidas, podía amarla él, desfigurado, mutilado, negro como el hollín? No se consideraba digno de ser rozado por aquella piel pura como la nieve sin hollar, ni de ser observado por aquellos ojos grises, que parecían mirar todo desde otro mundo lejano y mejor.

Cuando Urraca terminó de orinar un escalofrío sacudió levemente su cuerpo. Entre sus piernas humeaba un vapor que se elevaba y serpenteaba enroscado a sus muslos blanquísimos. Pedro Guinea también se estremeció en un orgasmo precoz y furtivo, y la calma y la paz que siguieron al mismo parecieron acompasarse con la quietud que se apoderó de la muchacha, tras vaciar su vejiga. Urraca permaneció inmóvil, con los ojos cerrados y la cabeza apuntando al techo, respirando de manera pausada a través de una plácida sonrisa. Tampoco era la primera vez que Pedro Guinea la sorprendía de ese modo, cuando creía que nadie la veía, serena, pensativa, y había observado que, en esas ocasiones, cuando algo interrumpía sus cavilaciones —un ruido, una llamada, los pasos de alguien que se acercaba—, ella daba un respingo y comenzaba a comportarse de la manera en que todos esperaban que hiciera, es decir, riéndose de manera desmedida, dando alaridos, pronunciando frases sin sentido…

—Hola, Pedro. —Fue, sin embargo, esta vez Urraca la que le sobresaltó a él.

Su voz era dulce y sosegada, al igual que la sonrisa que mantuvo al abrir los ojos y girarse hacia el lugar desde el que él la acechaba, como si desde el principio hubiera sabido que estaba allí.

—Hola… bueno, yo… —Un carro de palabras y disculpas atropelló la lengua del muchacho, que acariciaba nervioso el diente de tiburón que colgaba de su cuello.

Al hacerlo, percibió el olor del semen en sus dedos, y eso lo inquieto aún más. ¿Sabría también Urraca que se había masturbado mientras la observaba? Vio como ella se ponía en pie, se subía las enaguas y caminaba en su dirección.

—Yo, Roberto… Él me ha mandado a buscarte, Urraca —añadió, saliendo de la penumbra.

—Urraca. Mi nombre es un pájaro que se posa en tu boca —dijo la muchacha.

Pedro Guinea la miró desconcertado. No entendía sus palabras, pero a la vez era capaz de ver cómo ese pájaro que dibujaba con ellas revoloteaba desde los labios de Urraca hasta los suyos. Deseó besarla, poseerla, y sintió que de algún modo ya lo había hecho y eso le llenó de felicidad y de temor.

—No me tengas miedo —dijo la muchacha, cuando alargó el brazo hacia su rostro y Pedro Guinea dio un paso atrás.

Se arrepintió apenas lo hubo hecho. Urraca era un precipicio y era también un vergel al fondo del mismo.

—No, no debes tenerme miedo, como los demás, tú no eres como ellos. —Le acarició ella la mejilla con el envés de la mano.

El olor a orina fresca que la impregnaba penetró a través del agujero en su nariz mellada, como una espada que atravesaba su cuerpo y se le clavaba entre las piernas, inundando de nuevo su sexo de sangre.

—No, yo no soy como ellos, ellos tienen su nariz entera, sus dos manos… —bromeó Pedro Guinea, tratando de tender un puente que atrajera a la muchacha desde aquel mundo y su lenguaje, que no comprendía y temía, hasta el suyo, ordinario y trivial.

Pero ella siguió hablando de aquella extraña manera, con el idioma del abismo, la hostia profanada y el fuego.

—Yo cuando te miro te veo hermoso y completo, veo una mariposa en tu nariz y un hormiguero entre tus dedos. Veo un búfalo de agua sediento entre tus piernas y una manada de caballos en tus muslos. Veo un venado desangrado en tu paladar y al lebrel que lo ha azuzado agonizando en tu ano. Veo una pantera en tus pechos y en tu cabeza a los perros que duermen mientras tú estás despierto y que despiertan y ladran cuando tú duermes. Lo veo todo. Veo, en fin, el pájaro posado en tu boca y veo la urraca en tu corazón.

Mientras hablaba, Pedro Guinea se atrevió a mirar por primera vez directamente sus ojos grises, y le pareció que, en lugar de ellos, sus cuencas eran solo dos agujeros a través de los cuales lo que se veía en realidad eran las nubes de tormenta que habitaban de manera perpetua su mente.

—Tenemos que volver —dijo.

—Sí —comprendió Urraca, y al percibir la confusión e inquietud del muchacho, accedió a atravesar, al fin, el puente—: *Gobegto estagá negvioso* —añadió, entre risas.

Los dos jóvenes recogieron sus antorchas del suelo y echaron a andar de regreso a través del túnel. Sus costados se rozaban de vez en cuando y cada vez que eso sucedía el búfalo de agua abrevaba un sorbo de sangre entre las piernas de Pedro Guinea. De repente, al doblar una de las curvas de la galería, una bocanada de aire sopló con violencia y apagó las dos teas de fuego. Todo se sumió en una oscuridad total, a la que la única manera de aportar luz era cerrando los ojos. Urraca y Pedro Guinea se detuvieron. Ella, al cabo de unos instantes, comenzó a temblar y después de su pecho brotó un sonido extraño, parecido a un maullido.

—No tengas miedo. —Fue esta vez Pedro Guinea quien intentó tranquilizarla, y le ofreció su mano, a la que ella se agarró con fuerza.

Notó sus uñas clavándose, y después cómo la presión cedía. Consiguió sujetarla antes de que se desvaneciera. Sintió su cuerpo liviano y caliente, sus pequeños huesos tintineantes, la piel que quemaba la suya, el hilo de su respiración en sus labios, que henchía su pecho…

Y con Urraca en brazos, echó a correr. No temía a aquella oscuridad mientras pudiera correr. Sus piernas eran una brújula, que acababan guiándole siempre hacia la luz.

—¡U-rra-ca, U-rra-ca! —le susurraba a la muchacha su nombre en el oído, mientras el eco de sus pies golpeando la tierra se abría paso en la oscuridad, y del mismo modo lo hacía también aquel misterioso estribillo—: *¡Ketekete, ketekete!*

Pedro Guinea corría cada vez más rápido, sin temor a estrellarse contra alguno de los muros ni a tropezar. Había recorrido aquella oscuridad otras veces, tantas veces que no lo recordaba, de tal modo que no podía explicar cómo, pero sabía que formaba parte de ella, que procedía de ella y regresaría a ella.

Le hubiera gustado permanecer en aquella galería y de aquel modo, corriendo con Urraca entre sus brazos, quinientos años.

CAPÍTULO 5

EN EL QUE VARIOS CARBONEROS HABLAN COMO UN CORO GRIEGO MIENTRAS SANCHO ERROTA SE PREGUNTA SI ACASO TODO LO QUE LE ACONTECE NO SERÁ UN SUEÑO

Cuando se despertó, el tritón todavía seguía ahí. Esta vez llevaba el torso cubierto con una piel de lobo, incluida la cabeza, la cual colgaba, mostrando sus dientes amenazantes y amarillos, sobre el pecho del hombre pez. Tenía este, además, el rostro tiznado de negro, y a sus espaldas lo envolvía el resplandor naranja de una hoguera, en la que parpadeaban varias sombras, mientras la noche caía sobre todos ellos.

Un olor intenso a pescado frito le golpeó en el estómago. Por un momento pensó que tal vez el tritón tenía su cola dentro del fuego, e intentó levantar la cabeza para advertirlo, pero esta pesaba como una rueda de molino.

—Tranquilo, descansa —escuchó la voz de aquella extraña criatura, que le acercó un buche de un líquido caliente a la boca—. Te sentará bien —dijo.

Sanchicorrota tenía hambre y ganas de vomitar al mismo tiempo. Sorbió con precaución. El caldo atravesó su pecho, limpiando la arena acumulada en él, purificando el agua sucia y helada que había tragado, transportando el calor a través de la sangre hasta sus extremidades entumecidas. Bebió otro trago y después dejó caer la cabeza sobre una almohada de helechos. Poco a poco, su mente también fue despejándose, como si el molino que había dentro de ella se pusiera en marcha y la piedra molar separara el grano y la paja. Vio que su cuerpo, desnudo, estaba envuelto también en pieles, y que lo habían acostado cerca del fuego, protegiéndolo.

—¿Te encuentras mejor? —Escuchó.

El tritón se había acuclillado a su lado y esta vez se dio cuenta de que la cola de pez había desaparecido bajo su abdomen. Oyó, tras él, las voces y risas de los otros hombres y vio que ellos también tenían piernas, y se cubrían con pieles, y calzaban abarcas, y sus rostros y sus barbas estaban sucios de hollín, y que algunos de ellos sostenían entre sus manos hachas afiladas y brillantes…

—¿Dónde estoy? ¿He cruzado el río? —preguntó, inquieto.

—Sí, no temas, estás a salvo. Nosotros no te denunciaremos. También somos fugitivos.

—No hemos matado a nadie, pero tal vez deberíamos haberlo hecho.

—Y colgarlo por los cojones —volvió a oír las voces de los que se arremolinaban alrededor del fuego, y sus carcajadas, que a pesar de la brutalidad de aquellas palabras, tenían el timbre límpido y noble del acero cortando un árbol a lo lejos, en el corazón del bosque.

—¿Sabéis quién soy? —les preguntó, extrañado, Sancho Errota.

—Claro, eres Sanchicorrota, el molinero de Cascante.

—El hombre que ha matado a un recaudador de impuestos.

—Todo el mundo en la Ribera de Navarra lo sabe ya.

—Y a nadie le da pena esa sabandija —le contestaron entre todos, como el coro de una tragedia griega.

Sancho Errota permaneció un rato en silencio, confuso. Hasta entonces no sabía con seguridad si había matado al recaudador de impuestos. Y ahora que lo sabía le parecía extraño, como si fuera otro quien lo hubiera hecho. No sentía culpa, o al menos la culpa que creía que debía de atormentar a un hombre que había arrebatado la vida a otro. Solo recordaba el crujido del cráneo del recaudador cuando lo golpeó con el martillo, como un huevo al descascarillarse, y sus sesos asomando, aquella masa embadurnada de sangre sucia y vieja, que parecía un polluelo que ya antes, mucho antes de recibir el impacto, estuviera muerto.

—¿De quién huis?

—De todos —contestaron los hombres.

—De los malditos soldados del rey.

—Y de los bandidos de las Bardenas, malditos sean ellos también.

—Somos carboneros.

—El rey…

—El usurpador…

—El rey usurpador mandó también a La Negra a sus recaudadores, exigiendo una ayuda especial, varios carros de carbón y madera verde, para su estancia en el Palacio Real de Tudela.

—Pero los malnacidos de Dosrostros y sus bandidos llegaron antes, destrozaron las carboneras y huyeron a los barrancos del norte, llevándose todo cuanto pudieron.

—Intentamos hacer otra carbonera.

—Pero ya no había tiempo. El recaudador dijo que si cuando volviera no estaba todo preparado, nuestras cabezas colgarían del patíbulo de Puy de Sancho, para recibir al rey.

—Así que enterramos cristianamente a los dos hombres que Dosrostros nos mató y nos echamos al bosque.

—Llevamos ya diez días huyendo.

—Pero ya no podremos aguantar mucho más.

—Han mandado a los soldados en nuestra busca.

—Así que buscaremos refugio en la Bardena Blanca.

—Entre las partidas de bandidos.

—Allí donde los soldados no se atreven a entrar.

—El mismo lugar al que tú pretendías llegar, Sanchicorrota, ¿no es cierto? —concluyó, en nombre de todos, el hombre pez.

Sanchicorrota se mareó, volvió a ahogarse, incapaz de asimilar todo aquel aluvión de frases. Cerró los ojos y se preguntó si acaso todo aquello no sería un sueño, una pesadilla dentro de una pesadilla, un golpe de sol mientras seguía trabajando en su molino; pero cuando volvió a abrirlos la noche se había vuelto aún más oscura.

A él, como a los carboneros atropellándose unos a otros mientras hablaban, también se le agolpaban en la cabeza los pensamientos, los temores, las imágenes: las más recientes, como la sombra de una grulla solitaria sobrevolando su cabeza mientras huía a caballo hacia el Ebro, pero también otras de su infancia, casi olvidadas. Se preguntó preocupado qué pensarían sus padres cuando supieran que había matado a un hombre. Recordó a su padre, cuando era un niño, oliendo satisfecho una hogaza de pan recién hecho, amasado con la harina de su molino, que le entregaba algún labrador.

—Este es un buen oficio, podría ser un buen oficio —murmuraba.

Y lo recordaba, también, apretando con fuerza la mandíbula y maldiciendo entre dientes, cuando cargaba los sacos para otros hombres que no eran quienes habían recogido el grano, ni visto crecer el trigo, que no se habían quemado los ojos mirando al cielo cuando el sol prendía fuego a las espigas, ni llorado pesadas lágrimas, como piedras de granizo, cuando la tormenta las desbarataba. Su padre había sido un hombre honrado, pero su honradez lo había hecho infeliz. No, quizá su padre no se avergonzara de él, puede incluso que, al contrario, estuviera orgulloso, o pensara, que después de todo, su vida había tenido algún sentido, pero también lo atormentaría la culpa, se arrancaría el corazón del pecho si a cambio pudiera volver a tener a su hijo a su lado, y lamentaría no haber sido él quien hubiera matado a otro recaudador antes, mucho antes, para que Sanchicorrota no hubiera tenido que hacerlo.

Y recordó también a su madre, la recordó rezando el rosario junto a la chimenea, utilizando las habas que desgranaba como cuentas, o los mandamientos, «El quinto: no matarás», y sintió una pena infinita por ella, pues sabía que nunca dejaría de quererlo, de quererlo con dolor, con el amor incondicional de una madre, pecando para quererlo, «Amarás a Dios sobre todas las cosas», desobedeciendo a Dios, si era necesario…

—Bebe otro sorbo —le ofreció aquel hombre que parecía estar al mando de la cuadrilla de carboneros—. Pronto te pondrás bien. Podemos esperar todavía un poco más, hasta que te recuperes, si quieres unirte a nosotros —dijo.

Sanchicorrota no supo qué contestar. ¿Qué podía contestar? ¿Cómo iba a ser de ahora en adelante su vida? ¿Debería pasar el resto de la misma ocultándose? ¿Nunca se casaría, ni tendría hijos? Y, sin embargo, ¿tenía acaso otra elección?

—¿Y qué os espera en La Bardena? ¿No teméis a Dosrostros y sus bandidos? —preguntó, tratando de buscar respuestas en las de los demás.

—Ahora tendrán que ser Dosrostros, y los soldados del rey, malditos sean todos, quienes nos teman a nosotros —contestó el hombre pez.

Y el resto de carboneros rugió al unísono en un aullido feroz, en una carcajada animal, que reconfortó extrañamente a Sanchicorrota, el que en un tiempo fuera el molinero de Cascante.

CAPÍTULO 6

EN EL QUE SE CUENTA CÓMO EL —ADEMÁS DE MOZO DE FIERAS— *PRAEGUSTATOR* REAL O CATADOR DE VENENOS, PEDRO GUINEA, BEBE UN VASO DE PAMPANADA MIENTRAS SU AMADA URRACA, A LA SAZÓN LOCA DE PALACIO, PROFIERE IMPROPERIOS TALES COMO «CULOPOLLOS» O «CAGALINDES»

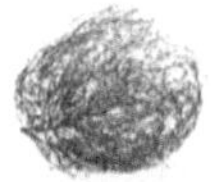

Pedro Guinea descolgó de su cuello el diente de tiburón de manera ceremoniosa, consciente de que las miradas del rey don Juan y su hijo, Carlos de Viana, el heredero al trono de Navarra, estaban pendientes de cada uno de sus movimientos. Le satisfacía saber que, por un instante, él, un simple esclavo, podía hacer esperar a reyes y príncipes, tener su vida en sus manos, saborear la posibilidad de la muerte en su paladar, pero aquello no era nada comparado con la delectación que le provocaba ver de reojo a Gobegto, el enano, reconcomido por la envidia.

La superioridad que Pedro Guinea ejercía sobre sus señores era efímera y frágil, con solo chasquear sus dedos estos podían prescindir de él, pero aquel mínimo instante servía al menos para afianzar y prolongar su autoridad sobre el despótico chambelán, a quien todos en la corte odiaban y temían.

De reojo también, vio a Urraca, en una esquina de la sala, ya recuperada del desvanecimiento que había sufrido en la galería subterránea. Estaba frente a un lienzo y junto a ella la princesa Inés de Cleves reía, achispada por el vino, cada vez que la loca hundía las manos en alguno de los baldes que tenía a sus pies. Estos estaban repletos de pintura de diferentes colores, con la que Urraca salpicaba el cuadro, componiendo extrañas e inquietantes figuras, que parecían regueros de sangre, un bestiario de animales despanzurrados, el alfabeto del delirio…

Pedro Guinea se acercó a la mesa del rey e introdujo lentamente el diente de tiburón en una de las copas en las que el botellero real había escanciado el primer trago de una jarra de pampanada, el refresco obtenido de los sarmientos de la vid. Si aquel zumo verde hacía cambiar el color del esmalte en el colmillo, revelaría que alguien había envenenado la bebida.

Podía percibir los ojos de don Juan clavados en sus manos, como alfileres, pero a pesar de todo el pulso no le tembló.

—Está limpio —dijo, mostrándoselo al rey.

El rostro de este compuso un gesto extraño, una mezcla de alivio y decepción, que Pedro Guinea ya había percibido durante la comida, cada vez que probaba antes que él el pan, la sidra, la lamprea, el verjus, el manjar blanco, las sabeaglorias… Parecía como si, en el fondo, el rey deseara que su hijo hubiera intentado asesinarlo, y que eso probara sus recelos hacia él, o le proporcionara la coartada perfecta para prolongar su lugartenencia al frente del reino.

En el rostro de don Carlos, el Príncipe de Viana, por su parte, cada vez que Pedro Guinea daba su consentimiento tras catar el vino o los alimentos, se dibujaba una sonrisa enternecedora y patética, una llamada de auxilio que buscaba la aceptación de su padre, su confianza, su cariño, y que demostraba su obediencia filial, a él y a su madre, doña Blanca de Navarra, a la que había prometido en su lecho de muerte no ocupar el trono que legítimamente le correspondía hasta que su padre, el rey, diera su consentimiento; una sonrisa triste, quebrada ya desde el primer esbozo, pues venía precedida de la suspicacia que, a pesar de todo ello, implicaba la presencia en la sala, exigida por don Juan, de Pedro Guinea, el catador de venenos.

—Pruébalo. —Cabeceó, de hecho, el rey hacia la copa, insatisfecho con la prueba del diente de tiburón, y con su orden atravesó la sala también aquel hedor a sangre y humores estancados que expelía su aliento y que hacía arrodillarse a todos a su paso.

Pedro Guinea bebió el vaso de pampanada de un trago y agradeció la amargura del sarmiento verde, pues tal vez arrancara por fin del cielo del paladar el único sabor que, después de catar las decenas de platos del banquete, permanecía pegado a él como un fino velo: el del venado que había matado su pantera la tarde anterior, de un brutal mordisco en la yugular.

Al recordar la escena, sintió una arcada, pero nadie lo percibió, ni la leve palidez en su negro rostro: Pedro Guinea se mantuvo firme, soportando la mirada inquisitiva del rey y el temblor en la sonrisa del príncipe, que se prolongaron durante medio minuto, hasta que una nueva carcajada de doña Inés de Cleves dio por finalizada la prueba.

Entonces, todos los ojos se volvieron hacia Urraca, que, sacudida por un espasmo, giraba sobre sí misma agitando los brazos y salpicando de pintura no solo el lienzo que tenía frente a ella, sino también las esteras de junco que, recién llegado el invierno, cubrían ya el frío suelo del palacio, y las vidrieras de colores que separaban la sala del rey del patio, tras las que se deformaban fantasmales las copas de los naranjos o las almenas de las torres. Las salpicaduras alcanzaban incluso el techo de madera, adornado con el lazo eterno, el sello real, un nudo de tres ojivas que representaba la inmortalidad del alma, la vida como un camino de perfección a través del flujo del tiempo y la carne, y que Urraca mancillaba con aquellos grumos impúdicos y terrenales, y con los improperios que, de repente, comenzó a vociferar, entre espumarajos de saliva:

—¡Culopollos! ¡Viceversas! ¡Abundios!

Al escuchar aquellos gritos, Roberto, el enano, amagó con abalanzarse sobre ella, pero una nueva carcajada beoda de la princesa lo detuvo. Roberto miró entonces, confundido, en dirección al príncipe, esperando una orden. El Príncipe de Viana, sin embargo, permanecía cabizbajo, al parecer avergonzado del comportamiento de su esposa.

—¡Mamertos! ¡Infames! ¡Bultuntunes!

El chambelán, indignado, avanzó otro paso hacia Urraca, pero de repente el rey alzó la mano y sus ojos como alfileres lo mantuvieron clavado al suelo.

—¡Raspamonedas! ¡Cagalindes! ¡Chulos! —continuaba con su retahíla Urraca.

Y con cada una de aquella sarta de insultos, doña Inés de Cleves reía, reía, reía como si también ella estuviera loca; y a sus carcajadas se sumaron las del rey, don Juan, a quien algunas de las gotas de pintura roja alcanzaron la cara y que cuando intentó limpiarse solo consiguió esparcir sobre su rostro lo que parecía sangre, tan embriagadora para él como el vino; y cuando el rey rio, lo hicieron también sus súbditos, a quienes su respiración putrefacta envenenó de adulación y terror…

Todos reían, en fin, como si la risa fuera la única manera de espantar el vértigo que les provocaba ver ante sí mismos, en la figura de Urraca, el contorno del abismo, aquel precipicio de la locura por el que nadie estaba libre de caer. La risa era la mejor arma para combatir el miedo, sobre todo cuando se volvía arrojadiza, cuando, por carecer del valor de reírse de uno mismo, lo más sencillo era hacerlo de los demás.

—¡El corazón de mi vientre os maldice! —amenazaba Urraca, que había dejado de girar sobre sí misma, como un derviche, y de desparramar a su alrededor pintura e imprecaciones, y ahora se tiraba de los pelos, tratando de apagar la tormenta de fuego en su cabeza.

Pero sus frases apocalípticas se ahogaban en aquella borrachera de carcajadas, a la que ahora acompañaban además los dedos acusadores, señalándola.

—¡Su mundo no es de este reino! ¡Ella y su estirpe reinarán en los desiertos, en los caminos, ellos serán los dueños del viento! —gritaba, mientras desataba los cordones de su corpiño y mostraba su tripa y sus pechos, blancos y desnudos.

Y todos reían. Nadie se esforzaba por escuchar y tratar de descifrar lo que la pobre loca decía. Solo Pedro Guinea, en una esquina de la sala, permanecía serio, mirando a Urraca en silencio, con los dientes apretados y un rebozo de lágrimas en los ojos. Con el regusto amargo de la muerte en la boca y el tacto del odio apretado en los puños cerrados. Solo él y don Carlos, el Príncipe de Viana, a quien, atraído por la misma luz en sus miradas, sorprendió observando a la muchacha, con aquel brillo en las pupilas en el que refulgían a un tiempo la ira y la piedad, y en el que, además, Pedro Guinea creyó descubrir los destellos del deseo y la culpa.

CAPÍTULO 7

En el que Sanchicorrota y sus hambrientos bandidos se muestran poco duchos en su primer salto de caminos y ladra un perro llamado Rosendo

Desde lo alto de Txindilamendia, «el monte de la lenteja», los rebaños de ovejas que descendían hacia las Bardenas por la cañada real, procedentes de los valles navarros de Salazar y Roncal, se asemejaban a estelas de leche derramada sobre un tapete verde.

Los animales se disgregaban, tratando de sortear las carrascas y matorrales, volvían a juntarse, saltaban unos por encima de otros, se separaban en hilos más delgados de nuevo…

Si, por el contrario, se alargaba la vista hacia el sur, hacia la Bardena Blanca y su tierra pedregosa, parecía como si la leche hirviera, pues los rebaños que llegaban escapando del frío y las nieves de los Pirineos levantaban una enorme nube de polvo, una nata espesa de arenisca.

Eran cientos, miles de ovejas. Sanchicorrota y la cuadrilla de carboneros las habían estado viendo pasar a lo lejos, desde las cimas de cerros y desfiladeros, durante días, boquiabiertos, tragando saliva para aliviar la sequedad de la garganta y las tripas, agotados de huir a pie y sin rumbo por profundos barrancos y planicies infinitas, protegiéndose del sol y de la noche helada en cuevas o en hondonadas entre los pliegues de aquella tierra lunar, alimentándose solo de conejos, serpientes y pajaricos…

Escuchaban a lo lejos los cencerros graves de los carneros y sus balidos desafiantes, el tintineo alegre con que respondían las esquilas de las ovejas, los gritos y silbidos de los pastores y los ladridos de sus perros, y todo aquello solo componía en sus cabezas la sinfonía del hambre.

Tenían hambre, un hambre voraz, que ya no podía aplacar el olor sólido de las migas, el tocino, las ollas podridas que calentaban los pastores al anochecer en sus fogatas y que aventaba hasta sus narices palpitantes el cierzo.

Aquel olor que ya no alimentaba.

—Hay que bajar y llevarse dos o tres ovejas —dijo el hombre pez, que sobre aquel paisaje árido de las Bardenas había sustituido definitivamente su cola de escamas plateadas y cantarinas por dos piernas, una de ellas algo más larga que la otra, pues caminaba arrastrando una ligera cojera, con la que parecía tantear la tierra antes de pisarla; aquella tierra de la que desconfiaba, en la que se sentía extraño e inseguro, como un pez fuera del agua.

—Ya no podemos aguantar más —añadió otro de los carboneros.

—Si no queremos morirnos de hambre tenemos que dejar de ser fugitivos.

—Y convertirnos de una vez en bandidos…

Sanchicorrota se dio cuenta de que todos aquellos comentarios, de que todas aquellas miradas nubladas y desfallecidas se dirigían a él. Desde que los carboneros lo habían rescatado y acogido, apenas hubo recuperado fuerzas, se había convertido de manera involuntaria en su cabecilla. Parecía como si, en aquel territorio sin ley, en aquel refugio de forajidos que eran las Bardenas, el hecho de que él ya hubiera delinquido, cuando asesinó al recaudador, le otorgara alguna autoridad sobre el resto del grupo.

—Está bien —dijo, acariciando el filo de una daga, que solía llevar siempre con él—. ¿Quién viene conmigo? Todos no podemos bajar, alguien tiene que quedarse aquí, y socorrernos si nos hieren o hacen presos.

Tuvieron que decidir a suertes. Ninguno quería quedarse vigilando el campamento. Todos deseaban matar el tedio y el hambre con un poco de acción. Sancho Errota tomó una piedra lisa del suelo y escupió sobre uno de sus lados.

—¿Pan o vino? —preguntó.

Cinco hombres eligieron pan y cinco vino. Sanchicorrota lanzó la piedra al aire. La parte mojada cayó hacia arriba.

—Vino —dijo.

Apenas cinco minutos más tarde los seis hombres afortunados bajaban del monte en fila, con el hacha al hombro y un antifaz pintado con carbón en la cara. Conforme descendían fueron perdiendo de vista los rebaños, pero se orientaron por los ladridos inquietos de los perros que olfatearon en el aire su rastro. Cuando por fin uno de los chuchos apareció entre la nube de polvo, los ladridos se redoblaron.

—¡Rosendo! —Se escuchó una voz a sus espaldas.

Vieron a un hombre apoyado con los brazos cruzados sobre una *makila*, un cayado. Resultaba difícil calcular su edad. Si se le miraba al rostro, renegrido y arrugado, parecía tener mil años, pero su cuerpo se mostraba vigoroso, con los músculos duros y bien perfilados. Era un pastor. Tras él, un zagal de unos diez o doce años revolvía con una cuchara en una cazuela que se calentaba al fuego y al hacerlo rebañaba también los estómagos hambrientos de los seis hombres. Aunque no fue eso lo que más los inquietó, sino el hecho de que ni el muchacho ni el hombre parecieron mostrarse nerviosos ni amenazados con su presencia.

—Buenas tardes nos dé Dios —saludó el pastor.

—Buenas tardes —contestó Sanchicorrota, y a sus espaldas escuchó también, como un eco, a los cinco carboneros.

—Buenas tardes.

—Buenas tardes…

Algunos de ellos permanecían mirando al suelo, como niños avergonzados, y quienes no lo hacían sonreían, tratando de mostrarse corteses.

Sanchicorrota se sintió ridículo y desconcertado. Se suponía que eran bandidos. ¿Qué debían hacer ahora? ¿Pedir, por favor, que les entregaran las dos ovejas?

Durante unos segundos se mantuvo inmóvil, incapaz de reaccionar. Nunca había asaltado a nadie. Había matado a un hombre, de acuerdo, pero matar era mucho más sencillo, mucho más natural, mucho más humano, no exigía un plan o un protocolo, solo había que dejarse llevar por el instinto, por una llamarada de ira.

—Me llamo Sancho Errota —balbució, y le pareció que no hacía sino empeorar todo, que los bandidos no se presentaban, ni lo primero que hacían era delatarse ante sus víctimas…

Sin embargo, al pronunciar su nombre, el rostro impertérrito del pastor, su rostro de mil años, se alteró por primera vez.

—¡Sanchicorrota! ¡El molinero de Cascante! ¡Todo el mundo habla de ti y del recaudador que mataste hace días!

Rosendo, el perro, volvió a ladrar nervioso, al escuchar el tono excitado en la voz de su amo. El zagal se levantó entonces y se acercó para tranquilizarlo. Al pasar junto a Sanchicorrota sus ojos incandescentes parecían dos soles negros.

—Desde entonces no hemos comido nada caliente, tenemos hambre —dijo Sanchicorrota.

—Bueno, yo os invitaría a comer con mucho gusto —contestó el pastor—, pero me imagino que tendréis que seguir huyendo…

—Bueno, sí, eso es lo que pasa cuando matas a alguien.

—O cuando le robas —le secundó uno de los carboneros.

—Así que igual tenemos que llevarnos algo para el camino.

—Una oveja.

—O dos…

Una culebra atravesó la garganta del pastor, pero consiguió esbozar una sonrisa mientras se la tragaba.

—Sí, bueno, claro, tengo dos ovejas heridas, en realidad si os las lleváis hasta nos hacéis un favor… ¡Erramun! —llamó al zagal.

El muchacho se acercó corriendo, con Rosendo saltando nervioso a su alrededor. El perro era un pastor vasco, de color canela, peludo, con unos ojos que parecían ascuas.

—*Ekarri herrenak!*[1] —ordenó el pastor.

Los ojos del zagal también brillaban, incendiados de curiosidad y excitación. Los dos, perro y muchacho, se abrieron paso a través del rebaño. Volvieron a escucharse los cencerros y balidos y se levantó de nuevo una nube de arena; el pecho asmático de Sanchicorrota se encogió y también lo hicieron los estómagos hambrientos de los carboneros.

Erramun y Rosendo no tardaron en regresar, con las dos ovejas renqueantes.

—Ahí están, podéis llevároslas —dijo el pastor.

Sancho Errota le miró desconfiado. Había algo extraño en aquel desprendimiento. El pastor le mantuvo la mirada, altivo, pero tragó de nuevo saliva.

—Gracias —dijo Sanchicorrota, y mientras hablaba volvió a acariciar con las yemas de los dedos el filo de su daga, lentamente, hasta que se cercioró de que el pastor advertía su gesto amenazante.

Después se acercó hasta una de las ovejas, la prendió por las patas y se la echó sobre los hombros, sin aparente esfuerzo. Parecía la estampa de un Jesucristo pelirrojo, con el cordero a cuestas, o una figurita de belén desproporcionada, de diferente tamaño al resto. Los carboneros cargaron a duras penas el otro animal y el

---

[1] «Trae a las cojas».

grupo partió de nuevo hacia Txindilamendia, el monte de la lenteja, que ciertamente era lo que parecía, desde donde se encontraban, un grano, un pequeño promontorio en el horizonte.

—No sé si el bicho llegará vivo, me dan ganas de darle un mordisco —bromeaban los carboneros por el camino, con la boca hecha agua, cada vez que se pasaban de uno a otro la oveja.

Y en lo alto del monte los esperaba el resto del grupo, los que habían elegido pan y se habían quedado con una piedra mojada en los labios, igualmente hambrientos.

Antes de perder de vista a los pastores y su rebaño, oyeron unos ladridos, que ya no sonaban desafiantes, sino tristes, que se tornaban aullidos lastimeros al extinguirse.

Al volverse, junto al perro, vieron la figura de Erramun, el zagal, de pie y agitando afectuoso la mano como si, en lugar de a una partida de bandidos, despidiera a un grupo de compañeros.

CAPÍTULO 8

EN EL QUE EL PRÍNCIPE DON CARLOS DETERMINA EL
DESTINO DE PEDRO GUINEA MIENTRAS DEFECA TAN
RICAMENTE ACOMPAÑADO DE SU *VALET DE RETRAYT*

En las comisuras de los labios del príncipe se acumulaba una espuma blanca de saliva, como si hubieran encallado en ese lugar las palabras que habían pasado por su cabeza y que no había llegado a pronunciar por timidez, prudencia o respeto, tal vez por temor, mientras su padre, el rey, había permanecido en el palacio de Olite.

—Siéntate —ordenó a Pedro Guinea, señalando a sus pies un cojín, junto al cual dormitaba uno de sus fieles y amados lebreles blancos, al que acariciaba la cabeza.

La figura de don Carlos, el Príncipe de Viana, su rostro pálido y triste, el cuerpo derrengado sobre la silla, desprendía una sensación de zozobra y a la vez de calma. Siempre sucedía así tras las visitas de su padre, que alteraban la vida relajada y pacífica en la corte, entregada a la caza, la lectura, las danzas… El rey, por el contrario, arrastraba a su paso la violencia de su carácter guerrero y ambicioso, para el que todo aquello no era sino una pérdida de tiempo. Don Juan, de hecho, apenas se había detenido dos días en Olite, y había seguido camino de Tudela, donde recibiría a varios emisarios procedentes de Castilla, que le pondrían al día de sus intrigas y aspiraciones en ese reino, y donde también trataría de imponer orden en el suyo, pues las noticias que llegaban desde la Ribera navarra hablaban del asesinato de un recaudador real y del ataque a un grupo de soldados por parte de bandidos, en las Bardenas.

—Esta noche saldrás de viaje —volvió a dirigirse el príncipe a Pedro Guinea; y a continuación permaneció un largo rato en silencio, cabizbajo, con los ojos entrecerrados, sumido en una perturbadora placidez, que quizá también tuviera que ver con el hecho de que estaba cagando.

De pie, tras él, el *valet de retrayt,* el asistente que se encargaba de retirarle las sayas y la pesada manta de piel para que pudiera hacer sus necesidades, así como de acercarle los libros con cuya lectura entretuviera su parsimonioso tránsito intestinal, espantaba las moscas con un gran abanico, en una intimidad asfixiante que igualaba al príncipe con el resto de los humanos y que certificó el ruido recio de un golpe en la loza del orinal que había bajo sus posaderas y bajo la silla de terciopelo con un agujero en el centro en la que estas se asentaban.

Una de las orejas del lebrel se irguió entonces, después el can arrugó el hocico y, tras ponerse en pie, se apartó unos pasos para volver a tumbarse en la esquina más alejada de la sala de *retrayt.* A Pedro Guinea le hubiera gustado hacer lo mismo.

«Pero incluso el perro es más libre que yo», se dijo.

Así que esperó a que el príncipe volviera a dirigirse a él.

—Hace un tiempo ya prudencial que encargué a un hacedor de instrumentos de Tudela una cornamusa —dijo este, por fin—. Quiero que la recojas o, si aún no está preparada, que lo apremies a que termine el encargo. Te ruego discreción, es un instrumento muy especial y muy valioso.

Pedro Guinea trataba de disimular el desagrado que le provocaba la ristra de ventosidades con las que el príncipe se aliviaba mientras hablaba, en una confianza que daba asco.

—A don Juan, mi padre, seguramente le escandalizaría el dinero que he gastado en esa cornamusa —continuó don Carlos, a quien, sin embargo, toda aquella naturalidad le empujaba a confesar sus tribulaciones más íntimas—. Él preferiría emplearlo en una catapulta, en una de sus máquinas de guerra, o en pagar a un espía en la corte de alguno de sus enemigos. ¡Qué diferentes somos! ¿Sabes con qué sueño yo, mi buen Pedro?

Pedro Guinea se encogió de hombros. No tenía ni idea, ni le preocupaba demasiado. Solo se preguntaba por qué debía partir de noche, como si fuera un malhechor, y en qué le afectarían a él todas aquellas divagaciones.

—Sueño con convertir nuestro reino en un refugio de artistas, pintores, músicos, estudiosos… Con hacer de Navarra el asombro del mundo. Una fortaleza para la belleza y la sabiduría, que ningún ejército osara atacar ni destruir, porque sería como destruirse y atacarse a sí mismos. Sé que es una tontería, algo imposible, una sombra, una ilusión, pero ¿qué es la vida en realidad?

—Solo un sueño, una ficción —respondió el *valet de retrayt,* de un modo instintivo, mecánico, con un retintín que evidenciaba que no era la primera ni tampoco la segunda vez que escuchaba al príncipe argumentar aquella quimera.

La intervención del asistente hizo replegarse en sí mismo a don Carlos, que cerró los ojos y permaneció durante un largo rato en silencio, tal vez soñando con desfiles de caballeros, los cuales, en lugar de lanzas o espadas, enarbolaban arpas y laúdes, con soldados apostados en los castillos y atalayas de las fronteras del reino que recibían a sus enemigos recitando cantares, con guerras e invasiones resueltas en juegos florales… O, tal vez, solo se tratara de una nueva apretura de su vientre.

—Hay algo más. —Interrumpió súbitamente sus pensamientos y su evacuación—. Llevarás contigo a Urraca.

Al escuchar el nombre de la muchacha, Pedro Guinea sintió un sobresalto en su corazón.

—La acompañarás hasta Arguedas, su pueblo.

Pedro Guinea volvió a fijarse en los pequeños diques de saliva en la boca del príncipe. Aunque le repugnaban, no podía evitarlo, sus ojos se detenían una y otra vez en ellos, como si esperara que don Carlos continuara hablando, le diera más detalles: ¿por qué regresaba Urraca a casa? ¿Dejaba acaso de servir en palacio? Y, sobre todo: ¿viajarían ellos dos solos?... Pero las palabras encallaron de nuevo en los labios de su señor.

—Puedes irte —fue lo último que le oyó decir, con su voz dulce y grave, antes de hacer un gesto a su *valet de retrayt* para que le sostuviera las sayas y la manta de piel con la que se cubría.

Después, el príncipe se puso en pie, arqueó su espalda y el *valet* se acercó a él con un palo en cuyo extremo había una esponja húmeda, con la cual llevó a cabo, de manera escrupulosa y eficiente, la parte más minuciosa de su sufrido cometido.

CAPÍTULO 9

En el que se nos cuenta el origen del nombre
de Sanchicorrota, también conocido como
Sancho Errota, mientras este imagina un salto
de caminos más propio de terribles bandidos
que de cándidos carboneros

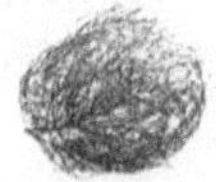

Sancho Errota rebañó con el dedo los sesos de la cabeza de la oveja, partida por la mitad y asada al fuego, y se los introdujo en la boca, donde se deshicieron, como un trozo de fruta madura; o como las respuestas a las preguntas que no cesaba de hacerse a sí mismo, tras haber asaltado a los pastores. ¿Realmente aquello había sido un asalto? ¿Y si lo había sido, en eso iba a consistir su vida? ¿En robar a sus semejantes, a quienes no tenían nada más que sus manos y su trabajo? ¿Acaso él no había matado al recaudador cansado de tener que aguantar abusos y latrocinios por parte del rey y del alcaide, de sus soldados y sus leguleyos? ¿Si había decidido convertirse en un bandido no debía de ser a estos a quienes asaltara, en lugar de a aquellos pobres pastores?…

Todo eso se preguntaba, sentado junto al fuego, algo apartado del resto del grupo, que ya había dado buena cuenta de las dos ovejas y ahora dormía a pierna suelta, cuando lo sobresaltaron unos ladridos rotundos, que no se escuchaban al fondo de la espesura de la noche y el desierto, como en otras ocasiones, o como cuando aullaban a lo lejos los lobos. No, aquel perro estaba a solo unos pies de distancia, así que Sanchicorrota desenterró el hacha que había clavada en la tierra, entre sus piernas, y dio un salto, poniéndose en guardia.

—¡¿Quién va?! —gritó.

Le respondió una voz temblorosa, como una pequeña flauta desafinada, en la que, aunque no distinguió el significado de las palabras, reconoció el tono familiar de la lengua vasca.

—*Erramun naiz, artzain-mutila!*[2] —repitió la figura que apareció como un espectro rasgando la cortina negra con la que la madrugada había cubierto el campamento.

Era el zagal, el joven pastor, al que hacía unas horas habían robado las ovejas, y que ahora resucitaban, se desperezaban en los estómagos de los carboneros, los cuales iban despertando y rodeándolo amenazantes.

Junto a Erramun, su perro, Rosendo, al que había hecho callar sujetándole el hocico, echaba chispas por los ojos, inquieto, como una prolongación nerviosa del cuerpo del muchacho.

—*Soldaduen bila joan da nagusia!*[3] —dijo este, señalando con insistencia a sus espaldas.

—¿Qué dice? ¡Habla en cristiano! —protestaron impacientes algunos de los carboneros.

Sanchicorrota alzó su mano, tratando de calmarlos, y también al zagal, que cada vez se mostraba más inquieto. La lengua vasca no era completamente desconocida para Sanchicorrota. No la hablaba, pero recordaba, como un eco lejano, haberla escuchado en su casa, a sus abuelos, cuando era pequeño, y comprendía el significado de algunas palabras. Su propio nombre, Sancho Errota, o Sanchicorrota, como todos lo llamaban cariñosa e irónicamente aludiendo a su descomunal tamaño, no era sino un apodo, pues «errota» en vasco significaba «molino», y él en consecuencia era «Sanchico el del molino».

---

[2] «Soy Erramun, el zagal».
[3] «El amo ha ido a buscar a los soldados».

—El amo ha ido a Carcastillo, adonde los soldados —intentó explicarse, ahora en un rudimentario castellano, el joven pastor.

—¡Maldito sea! ¡Le ha faltado tiempo para denunciarnos, al muy falso! —exclamó Sancho Errota—. ¿Y tú, por qué no estás con él, o con tus ovejas? ¿Por qué has venido a avisarnos? —arremetió contra el muchacho, desconfiado y enojado consigo mismo por haberse compadecido hacía tan solo unos instantes de los pastores, que en realidad le habían dado mala espina desde el primer momento.

—No quiero seguir con él… Es un mal amo… Me pega —murmuró Erramun.

Sanchicorrota partió con su mirada el cuerpo del muchacho, tratando de encontrar alguna veta de verdad en lo que decía. Todo le parecía muy extraño. Sospechaba que el muchacho en realidad solo era un señuelo, para delatar el lugar en el que se encontraban. ¿Por qué, si no, había ladrado el perro de esa manera, en cuanto aparecieron en el campamento? Sin embargo, el temblor de Erramun y las lágrimas en sus ojos parecían reales. Y, sobre todo, parecía real su rabia contenida, de modo que no solo decidió creer en su miedo, sino que además no pudo evitar que esa rabia se le contagiara y que una llamarada de indignación le inflamara el pecho.

—Haced una guardia, por turnos, que uno vigile y que los demás descansen. Mañana partiremos temprano —ordenó, al resto de hombres.

—¿Hacia dónde? —preguntó el hombre pez.

—Hacia El Paso. —Señaló Sanchicorrota hacia el punto que era la puerta de entrada a las Bardenas desde el norte, cerca de Carcastillo.

Los demás comprendieron. No iban a huir, sino a salir al encuentro de sus perseguidores. Ya no eran carboneros, sino bandidos. Volvieron a acurrucarse en sus mantas e intentaron conciliar la excitación y el sueño. Sanchicorrota, por su parte, regresó junto al fuego, sentó al muchacho a su lado y le hizo hablar; dejó que se desahogara, que sus palabras, pronunciadas en su lengua materna, sonaran como una vieja canción —de hecho, el muchacho en ocasiones miraba la hoguera fijamente, ausente, rodeando sus piernas con los brazos y balanceándose, y sus frases se transformaban entonces en una melodía, que entonaba con una repentina y afinada dulzura—; y mientras lo hacía, mientras la hoguera se avivaba con su voz templada y con el viento del norte que arrastraba aquellas palabras, que solo comprendía a medias, Sanchicorrota imaginó cómo sería al día siguiente la lucha; divisó, a lo lejos, un grupo de diez o doce hombres, algunos, dos o tres, a caballo —hidalgos, tal vez uno de ellos el «alle» o alcaide, nombrado por el abad del monasterio de la Oliva, a la sazón señor de Carcastillo—, el resto a pie, lanceros, mozos, labradores, caminando desganados, arrastrados hasta allí por la fuerza, en una leva repentina; los vio detenerse, una vez, y cómo el viejo pastor y sus mil años de ruindad señalaban un punto: el lugar desde el que habían partido la tarde anterior; vio cómo el grupo reanudaba la marcha, y cómo se detenían por segunda vez, sorprendidos, incrédulos, cuando los atisbaron, a ellos, los bandidos, en el horizonte, avanzando decididos en su dirección, con las hachas en alto y sus gargantas desgarrando el cielo limpio; los vio permanecer paralizados por el miedo, incapaces de reaccionar hasta que casi se les echaron encima; vio también al alcaide clavar entonces sus botas en los costados del caballo y cómo las pezuñas de este rompían la cáscara agrietada de la tierra reseca; se vio a sí mismo correr al encuentro del hidalgo, con el hacha alzada, esquivar su lanzada y golpearle con el filo de su arma de arriba abajo, partiendo por la mitad su cráneo, con la misma facilidad con que hacía solo unos momentos había partido el de la oveja; vio incluso cómo sus sesos salían volando y alguno de ellos se posaba en su rostro y salpicaba sus labios; percibió su sabor, la misma textura caliente en la boca, como la pulpa de una fruta marchita; vio al hombre caer muerto del caballo, y cómo sus hombres descabalgaban después sin dificultad a los otros jinetes, que no ofrecieron resistencia, del mismo modo que no lo hicieron los hombres de a pie, ni siquiera cuando Erramun, el zagal, rompió con su *makila* la cabeza del pastor, golpeándole con saña, una y otra vez, una y otra vez, muchas veces después de que este estuviera ya muerto y bien muerto; se oyó a sí mismo decir a los que habían quedado vivos: «¡Ahora volved y decid a quien os pregunte que esto lo hicieron Sanchicorrota y sus bandidos, y que la misma suerte aguarda a quien los busque y persiga!»; vio a aquellos hombres darse la vuelta, sumisos, más muertos de miedo que vivos, a todos menos a un mozo, fornido y orgulloso, que se negó a soltar las bridas del caballo; escuchó a este gritar: «¡El caballo se queda conmigo, si para ello es necesario iré con vosotros, si no tendréis que matarme a mí también!», y a sí mismo asentir, aceptar que aquel muchacho valiente se uniera al grupo; se vio, por fin, montando el caballo del alcaide, al frente de sus bandidos, y volviendo sobre sus pasos, internándose de nuevo en la Bardena Blanca, dejando tras de sí el rastro de sangre y el eco de sus gritos, que golpeaba ya amenazante los muros de los palacios, las fortalezas y las abadías, más allá de El Paso, y que transportaba hasta ellos el nombre con el que a partir de entonces sería conocido en todo el Reino de Navarra: Sanchicorrota, el Rey de las Bardenas…

Eso vio y escuchó, aquella noche, Sanchicorrota, y cuando al amanecer el sol hizo brillar los cristales de sal y agua sobre la cima de Txindilamendia, todo sucedió, esta vez, de esa manera: tal y como él lo había imaginado.

CAPÍTULO 10

Pedro Guinea tenía un presentimiento, pero no sabía todavía con certeza que aquella tarde sería la penúltima en que sus pies pisarían el palacio de Olite, el lugar donde había vivido hasta donde su memoria alcanzaba.

Antes, sus recuerdos eran solo una luz tenue que se diluía en la oscuridad.

Había llegado hasta allí siendo solo un niño, en una de las barcazas que remontaban el río Ebro hasta Tortosa —y desde allí hasta Olite a lomos de una acémila— junto a varios naranjos y dos búfalos, con los que Odnat-Nevni-Yot-Seolem, sultán de los mamelucos, había tenido a bien obsequiar en cierta ocasión a los reyes de Navarra.

Desde muy pequeño, se había ocupado de cuidar no solo los búfalos que le habían acompañado en su travesía, sino también todas las bestias y animales exóticos con que el Príncipe de Viana fue poblando los fosos, pajareras y jardines de su corte: jabalíes, avestruces, dos jirafas enamoradas, lobos cervales, gamos, cisnes, loros parlanchines.

Y leones…

Uno de ellos, como ya quedó dicho en el prefacio de este libro, arrancó a mi abuelo de cuajo su brazo izquierdo y como consecuencia de la brutal herida a punto estuvo de morir desangrado. Durante su convalecencia, don Carlos, el Príncipe de Viana, que siempre había mostrado un particular afecto por el muchacho, ordenó que lo alimentaran como a un rey, con las mismas yantas que servían a su mesa. Fue de ese modo, casi sin querer, como, con solo once años, Pedro Guinea se convirtió en el *praegustator* real, el catador de venenos de la corte.

Después, tal vez a costa de aquella colosal y regia alimentación, el pequeño esclavo africano se transformaría en un adolescente, aunque manco, de complexión robusta, con el pecho como un fuelle y las piernas como columnas de mármol negro de Markina, al que don Carlos veía trotar tras las panteras o los venados con una inusual ligereza cuando lo acompañaba en sus jornadas de caza. Y así, casi sin querer, sumó a sus tareas la de mandadero del príncipe, es decir, la de su mensajero real, o *lasterkari,* como los llamaban en Navarra.

Las más de las veces las tareas que don Carlos le encomendaba tenían que ver con caprichos personales antes que con la intendencia del reino. Pedro Guinea encargó y recogió para el Príncipe de Viana códices miniados en San Juan de Pie de Puerto, anillos con camafeo y diademas con zafiros en las platerías de Pamplona, pañuelos con hilos de oro bordados en Laguardia, un ajedrez cuyas piezas cabían en una avellana en la judería de Estella, pieles de nutria en Isaba, vidrieras de colores en Bayona, pan de oro en Toulouse… Y sufrió también la ira de enemigos del reino o hidalgos en rebeldía, como aquel del valle de la Ulzama que desmochó su nariz, o de amantes del rey despechadas, que lo abofetearon o arañaron sus mejillas.

Nunca sabía, en fin, qué le depararía cada una de aquellas misiones y, quizá por ello, antes de partir, Pedro Guinea acostumbraba a recorrer el palacio como si fuera la última vez que sus pies pisarían aquel que durante todos aquellos años había sido su hogar. Se sentaba, por ejemplo, bajo la morera, en el patio de los pájaros, y los escuchaba revolotear a su alrededor, picoteándole con sus piares y graznidos la cabeza, hasta que esta se insensibilizaba y él dejaba de oír el guirigay, sumiéndose en una extraña paz, en medio de aquella batalla aérea y de colores; recorría con su vista las torres y almenas y recordaba los días de fiesta en que el príncipe lo hacía subir a la Torre de los Cuatro Vientos, desde la que miraba, abajo, en la plaza, las corridas o los combates entre toros y perros y en la que don Carlos agasajaba a sus invitados con agua rosa, refresco que él debía servir no sin probar previamente; recordaba también la noche que encontró a un joven emparedado en uno de los estrechos pasillos de la Torre de las Tres Coronas, la torre construida para que los infantes de la corte jugaran y que, dado que el embarazo de doña Inés de Cleves se retrasaba, una de las doncellas de la princesa usaba como nido de amor, en el que recibía por las noches a su ardiente —y algo grueso— galán; recordaba cómo ayudó a salir a este, untándolo con manteca, y cómo ella, cuando el pichón, un palafrenero real, se escurrió de sus manos, recompensó a Pedro Guinea con un coito precipitado y pringoso, como el jarro de agua fría que se arroja para apagar un fuego, en la que se convirtió en su primera y triste relación sexual; otras veces —eso también lo recordaba— se demoraba, con la excusa de alimentar a los pavos reales, por el jardín colgante, y paseaba entre los surtidores de agua cantarina y a la sombra de los naranjos, cuyo olor respiraba con hondura, hasta que el pecho parecía que fuera a reventar y al hacerlo arrojarle por fin como esquirlas todos aquellos otros recuerdos perdidos, que se habían ahogado en el Ebro o habían sido extraviados en la oscuridad que precedía a su vida en Olite. Pero, sobre todo, le gustaba, antes de partir en alguna de aquellas misiones, tumbarse en la cuadra, sobre el montón de paja en el que solía dormir por las noches, y escuchar la respiración de las bestias, el ronroneo de la pantera, el resuello pacificador de los búfalos, y sentir cómo su ropa y su piel se impregnaban con aquellos alientos y con el olor denso a establo, para poder reconocerlos durante los días siguientes, cuando estuviera a muchas leguas de casa.

Allí, en la cuadra, era donde, precisamente, se encontraba aquella tarde Pedro Guinea, tratando de controlar sus nervios y sus erecciones, mientras esperaba la llegada de quien le acompañaría en aquel viaje: Urraca Aguirre, la loca de los príncipes, a la que él amaba en secreto —aunque, como comprobaría en breve, no era el único—.

La muchacha apareció acompañada de Roberto, el chambelán, que se encargó de darles las últimas instrucciones. Lo hizo con desdén. Pedro Guinea supuso que el antiguo bufón era quien había decidido expulsar a Urraca del palacio, a cuenta de su desplante durante la última cena ofrecida al rey don Juan. Y percibía que aquel retintín triunfal iba también dirigido hacia él y que trataba así de desagraviar su autoridad, que el joven había puesto días atrás en entredicho, desafiándole y ridiculizándole. A pesar de todo, Pedro Guinea no se sintió ofendido, y pagó aquel desdén con la misma moneda, ignorando a Gobegto, pues solo tenía ojos y oídos para Urraca, a pesar de que ella permanecía en silencio, envuelta en un capuz que únicamente dejaba ver la sombra gris de su mirada.

Partieron al anochecer, a través de uno de los túneles subterráneos y secretos, que los dejó extramuros, a media legua del palacio. A sus espaldas, desde la Torre de la Joyosa Guarda, se escuchaba a los soldados, jugando a los dados y bebiendo vino para mantener la vigilia. Pero sus risas y sus riñas no tardaron en ser tragadas por la noche y el viento, que soplaba como un rumor, como el ronquido de los campos dormidos.

Urraca y Pedro Guinea caminaban a la par, en silencio. A veces, una piedra en el camino, o un desnivel, hacía tropezar a la muchacha y apoyaba su mano en el cuerpo del joven, y entonces este sentía que toda su piel se erizaba y se contraía, que todo su cuerpo cabía en sus pegajosos calzones. A lo largo de aquellos años al servicio del príncipe, Pedro Guinea se había ido enamorando, casi sin querer —si acaso eso era posible—, de Urraca, robándole miradas cuando se la cruzaba por las salas del palacio o la veía entretener a sus señores; enamorándose de su enajenación, que le permitía no disimular el desprecio que, en el fondo, sentía por igual hacia los príncipes y el resto del mundo; de su sonrisa como una herida en la boca; de sus ojos grises que hacían temblar a quien no sabía mirarlos; de su piel blanquísima que él dibujaba en el aire de las noches negras, mientras las semillas de aquel amor imposible morían entre sus manos…

Recorrieron varias leguas de ese modo, sin hablar, cada uno por el borde de sus abismos, con el silencio como un barranco entre ambos, hasta que Urraca lo atravesó.

—No ha sido él —dijo.

—¿Qué? ¿Quién? —bracearon en la oscuridad las palabras de Pedro Guinea.

Le desconcertaba aquella capacidad de Urraca para leer su pensamiento, aunque, como entonces, fuera con un retardo de varias horas.

—No ha sido Gobegto el que me ha echado del palacio —aclaró ella.

—¿Quién, entonces?

—Don Carlos. Llevo una bastarda suya en mi vientre.

Pedro Guinea sintió que todo el fuelle de su pecho se vaciaba de un golpe y que expulsaba el corazón por la boca. Sus piernas de mármol temblaron, pero no quiso dar muestras de desfallecimiento y continuó caminando. Intento también decir algo y no pudo: tenía la boca llena de sangre y la mente cegada por aquel brillo extraño que, recordó, resplandeció lúbrico y culpable en la última mirada que posó el príncipe sobre Urraca.

—Por eso tengo que irme y esconderme en mi pueblo —continuó Urraca—. El príncipe se hará cargo de nosotras, de mí y de mi hija; porque sé que será una niña. Dice que nunca faltará comida en nuestra mesa. Pero, a cambio, yo no puedo revelar a nadie nada, he de ocultarme, callar, ser una tumba…

Pedro Guinea se preguntó por qué, entonces, le confesaba a él su secreto.

—¿Y qué más da? ¿Quién iba a creer a una loca, y a la hija de una loca? —continuó ella—. Seré una tumba, sí, y no me pesará su losa, porque es lo que he sido también hasta ahora, una muerta en vida. Nunca se lo contaré a nadie. Excepto a ti, mi amado Pedro. Porque tú no eres como los demás. Porque solo tú puedes creerme. Por todo eso y porque tú, como mi hija, eres un príncipe, y solo con vosotros mi verdad estará a salvo.

Urraca se volvió entonces hacia Pedro Guinea y acarició sus labios temblorosos, lo hizo como quien calma a un animal asustado. Él lamió tímidamente sus dedos, saboreó en ellos la sal de su piel, dejó que se mezclara con la sangre que retenía bajo la lengua, y los dos cayeron de rodillas. Se besaron. Cada uno tragó la saliva del otro y esta rebosó en los sexos de ambos, que liberaron un olor a bestia y a arroyo. Volvieron a besarse, apretaron sus cuerpos, Urraca acomodó el pene duro del muchacho contra su vientre, él sintió que un escalofrío recorría su espina dorsal. Hicieron el amor con violencia, primero, y también con cierta torpeza, como si no fueran ellos quienes debían guiar sus movimientos, sino sus instintos y las fantasías con que habían aplacado estos durante mucho tiempo. Como si una parte de ellos mismos no estuviera allí. Después, holgaron de nuevo, con delicadeza esta vez, hablándose al oído, «eres hermoso», «no estás loca», «te quiero», acariciándose despacio, grabando en la memoria cada palmo de piel, amándose hasta la mañana, hasta que el sol despuntó sobre sus cabezas, tras las lomas terrosas, como sábanas arrugadas, que separaban Arguedas de las Bardenas, y la última imagen que Pedro Guinea vio, antes de quedarse dormido, fue la de los cabellos rojos de Urraca fundiéndose con el amanecer en llamas.

CAPÍTULO 11

En el que se nos describe brevemente cómo transcurre la vida —como un sueño extraño— en la guarida de Sanchicorrota y sus bandidos

La banda de Sanchicorrota estableció su guarida en un cabezo, cerca del paraje conocido como El Rallón, desde el que se divisaban los diferentes caminos y cañadas que atravesaban o bordeaban las Bardenas y que solían frecuentar viajeros y caravanas, desde Pamplona a Tudela, desde la Ribera del Ebro hasta los valles pirenaicos.

Era una loma, como todas las de las Bardenas, terrosa y árida, esculpida con formas caprichosas por el viento y el agua. Sin embargo, la cima la recubría un tupido manto de vegetación y además en ella había una pequeña hondonada, con lo que los bandidos podían acechar desde aquella atalaya sin ser vistos. Además, la erosión había abierto pliegues y cuevas en sus laderas, en las cuales encontraron refugio y excavaron nuevas galerías, hasta construir una auténtica fortaleza, laberíntica, secreta y oculta a los ojos del resto del mundo.

En ella pasaban los días, ganduleando, jugando a las cartas, afilando sus hachas, hasta que el tedio o el hambre los hacían salir para cometer alguna emboscada o cuatrear algún caballo. Pronto cada uno de los bandidos tuvo su montura, y todas aquellas horas de holganza los convirtieron en avezados jinetes, a los que el aburrimiento aguzó por otra parte el ingenio: un día el hombre pez, acaso inspirado por su cojera y la huella desigual que dejaban sus pisadas, descubrió que herrando las pezuñas de los caballos al revés, el rastro que marcaban confundía a sus perseguidores y los enviaba en la dirección contraria.

Lo cual llevó esa misma noche a Sancho Errota a soñar con el caballo azul, aquel que también se había retirado sobre sus pasos, borrando la marca de sus herraduras, cuando él cruzó el Ebro.

—¿Has aprendido ya a nadar? —le preguntó.

—Mejor todavía, ahora sé volar —contestó el animal.

A la mañana siguiente, junto con los primeros rayos de sol, el caballo apareció en el campamento, con el lomo perlado de sudor, una brida de saliva y bufando en el aire helado su respiración blanca y libre.

La vida transcurría, pues, como un sueño extraño y frágil. Los bandidos comenzaron a ataviarse de manera estrambótica, con casacas y sedas de colores, obtenidas en sus asaltos, que recubrían con las pieles desolladas de lobos y zorros, cuyas cabezas, con los colmillos amenazantes, dejaban reposar sobre sus pechos. Sus barbas y cabellos crecieron enredados como rodamundos, las bolas de matorral que el viento arrastraba en el desierto. Sus gargantas se poblaron también de zarzas que les desgarraban la voz cuando reían con estruendo, blasfemaban o amedrentaban a sus víctimas con sus terribles alaridos.

Pero a pesar de su ferocidad y de la crueldad de sus escaramuzas (que después los rumores se encargaban de exagerar; por ejemplo, cuando en una de ellas desnudaron a un clérigo y lo hicieron correr con una fusta entre las nalgas, el episodio, tras pasar de boca en boca, terminaría convertido en un brutal y sacrílego empalamiento), a pesar de todo ello, no faltaban pretendientes para sumarse a la banda de Sanchicorrota, sin contar con los que lo hacían por pura casualidad. Y así, además del joven zagal, Erramun, quien acabó revelándose como un magnífico cantante, cuya voz amansaba a las fieras al anochecer, o del joven desertor de El Paso, que resultó ser un ballestero de atinada puntería, a los de Sanchicorrota no tardaron en unirse frailes sin fe, escuderos sin amo, campesinos sin tierra, y hasta un monje burriciego que, cuando Sanchicorrota y los suyos asaltaron la caravana en que viajaba, los confundió en su huida con los de su partida. De ese modo hasta sumar una treintena de hombres entre los que se contaba el que acabaría siendo el fiel lugarteniente de Sanchicorrota y al que pronto todos conocerían por los sobrenombres del Bandido Negro o Malasombra.

CAPÍTULO 12

En el que Pedro Guinea queda pasmado ante
los demonios de piedra de la Puerta del Juicio
de la catedral de Tudela y ante otros de carne
y hueso quizá más terribles

—¡El coco, el coco! —Escuchó Pedro Guinea gritar aterrorizados a varios niños, a sus espaldas.

Y percibió también cómo sus dedos acusadores se clavaban en ellas, sin ni siquiera darse la vuelta para terminar de matarlos del susto, con su rostro negro y desfigurado.

No era la primera vez, ni la segunda, que escuchaba que le llamaban así. Estaba acostumbrado a los codazos a su paso, las risitas, los cuchicheos, a los insultos incluso, pero sobre todo a las miradas, todo tipo de miradas y ninguna buena: miradas que lo rehuían, miradas en las que temblaban las pupilas, o destellaba el menosprecio, miradas que lo traspasaban, que no lo miraban, que solo veían en él un animal doméstico, una bestia de carga…

Conocía muy bien esas miradas porque él mismo había mirado así, en alguna ocasión en la que se había cruzado con otro negro, en Pamplona o Ultrapuertos, y a sus ojos había aflorado, en lugar de simpatía o hermandad, una extraña sensación de repudio y extrañeza, una especie de celos cuyas raíces lo corroían por dentro.

—¡El coco, el coco! —Oyó avivarse los gritos, y también

cómo se sumaban a ellos los de los pedigüeños que se agolpaban a la Puerta del Juicio de la catedral de Tudela y que temían que aquel revuelo pudiera espantar a su clientela.

—¡No, no es el coco, es un demonio! *¡Vade retro!* —le gritaban, y trataban de apartarlo escupiéndole, amenazándole con sus muletas o retorciendo sus rostros desdentados y plagados de pústulas.

—*¡Vade retro!*

Pero Pedro Guinea permanecía inmóvil, pasmado, como siempre que se plantaba ante aquella puerta y ante aquellos otros demonios de piedra esculpidos en las arquivoltas que había sobre ella.

Esta vez, además, estaba borracho.

Había llegado hasta la catedral tras visitar el taller del maestro Mustafá Chukri, el hacedor de instrumentos, en el barrio de la morería.

—Aquí tienes la cornamusa de don Carlos. He trabajado mucho en ella —dijo, mostrándole el instrumento—. En el portavientos, tal y como el príncipe pidió, hay un conducto con agua, que se remueve al soplar y humedece los labios. Pero quien dice agua podría decir igualmente beleño, mandrágora… o arsénico —añadió, con un tono inquietante.

Y después, como si hubiera hablado de más, se giró y regresó con dos jarras.

—¿Te apetece un trago de vino, muchacho?

Pedro Guinea no solía beber, o lo hacía con mesura, acostumbrado a los pequeños sorbos durante los banquetes en la corte, cuando oficiaba como *praegustator* y debía mantener los sentidos serenos. Pero en esta ocasión aceptó el trago, y también el siguiente que Mustafá Chukri le sirvió tras apurar de un golpe el vino.

—¿Qué te pasa, muchacho, tienes alguna pena? —preguntó el hacedor de instrumentos—. ¿Una pena de amor, tal vez?

Pedro Guinea asintió.

No podía quitarse de la cabeza aquella última imagen de Urraca, fundiéndose con el amanecer, mientras él se adormecía. Cuando despertó, ella había desaparecido. Solo le quedaba el olor de su piel en las yemas de los dedos.

—Pues bebe, el vino alivia las penas del corazón. —Volvió a rellenar Chukri la jarra del muchacho, y este a apurarla con ansiedad.

Salió del taller una hora y varios tragos más tarde. La cabeza le daba vueltas y notaba una extraña y desconocida hasta entonces debilidad en las piernas. Se sentía confuso, pero a la vez se daba cuenta de que esa vulnerabilidad, en cierto modo, lo volvía más ligero y despreocupado. Atravesó tambaleante las callejuelas de la morería, las nubes de serrín que procedían de las carpinterías y la ceniza en el aire que escupían las fraguas en las que los herreros árabes moldeaban lanzas y armaduras, ballestas y yelmos para los soldados del rey. El calor del fuego le quemaba en las mejillas y los golpes de martillo sonaban amortiguados en sus sienes.

Sus pasos erráticos le dirigieron hacia el centro de la ciudad. En el camino vio a lo lejos el palacio real, en lo alto del cerro de Santa Bárbara, dominando Tudela, y no pudo evitar pensar en el príncipe. ¿Habría sentido él la misma pena, el mismo dolor, al despedirse de Urraca? ¿O se habría comportado como aquel día de caza, cuando sus ojos se nublaron al ver a uno de sus lebreles blancos herido de muerte por la pantera y ordenó después sacrificarlo? ¿Y quién, qué derecho daba a alguien esa facultad de tratar a los demás como perros? ¿Dios, acaso? ¿Qué clase de dios era ese, que se contradecía a sí mismo y creaba a algunos hombres a su imagen y semejanza, los convertía en dioses de carne y hueso, en príncipes, mientras permitía que otros, como él, fueran vendidos o regalados igual que animales? ¿Qué clase de dios, si su verdadero aspecto se revelaba mucho más nítido al fondo de una jarra de vino que en los labios de sus ministros y profetas o en las imágenes esculpidas en sus templos?...

Imágenes como las que entonces observaba embebido ante la

Puerta del Juicio, hasta donde le llevaron finalmente sus aturdidas piernas.

Le gustaba, cada vez que el Príncipe de Viana le enviaba a Tudela, mirar aquellas dovelas, regodearse en el miedo y la pequeñez que le provocaban, intentar buscar alguna explicación a su existencia en ellas. En la parte que quedaba a su izquierda aparecían pasajes bíblicos, profetas, santos con sus aureolas, modelos de virtud, pero a Pedro Guinea la mirada se le desviaba siempre hacia las arquivoltas de la derecha, en las que se reproducían escenas de diablos mordiendo las manos de los pecadores, arrojándolos a los calderos, obligándolos a beber hasta que sus cuerpos reventaban, imágenes brutales, de muertos que escapaban de sus tumbas cubiertos con sus sudarios, o de hombres colgados por los testículos…

Esta vez, sin embargo, no tenía miedo, solo experimentaba desprecio y rabia. Se fijó en la dovela en la que los demonios sostenían a una adúltera, desnuda, con una serpiente mordiéndole el sexo y dos sapos amamantándose a sus pechos. ¿Acaso no era el Príncipe de Viana también un adúltero? Y su hija, la niña que Urraca llevaba en su vientre, ¿cuál era su culpa, por qué había sido expulsada del palacio, si por sus venas corría sangre real? ¿Y él, a qué lado de la puerta estaba él, Pedro Guinea? ¿Era también un pecador, lo arrojarían al fuego, se lo llevarían los demonios, ahora que había yacido con Urraca, una de las amantes del príncipe? ¿Y Urraca? ¿Volvería a verla? ¿Conseguiría vivir, soportar la pena, si no era así, si nunca más pudiera acariciar su cuerpo?

—*¡Vade Retro!*—Escuchó de nuevo los gritos de los mendigos.

Uno de ellos, un hombre que estaba sentado en el suelo, con la pierna extendida y desnuda, mostrando sus úlceras, se levantó de un salto, como si la ira obrara en él un milagro, y se acercó hasta Pedro Guinea, al que propinó un empujón que, sin embargo, apenas lo movió del sitio, pero que lo sacó de su ensimismamiento.

—¡Demonio! —Le oyó gritar, con una voz de trueno y zarzas.

Su aliento olía a vino y a muerte.

—¡Demonio negro! —le increpó el limosnero, y esta vez acompañó su insulto con un salivazo.

Pedro Guinea se volvió hacia él. Durante apenas un instante, lo miró a los ojos, intentó buscar una explicación al fondo de ellos, pero solo descubrió, enterrado bajo una capa de legañas, un lecho de sangre y rencor.

Después, lo abofeteó con fuerza en la cara. El impacto hizo girarse al hombre y, al hacerlo, la muleta que llevaba en una de sus manos salió volando y se estrelló contra el tímpano de la Puerta del Juicio, con tal violencia que decapitó la figura del Cristo que lo presidía, cuya cabeza cayó al suelo, haciéndose añicos.

—¡Sacrilegio! —gritó alguien, tras unos segundos en los que todo pareció paralizarse, hasta que se escucharon los quejidos del mendigo, tirado como un guiñapo en el suelo.

—¡Sacrilegio, sacrilegio! —Se alzaron entonces más voces.

Pedro Guinea reaccionó por fin y echó a correr. En sus piernas notaba todavía la rémora del vino, debilitando su sangre, pero no le costó abrirse paso entre el tumulto y la confusión.

—¿Qué ha pasado? ¿Quién es?

—¡Dejadlo en paz, es Pedro Guinea, el *lasterkari* del príncipe!

—¡No, no, es un demonio, uno de los demonios de la puerta, que se ha hecho carne! —Escuchaba a sus espaldas.

Y él corría y corría, cada vez más deprisa, cabalgando sobre el viento que despejaba su cara y alejándose de aquellas voces, que ladraban, sedientas de sangre.

—*Ketekete, ketekete.* —Escuchaba cómo el sonido de sus pies golpeando la tierra acallaba poco a poco los gritos.

Corrió y corrió.

Abandonó la ciudad por el Puy de Sancho, en cuyo patíbulo vio dos perros disputándose un hueso. El viento oreaba un hedor a cadáver y Pedro Guinea se cubrió la nariz con la manga de su camisa, en la que husmeó el olor a las cuadras del palacio de Olite, pero ni siquiera así pudo contener una arcada y tuvo que detenerse a vomitar. Escupió el vino de Mustafá Chukri, que ahora apestaba como el aliento del mendigo.

Todavía sentía su salivazo quemándole en la mejilla.

Lloró, pero no consiguió aplacar el ardor.

Volvió a correr.

—*Ketekete, ketekete…*

¿Por qué le había escupido aquel hombre y le habían insultado los demás? ¿Habrían hecho lo mismo si quien se hubiera detenido ante la Puerta del Juicio hubiera sido un hombre blanco? ¿Quién era él, desde dónde había llegado hasta aquel mundo en el que siempre sería solo un negro, un extraño?

Quizá solo ella podía contestar a sus preguntas, con sus frases que parecían proceder de otro mundo, de otra época… Urraca, a quien amaba y a la que, quizá, ya nunca volvería a ver.

—*¡Ketekete, ketekete!*

Corrió y corrió. Atravesó ríos y veredas, tomó atajos que solo él conocía, intentó trazar y perderse en la única geografía en la que era un hombre libre, en el único mundo y momento —cuando corría— que le pertenecían por completo; pero no pudo, no lograba sacudirse la extraña sensación de que alguien lo perseguía, acechaba tras las montañas, lo aguardaba en el corazón del bosque, en la profundidad del desierto.

—*¡Ketekete, ketekete!…*

Corrió y corrió, hasta que al sol se lo tragó la tierra, tras los castillos de tierra de las Bardenas, y entonces, al caer la noche, vio las sombras que emergían de la oscuridad y lo rodeaban. No oyó sus voces, ni distinguió sus caras, a excepción de la del hombre que levantó su espada. La vio reflejada en su filo, al que iluminó un rayo de luna. Era una cara partida en dos, cruzada en diagonal por una cicatriz, que dejaba a un lado de la misma un rostro que sonreía desafiante y al otro una huella devastadora de pólvora, un cráter de sangre, un amasijo terrible de carne y piel…

Fue solo un momento. Después, escuchó un silbido metálico

junto a la sien y sintió un dolor profundo, insondable en el oído, y cómo este se inundaba de sangre, que fluía a él desde cada rincón de su cuerpo.

Intentó correr una vez más, pero sus piernas estaban vacías, ya no eran su brújula ni había en ellas una manada de caballos.

Antes de desplomarse, creyó reconocer entre las sombras una más pequeña que la del resto y que, sin embargo, parecía ejercer algún tipo de dominio sobre los demás bandidos, entre los cuales se abrió paso para arrebatarle del zurrón la cornamusa del príncipe.

Lo último que vio Pedro Guinea fue su oreja, cortada de un solo tajo, tirada sobre la tierra ensangrentada.

CAPÍTULO 13

EN EL QUE POR FIN LAS VIDAS DE SANCHO ERROTA Y PEDRO GUINEA SE CRUZAN Y ESTE ÚLTIMO CREE ATISBAR, MEDIO ATOLONDRADO, ALGUNA IMAGEN DE SU NIÑEZ

Los hombres estaban a su lado, pero él oía sus voces a lo lejos. Como si llegaran desde el fondo de un desfiladero.

—Menuda escabechina. A este muchacho le faltan varios trozos...

—¿Quién le habrá hecho esto?

—Ha tenido que ser Dosrostros, maldito sea, siempre deja algún herido o algún muerto a su paso.

—Mirad, en su camisa lleva bordado el lazo eterno, el sello de la casa real.

—Debe de ser ese *lasterkari* negro tan famoso...

—Yo es la primera vez que veo un negro.

—¿Qué hacemos con él? Todavía está vivo...

—Sí, y parece que intenta hablar.

«¡Sí, soy yo, el *lasterkari* del Príncipe de Viana! ¡Y sí, estoy vivo!», trató de despegar los labios, pero no pudo, parecía que los tuviera cosidos. Las palabras que su cerebro les enviaba atravesaban su cabeza lentamente, como gotas de plomo.

—No podemos dejarlo aquí. Montadlo en un caballo, lo llevaremos a El Rallón. Si vive, ya pensaremos qué hacer con él. Tal vez podamos pedir un rescate.

La última voz, al contrario que las otras, atravesó su mente como un rayo de luz que se abría camino dentro de ella. Abrió los ojos y vio frente a él a un hombre alto, más alto que él incluso. Tenía los cabellos rojos como el fuego y los ojos verdes. Sintió una extraña paz al mirarlos, como cuando se divisan los campos y praderas desde lo alto de una montaña. Después, la luz que emanaba de él lo cegó y todo volvió a desvanecerse en una tiniebla de sangre.

Los rayos de sol manoseándole la cabeza redujeron esta hasta el tamaño de la de un bebé. En su frente sentía el calor de la piel de la espalda de su madre. Le gustaba pegar su nariz a ella y aspirar el olor de su sudor, porque era como volver a estar dentro de su vientre. O colocar la orejita entre sus omóplatos y escuchar los latidos de su corazón, como un tambor, que acompasaba con los golpes rítmicos del pisón, pon-pon, el grueso mazo con el que majaba el fufú contra el fondo del gran mortero de madera, mientras otra mujer lo amasaba. Otras veces se alternaban y era ella la que se acuclillaba para mover con las manos el emplaste de mijo y raíces, durante el breve espacio de tiempo entre un golpe y otro.

Pon-pon.

Pon-pon.

A veces las mujeres acompañaban su tarea con canciones, que lo adormilaban; otras hablaban y el niño trataba de distinguir alguna de las palabras, que corrían en sus bocas como antílopes.

—*¡Ketekete!* —Escuchaba.

Y su madre se detenía, desataba el caftán con el que lo mantenía pegado contra su espalda y, tras cogerlo en brazos y alzarlo, como una ofrenda al cielo, le olisqueaba el trasero.

Al principio, se resistía, lloraba cada vez que le cambiaban el pañal. También le gustaba aquel olor, el olor y la calidez de sus propios excrementos, trepando por su cuerpo como una serpiente, que se introducía en su boca y dejaba el regusto del fufú en el paladar, para después volver a descender hasta su estómago e reiniciar aquel ciclo tan placentero, en el que todo se reducía a comer y defecar. Pero luego, cuando su madre volvía a envolverlo en la tela y a pegarlo contra su espalda, la sensación era confortable, y volvía a escuchar las canciones, y los golpes del pisón.

Pon-pon.

Pon-pon.

Pon-pon.

Y se quedaba otra vez dormido.

Un día, los golpes y los corazones se detuvieron de repente. Por un instante todo se quedó en silencio y después el silencio se lo comieron los perros. Sus ladridos se oyeron al principio a lo lejos. Como si llegaran desde el fondo de un desfiladero. Luego, sonaron más próximos, cada vez más próximos, y se entremezclaron con el ruido de los cuerpos huyendo a través del bosque, rozando la maleza, y con el de las respiraciones jadeantes. Cuando la de su madre parecía que fuera a ahogarse, ella cayó al suelo, como un machete abriéndose paso entre la vegetación. Nerviosa, se desató el vestido, lo apartó a él de la espalda y, apretándolo fuerte entre sus brazos, le tapó la boca, cortando su llanto. Su mano era un enorme pezón, que sabía a sudor y a tierra, a raíces y a sal. Los ladridos se escuchaban cada vez más próximos, cada vez más próximos. Le faltaba el aire pero a la vez todo su aliento estaba allí. Los dedos del sol se posaron sobre sus párpados. El último rayo de luz, de aquella luz dorada y líquida, se lo arrebató una sombra, interponiéndose entre el sol y su cuerpo pegado al de su madre y el de esta a la tierra. Los perros ladraron entonces junto a su cabecita, hambrientos, tratando de masticar incluso la última porción de aire que todavía quedaba en el hueco de la mano de su madre.

***

—¡Rosendo, *ixo*[4]!

—Que se calle ese perro, Erramun. Llévatelo. Y avisa a Sanchicorrota, dile que el chico ha despertado.

—De acuerdo.

—Tranquilo, chaval, lo peor ya ha pasado, te vas a poner bien.

—¿Dónde estoy? —Distinguió, por fin, su propia voz.

Retumbaba en su cabeza y a la vez sonaba extraña, lejana.

—¿Quiénes sois?

Sus labios ya no estaban cosidos, pero sus palabras seguían deslizándose como gotas de plomo por su cabeza. En la sien tenía un agujero, por el que entraban y salían un aluvión de pensamientos, ruido, recuerdos, y un dolor agudo, como un aire helado, que soplaba en su cerebro.

—Tranquilo, no hagas esfuerzos. Toma, bebe.

El hombre le acercó una jarra a la boca. El agua limpió el barro de su garganta. Al reconocer el sabor de la sangre recordó su oreja, tirada sobre la tierra agrietada, y trató de palpársela, pero en el lugar en el que debía estar se topó con un paño que recubría la mitad de su cabeza. Se mareó y volvió a perder el conocimiento.

Volvía en sí cada poco tiempo, cada vez que le acercaban a los labios un sorbo de vino, o un trozo de pan mojado en agua. Y luego se desvanecía de nuevo, o dormía, con sueño ligero y desasosegante, en el que los recuerdos se agolpaban vívidos en su mente, pero se borraban al despertar.

Cuando comenzó a permanecer más tiempo en vela, los ojos de Pedro Guinea se acostumbraron poco a poco a la penumbra y comprendió que estaba en una cueva. Aprendió a diferenciar sus paredes terrosas y las conversaciones, los cantos y las risas de los

---

[4] «¡Calla!».

bandidos que llegaban desde el exterior, de las voces y los recuerdos fantasmales que se le aparecían en la duermevela.

A menudo, le acompañaba alguien, el joven zagal, con aquel perro al que llamaba Rosendo, que pastoreaba su sueño y ladraba cada vez que abría los ojos; o aquel hombre, que se acercaba cojeando hasta su lecho y le ofrecía un sorbo de caldo, o un bocado de carne, y que observaba preocupado cómo tragaba los alimentos, con la boca abierta, en forma de «o», como si fuera un pez.

Pero era Sanchicorrota, el hombre del pelo rojo y los ojos verdes, quien más le inquietaba, y quien, a la vez, deseaba que permaneciera a su lado más tiempo, pues le parecía que la fuerza y la energía que desprendían sus movimientos, su corpulencia, la determinación de sus palabras, le transmitían ánimo y confianza. Tenía además la impresión de que esperaba algo de él, algo importante, una vez que sanara su herida.

Sus visitas a la cueva, sin embargo, eran breves. Sanchicorrota entraba en ella encorvado, para no golpearse la cabeza con el techo, tapando con sus enormes espaldas el haz de luz que llegaba desde el exterior, le observaba durante un rato pensativo y después preguntaba:

—¿Qué tal estás hoy, Malasombra?

—Mejor —contestaba Pedro Guinea.

No sabía por qué lo llamaba así, pero le agradaba, creía reconocer en el apodo un matiz cariñoso.

—Me alegro —contestaba después el bandido, y se daba la vuelta para abandonar la cueva.

Todavía un buen rato después de que lo hubiera hecho, Pedro Guinea podía sentir la voz vibrante, la respiración arenosa de Sanchicorrota flotando en el aire.

Al cabo de unos días, pudo ponerse en pie, aunque le costaba mantener el equilibrio cuando caminaba. Su cabeza parecía inclinarse siempre hacia el lugar donde tenía la herida, como si llevara un gran peso que le vencía. Y desde aquel flanco de su cabeza, los sonidos se convertían solo en un ruido de fondo, un rumor lejano.

Primero comenzó a dar pequeños paseos por la cueva. Después, le permitieron salir fuera, pero solo al anochecer, para ocultarle la ubicación de la guarida. Pero a él no le costó mucho reconocerla, leyendo las estrellas, que en la noche de las Bardenas parecían copos de nieve incandescentes.

Al anochecer, los bandidos solían reunirse alrededor del fuego, y contaban historias, o entonaban canciones tristes, como lobos aullando a la luna. Erramun, el zagal, tenía una voz hermosa y los demás solían escucharle boquiabiertos, o se adormilaban, ensimismados en la melancolía de aquellas canciones en lengua vasca, que desconocían. Pedro Guinea, sin embargo, acostumbrado a recorrer a pie todo el reino de Navarra, era capaz de distinguir muchas de las frases. Y no tardó en darse cuenta de que el muchacho solía colocarse, cuando las cantaba, siempre mirando al norte, hacia El Paso, la raya del desierto en que las palabras que él había aprendido de niño comenzaban a convertirse en arena.

No muy lejos de allí, al oeste, se encontraba Olite. Hacía ya varios días que debería haber regresado al palacio con la cornamusa. Cada vez que lo recordaba se angustiaba, volvía a marearse, veía la imagen de su oreja cortada de un solo tajo y tirada en el suelo. Tal vez —cavilaba— si regresaba al palacio con las manos vacías, don Carlos ordenara que le cortaran la otra oreja. Siempre había cumplido todas las misiones que el príncipe le había encomendado. No sabía qué sería de él. Ni siquiera sabía si deseaba volver a la corte. Pero tal vez debiera hacerlo de todos modos si los bandidos pedían un rescate por él… Prefería, en realidad, no pensar en ello. Sin embargo, era inevitable: los bandidos hablaban, alrededor del fuego, de escaramuzas entre partidarios del rey don Juan y de su hijo, el Príncipe de Viana. Y como la mayoría de los navarros, se mostraban partidarios de don Carlos y consideraban al rey un usurpador.

—Nosotros somos bandidos, no tenemos señor —les cortaba entonces Sanchicorrota—. ¿Qué más nos da? ¿Y, además, qué diferencia hay entre un rey u otro, entre este príncipe o aquel? A todos ellos sus vasallos no les importan un rábano, son pertenencias, que venden o cambian a conveniencia. Regalan señoríos, pueblos y ciudades, con todos los que los habitan, como si fueran ganado. Se casan entre ellos para obtener coronas. Lo mismo que son reyes de Navarra lo son de Aragón o de Castilla. Un rey, en fin, no es rey por voluntad divina, sino porque sus antepasados se lo montaron divinamente.

—Menos los míos, que siempre fueron pobres como ratas —bromeaba entonces el hombre pez.

Y a continuación los demás lo azuzaban para que contara, una vez más, la historia de aquella ocasión en que fue, durante un día, rey de Navarra.

—Me vistieron con cote y sobrecote, con calzas y camisa, bordada en hilo de oro, el mismo con que se tejía la ropa del rey —comenzaba él.

Y continuaba explicando cómo, el día de Reyes, los monarcas navarros acostumbraban a agasajar a varios niños, elegidos entre los más necesitados del reino, con un roscón, en una de cuyas porciones se ocultaba un haba. El afortunado que le hincaba el diente era proclamado, durante un día, rey. El rey de la faba. Se le alzaba sobre un escudo, al grito de «¡Real, real, real!» y se le ofrecía una fiesta que no tenía nada que envidiar a las de los cumpleaños de los auténticos reyes: banquetes, músicos y bufones, bailes…

—Me pusieron bragas y zapatos. ¡Y un manto de armiño! —contaba el hombre pez, y cada vez que lo contaba era distinto: algunas veces se atragantaba con el haba y al escupirla, entre aspavientos, esta acababa en el plato del rey; otras se empachaba, después de devorar a cuatro carrillos una libra de vaca, un garapito de vino blanco y media docena de perdices; algunas noches recordaba aquel como el día más feliz de su vida; otras renegaba de él y creía que los reyes solo pretendían aliviar sus conciencias, o humillar a los niños pobres que sentaban a su mesa, reírse de sus modales y de su hambre animal y atávica...

Nadie sabía en realidad si el hombre pez había sido en alguna ocasión rey de la faba, pero tampoco les importaba: para ellos lo era cada vez que lo contaba.

Pedro Guinea, por su parte, no podía evitar, al oírle, recordar las fiestas en palacio, al Príncipe de Viana y sus caprichos, la cornamusa...

Y a Urraca.

Buscaba entonces, al pensar en ella, el sur en aquel mapamundi celeste, el lugar bajo la estrellas donde se encontraba Arguedas, y trataba de imaginar qué habría sido de su amada y de la niña que llevaba en su vientre, dónde habrían hallado refugio...

Y cuando eso sucedía, regresaba a sus piernas la fortaleza de una manada de caballos, la precisión de una brújula, la firmeza del mármol negro de Markina.

Y de ese modo, mientras esperaba a que Sanchicorrota le dijera qué esperaba de él, fueron pasando los días y las noches, entre aquellos bandidos que contaban historias alegres y cantaban canciones tristes, que cuidaban de él y que, en definitiva, habían salvado su vida, aunque todavía no supiera para qué.

CAPÍTULO 14

En el que Pedro Guinea vuelve a ejercer como *lasterkari* y husmeando en el viento conduce hasta Cascante a Sancho Errota, a quien guía, además de Malasombra, un mal presentimiento

Sucedió al llegar el invierno, cuando el cielo se tornó por fin gris y amenazante, como la panza de un animal de galaxia, henchida de la lluvia que había retenido durante largos meses.

Sanchicorrota entró en la cueva y se sentó junto a Pedro Guinea. Entre sus manos sostenía un cordón de cuero, del que colgaba algo parecido a un amuleto.

—Malasombra, guardamos esto para ti —dijo, mostrándoselo.

Durante los últimos días, la herida apenas le había molestado, o tal vez se había acostumbrado al dolor, al agujero supurante en la sien, al zumbido y los silbidos que lo trepanaban, pero al ver aquel colgante balanceándose ante sus ojos, sintió como si de nuevo se le abriera una flor de carne dentro de la cabeza.

—¡Es mi oreja! —gritó.

Del hilo de cuero pendía momificado, recubierto por una especie de barniz que lo mantenía intacto, el cartílago que el bandido Dosrostros había cortado de un brutal golpe de espada.

—Pensamos que tal vez te gustaría conservarla…

Pedro Guinea recogió el colgante con las manos temblorosas. Le pareció, por un momento, que aquella oreja era capaz todavía de transmitirle sonidos, como los latidos impetuosos de su corazón, al que quedó pegada cuando la colgó de su cuello. O que quizá fuera posible volver a coserla a su cabeza…

—Malasombra… —interrumpió Sanchicorrota sus fantasías—. Han pasado ya unas semanas desde que te encontramos y te trajimos con nosotros. Y parece que ya estás recuperado. Ahora tengo que pedirte algo.

Pedro Guinea tragó saliva. Había esperado aquel momento durante días, temeroso y esperanzado.

Intentó hablar, asentir, tal vez lo hizo, pero no escuchó su propia voz.

—Sé que tú conoces todos los caminos de Navarra, y cada uno de sus atajos —continuó Sancho Errota—. Tengo que volver a Cascante. Necesito saber si mis padres siguen vivos. Desde hace días no puedo dormir. Siento un presentimiento fatal. Y me corroe la angustia. He de volver a mi pueblo, a mi casa, a mi molino, aunque sea solo durante unas horas. Pero ahora soy un fugitivo y debo hacerlo sin que nadie me vea. Quiero que tú me lleves hasta allí.

Pedro Guinea pasó la yema de su dedo índice por la oreja que tenía junto al pecho. El tacto era extraño, a un mismo tiempo suave y áspero, como el de una cera salpicada de grumos. Del mismo modo, se entusiasmó con la idea de salir de una vez de aquella cueva, volver a los caminos, sentir de nuevo la tierra bajo sus pies y el aire en la cara; pero a la vez le entristecía no saber qué sucedería después, si una vez que cumpliera su misión, Sanchicorrota lo liberaría, o, en el caso de que lo hiciera, si entonces tendría que regresar a Olite…

Partieron esa misma noche, al oscurecer. Sanchicorrota le ofreció una montura, pero Pedro Guinea la rechazó. El bandido pensó que tal vez de ese modo, a pie, el *lasterkari* se orientara mejor; o que sin caballos les resultaría más sencillo pasar a ambos desapercibidos.

—Yo también iré a pie —dijo entonces Sanchicorrota.

Pero Pedro Guinea le contestó:

—No, no, tú puedes ir a caballo, si no, no podrás seguirme.

Sanchicorrota no tardó en darse cuenta de que el muchacho no fanfarroneaba. Su corcel azul persiguió a Pedro Guinea, al trote, durante leguas y leguas. Solo se detuvieron en alguna ocasión para beber agua en algún arroyo, o en algún cruce de caminos, en el que el africano husmeaba el viento, o trataba de buscar la veta de luz de una estrella que atravesara las nubes negras.

Descansaron un poco antes de llegar a Tudela, en una mejana, una pequeña isla en mitad del Ebro, que atravesaron a pie, sin llegar ni siquiera a mojarse las rodillas. Sanchicorrota recordó la anterior ocasión en que intentó cruzar el río, y al tritón, al hombre pez, que lo rescató cuando ya estaba a punto de morir ahogado. Se preguntó si acaso no hubiera sido mejor así. Le aterrorizaba la idea de regresar a Cascante y comprobar que sus padres habían muerto. Estaba casi convencido de ello. Y de que habían muerto por su culpa.

—He cruzado por aquí el río otras veces. Pero nunca lo había visto tan bajo —dijo Pedro Guinea, tratando de espantar con sus palabras el avispero que zumbaba en el pecho de Sanchicorrota.

Por primera vez desde que lo conocía, su figura corpulenta y la firmeza de su ánimo le parecieron vulnerables. Sanchicorrota respiraba con dificultad y se mostraba ausente.

—Hace meses que no cae una gota. Pero parece que no va a tardar en llegar la lluvia —prosiguió Pedro Guinea.

Pero como viera que el bandido no abandonaba su ensimismamiento, lo llamó, por fin, por su nombre.

—Sanchicorrota… —dijo.

—Aquí estoy —contestó él, como si regresara de otro mundo.

—¿Puedo preguntarte algo?

—Claro.

—Cuando volvamos a las Bardenas, ¿qué haréis conmigo? ¿Pediréis un rescate al Príncipe de Viana?

Sanchicorrota sonrió.

—¿Es lo que tú desearías, volver a ser un esclavo?

—No, pero ¿qué sería, de todos modos, junto a vosotros, sino vuestro esclavo? Prefiero ser el esclavo de un príncipe que el de un bandido. Después de todo, en Olite no llevo una mala vida, no paso penurias, frío, ni hambre, me alimento con los mismos platos que el príncipe…

Sanchicorrota volvió a sonreír.

—Entre nosotros no hay esclavos —contestó—. Un bandido es un hombre libre. Así que cuando regresemos puedes hacer lo que quieras. Puedes volver a sentarte a la mesa de tu príncipe, hasta que muerdas el bocado envenenado; puedes quedarte con nosotros, si lo deseas; o puedes buscar tu propio camino. No parece que tengas dificultades para esto último. Yo es lo que haría, si estuviese en tu pellejo.

Esta vez fue el muchacho quien permaneció pensativo.

—No es tan fácil —murmuró.

Pedro Guinea nunca había sido un hombre libre. En realidad, pensaba, la mayoría de quienes decían serlo eran también esclavos. Esclavos de su hambre, o de su estómago lleno, de sus comodidades, que debían proteger, o salvaguardar a cambio de servidumbres… Como don Carlos, el Príncipe de Viana, cautivo de su sangre y de su destino. Ni siquiera los auténticos hombres libres, como Sanchicorrota, eran hombres libres, sino que permanecían presos de esa libertad, la cual debían defender con uñas y dientes, arriesgándose a morir por ella a cada paso, ocultándola como un tesoro en una cueva, en el corazón del desierto, manteniéndola a salvo de los ojos del resto de los hombres, de los esclavos y de quienes se creían libres, pero en realidad temían a la libertad.

No, ser un hombre libre no era tan fácil.

Sobre todo para él.

—Tú no puedes estar en mi pellejo, Sanchicorrota. Yo soy un

hombre negro —añadió—. Y es difícil encontrar tu propio camino, cuando todos te tratan como a un animal de carga.

Sanchicorrota sonrió por tercera vez.

—Entre nosotros serás uno más. Y a mí me gustaría que te quedaras. No hay muchos hombres que sepan orientarse como tú lo haces. Piénsalo. Pero ahora debemos continuar, no quiero que nadie me vea en Cascante cuando amanezca —zanjó la conversación.

Reanudaron el viaje. Cruzaron hasta la otra orilla y el resto del camino lo hicieron en silencio. La oreja de Pedro Guinea golpeaba su pecho con cada paso y él escuchaba los sonidos que recogía en su vaivén: el silencio denso de la noche, la circulación de su sangre…

—Descansa, yo te llevaré —le dijo, por su parte, a Sanchicorrota su caballo azul.

Y él cerró los ojos.

Cuando volvió a abrirlos reconoció las ruinas romanas, a las afueras del pueblo, en las que se apedreaba siendo niño con el resto de muchachos de su edad; los campos donde permanecía enterrada la simiente de sus primeros besos y caricias; la orilla del Queiles en la que aprendió a bailar las piedras sobre la piel del río, y a escuchar sus lamentos y su voz…

Amarraron la montura entre unos juncos, cerca del molino. Pero primero se dirigieron a la casa de sus padres, que se encontraba a los pies del castillo. La vieja ciudad romana parecía un gran animal dormido. Caminaron de puntillas sintiendo cómo bajo sus pies las calles respiraban, hinchándose y deshinchándose muy levemente, al igual que la muralla y las casas. En el hueco de alguna ventana titilaba un rescoldo naranja de fuego. Las uñas de algún animal arañaban la tierra del establo. Se oyó un suspiro y un cuerpo que cambiaba de postura en el jergón…

—Aquí es —susurró Sanchicorrota, deteniéndose ante un portón de madera con la hoja dividida en dos.

La *eguzkilore,* la flor del cardo silvestre que siempre había clavada en la parte superior para espantar a los malos espíritus, había sido arrancada con saña. Solo quedaba su corazón amarillo y reseco. Sancho Errota tuvo un mal presentimiento. Al abrir la puerta, esta rechinó en un lamento. Los dos hombres contuvieron la respiración y el aullido se ahogó en la noche y dentro del pecho de Sanchicorrota, donde se prolongó con un silbido afilado.

Le faltaba el aire. No reconocía el olor de la casa, que también era el suyo, el que desde niño se había ido adhiriendo a su piel: el aliento agrio de su padre; el aroma dulzón que desprendían los brazos rollizos de su madre, sus muslos como almohadas; el humo picante de la chimenea; el culo sucio de las cazuelas; el rastro en ellas de la berza hervida, del bacalao seco, de las habas en remojo... Y, sobre todo, el olor de la harina y del pan, siempre recién hecho.

Todo ello había sido borrado por una miasma de humedad y rapiña, que flotaba amenazante en el aire.

Nervioso, Sanchicorrota intentó abrirse paso en la oscuridad hacia el dormitorio de sus padres. Normalmente podía caminar por la casa sin dificultad, a tientas, con los ojos cerrados, como cuando bajaba a orinar de madrugada a la cuadra, pero esta vez tropezó con algo. El escaño que había junto a la puerta había sido desmantelado. Alguien había abierto su vientre de madera y habían desaparecido las mantas y paños que su madre guardaba en él. No tardó en darse cuenta de que con el resto de muebles y enseres había sucedido lo mismo. El suelo de la casa estaba cubierto de astillas, las puertas desencajadas, las alacenas y armarios vacíos... No le hizo falta llegar hasta la habitación de sus padres para saber que no los encontraría allí.

Al entrar al dormitorio y comprobar que no había nadie, el silbido en su pecho se convirtió en el de una mecha encendida. Sus pulmones ardían y las lágrimas que comenzaron a resbalar por sus mejillas eran insuficientes para sofocar la rabia.

—¡Vámonos! —dijo.

Necesitaba salir de la casa, respirar el aire helado de la madrugada. Buscar entre la escarcha una brizna de esperanza.

Una vez en la calle, echó a andar hacia el río. Pedro Guinea le siguió asustado, caminando a saltitos, como si con cada uno de ellos pudiera borrar los pasos furiosos de Sanchicorrota, que no temían ya despertar al animal dormido. Se oyó quiquiriquear un gallo, susurros, el crujido del gozne en una ventana…

Sancho Errota se dirigió al molino. Pensó que quizá sus padres habrían buscado refugio allí, después de que la casa familiar fuera asaltada. Pero su pálpito se desvaneció antes de llegar, cuando percibió desde lejos el hedor del agua estancada y el de los restos de harina comida por el moho.

—Aquí tampoco hay nadie. Solo ratones —murmuró.

Al desatrancar la puerta, en efecto, una maraña de roedores se desenredó entre sus pies.

—Un momento. —Le detuvo, sin embargo, Pedro Guinea, apoyando su muñón sobre el pecho.

Entre los chillidos de los ratones le pareció distinguir un gemido contenido, una respiración temblorosa.

Se quedaron paralizados durante unos instantes, en los que el hormigueo en la mano que Pedro Guinea no tenía y el asma que crepitaba como una hoguera en el pecho de Sanchicorrota fueron lo mismo, les perteneció a ambos por igual.

—¿Quién anda ahí? —gritó Sancho Errota, al escuchar cómo alguien hacía crujir el esqueleto de madera del molino—. ¡Vamos, sal de donde estés, si no quieres que te muela a palos! —amenazó impaciente, ante el silencio que obtuvo como respuesta—. ¡Vamos!

—No, por favor, Sanchicorrota. —Se escuchó por fin una voz delgada y temblorosa—. ¡Soy yo!

Vieron acercarse hacia el mínimo haz de luz de la puerta una figura pequeña, que parecía la de un niño, o tal vez la de un enano.

—¡Benjamín! —exclamó Sancho Errota, al reconocerlo.

Era el pequeño que estaba junto a él el día que descalabró al recaudador de impuestos.

—¿Qué haces aquí?

—Estoy escondido, con mis hermanos. —Señaló hacia la estolda, la bóveda bajo el molino por la que entraba el agua y hacía moverse la rueda que ponía en marcha todo su mecanismo.

—¿En el infierno?

Así llamaba Sanchicorrota a aquel lugar, en el que, a pesar de su humedad, sudaba la gota gorda cada vez que tenía que bajar a reparar alguna pieza, a desenredar, encorvado, alguna rama atrancada en los dientes del rodezno o a apartar una piedra de la compuerta.

—Nos han echado de casa, se han quedado con ella. Dicen que somos unos ladrones. Y han amenazado con arrojarnos a un pozo.

—¿Dónde está tu madre?

—Se ha ido a Tudela, a pedir ayuda a unos parientes. Pero volverá pronto a por nosotros.

Sanchicorrota cogió aire.

—¿Y mis padres? ¿Sabes dónde están? —preguntó.

Benjamín agachó la cabeza.

—¿Han muerto? —preguntó Sanchicorrota, alzando suavemente con su mano la barbilla del muchacho.

Sus ojos estaban anegados de lágrimas, pero por un momento, al mirar a Sanchicorrota, se serenaron, como el agua turbia de un estanque que se aclara, y el bandido pudo ver al fondo del mismo, entre el fango, los huesos de varios pájaros.

—Han muerto, ¿verdad?

—Sí —susurró Benjamín—. Los soldados del rey se llevaron preso a tu padre, al día siguiente de que huyeras. Dicen que le dieron tormento y que no pudo soportarlo.

—¿Y mi madre?

—Ella murió pocos días después, dicen que de pena. No quería comer, ni salir de la cama.

Sanchicorrota cerró los ojos. Cuando los volvió a abrir, comenzaba a amanecer a sus espaldas.

—Tenemos que irnos —dijo Pedro Guinea.

En el pueblo se escuchó ladrar algún perro, voces, el gemido de alguna puerta abriéndose...

Sanchicorrota retrocedió varios pasos y rodeó el molino, hasta llegar a la acequia. Estaba seca. Bajó por ella hasta la estolda. La compuerta permanecía abierta. Al asomarse a la bóveda vio a los hermanos de Benjamín, acurrucados unos junto a otros, sus grandes ojos que brillaban como los de varios animales acorralados al fondo de su madriguera.

Se volvió hacia Benjamín y sacó de su talega un pañuelo anudado.

—Dale esto a tu madre cuando vuelva —dijo.

Benjamín desenvolvió el pequeño bulto y su rostro se iluminó con el fulgor de varias joyas, anillos, camafeos, gargantillas, que el bandido había arrebatado a algunos viajeros en diferentes asaltos a caravanas.

—¡Vámonos, Malasombra! —ordenó después Sanchicorrota.

Y regresaron hacia los juncos en los que habían amarrado la montura.

Pedro Guinea se abrió paso entre ellos y echó a correr. Tras él, Sanchicorrota cabalgaba sobre su corcel azul, erguido, como si en lugar de un hombre fuera una efigie.

El vientre negro del cielo rugía sobre sus cabezas.

Trotaron durante varias leguas, atravesaron volando el Ebro, volvieron sobre sus huellas al entrar en la Bardena Blanca... Y, de repente, Pedro Guinea dejó de oír las pezuñas del caballo a sus espaldas... Cuando se giró, vio que la estatua de Sanchicorrota se había convertido en sal, en una arena que se deshacía sobre el lomo del caballo. Su corpachón, derrengado sobre él, se fue deslizando, vencido, hasta caer postrado de rodillas en el suelo.

Pedro Guinea también regresó sobre sus propios pasos, se agachó junto a él y volvió a pasar, consolador, su brazo mellado, esta vez sobre la espalda de Sanchicorrota, quien, a su vez, lo abrazó con fuerza. Pudo notar el temblor de su pecho y, otra vez, el hormigueo en el muñón. Era una sensación extraña. Como si un conducto secreto uniera sus almas. Después, al mismo tiempo que Sanchicorrota rompía a llorar, un trueno desgarró la panza del cielo y esta vació un diluvio de agua y lodo sobre sus cabezas.

CAPÍTULO 15

EN EL QUE SE CUENTA CÓMO, SORPRENDIDOS POR UNA TORMENTA DE AGUA Y LODO, SANCHICORROTA Y PEDRO GUINEA DESCUBREN QUE LA VIDA ES SOLO UNA POMPA DE AIRE EN EL TRANSCURSO DEL TIEMPO Y UNO DESEA QUE EXPLOTE DE UNA VEZ Y EL OTRO QUE NO LO HAGA NUNCA

Llovía torrencial y caóticamente, como si al cielo, después de tantos meses de sequía, se le hubiera olvidado gobernar la lluvia. El aire era una pared de agua. La tormenta caía con tanta fuerza que golpeaba los terrones resecos y estos salían volando, hechos añicos, y volvían a caer convertidos en barro. Los callejones que serpenteaban entre los castillos de arcilla y yeso de las Bardenas, por los que hacía siglos discurrieron las corrientes marinas, se convertían ahora, como surcos en la memoria de la tierra, en torrenteras de légamo, que arrastraban a su paso todo cuanto encontraban...

A pesar de todo ello, Pedro Guinea y Sanchicorrota habían conseguido avanzar hacia El Rallón, bordeando despeñaderos y evitando las vaguadas. Cuando el barrizal comenzó a tragar sus pies, subieron a lomos del corcel azul, aquel que no sabía nadar pero había aprendido a volar, y avanzaron todavía un buen trecho más. Pero poco después las alas del caballo se cubrieron de barro, y tuvieron que detenerse, a apenas una legua de distancia de su guarida, atrapados en aquel infierno de fango que los engullía poco a poco.

—¡Tenemos que salir de aquí! —exclamó Pedro Guinea, al ver cómo una gigantesca lengua de lodo avanzaba hacia ellos, desbordando los barrancos.

Desde las buitreras, en las paredes de los mismos, se veía salir a los carroñeros, antes de que la crecida cegara sus nidos, y revolotear desorientados picoteando el corazón de la tormenta.

—¡Sanchicorrota! —gritó Pedro Guinea, sacudiendo por los hombros a su compañero, que se había quedado petrificado, rendido al temporal.

Parecía que nada pudiera herirlo con tanta fuerza como la muerte de sus padres, o que al perder a estos se hubiera cortado el hilo que lo unía al mundo, aquel mundo al que ellos lo habían traído.

De todos modos, ya no había escapatoria, la avalancha de agua y barro avanzaba lenta pero imparable y cuando los alcanzó ni siquiera lucharon o trataron de huir, sino que tumbaron sus cuerpos sobre ella y dejaron que los arrastrara. Por suerte, el espesor del lodo los mantuvo a flote, mientras avanzaba zigzagueante por las quebradas. Sancho Errota cerró los ojos y se abandonó, dejó que la corriente vapuleara su cuerpo. No le importaba morir. Quizá era lo que merecía, pues había sido él mismo quien había cortado aquel hilo de vida con sus padres. Y sabía que volvería a hacerlo, que volvería a matar al recaudador, a pesar de todo, a pesar de que a la vez matara de ese modo a sus padres y acabara con su propia vida. No deseaba aquella vida, prefería que fuera ese fango el que lo sepultara, antes que el de los remordimientos y el de una existencia convertida en rendición perpetua.

Pedro Guinea, por el contrario, no quería morir.

«¡Soy demasiado joven!», se decía.

¿Qué sentido tenía morir cuando ni siquiera sabías quién eras, partir sin saber de dónde habías llegado? ¿Para eso le había sido mostrado el amor, como una promesa? ¿Para arrebatárselo a continuación?

—¡No! —gritaba, y trataba de buscar una rama, una terraza a la que aferrarse, pero todos los asideros se deshacían entre sus dedos.

Sobre su cabeza veía a los buitres trazar círculos imperfectos, cubrir el cielo con sus alas negras. Y bajo él cómo los cabezos de tierra se desmoronaban, cambiaban de formas, moldeados despóticamente por el agua.

No tardó en darse cuenta de que sus propias piernas y su cintura se habían convertido en barro. Tenía ya medio cuerpo hundido en él y sentía que una fuerza, un demonio colgado de sus tobillos, tiraba hacia el centro de aquel infierno. Unos solos pies a su derecha, vio cómo el caballo azul de Sanchicorrota desaparecía, tragado por el fango, dejando solo como rastro de su paso por este desdichado mundo una pequeña burbuja. Tal vez eso fuera la vida. Solo una pequeña pompa en el transcurso del tiempo, que se inflaba durante solo unos instantes, para explotar y desaparecer. Eso fue lo que pensó, resignado, Pedro Guinea, solo un segundo antes de que la boca y las fosas nasales se le llenaran de tierra, pero justo en ese momento, cuando ya creía que iba a morir, notó un tirón en sus cabellos y cómo la fuerza que lo arrastraba al fondo, ahora lo sacaba a flote y escupía su cuerpo hasta una pequeña loma que apareció de manera providencial.

—¡Aguanta, Sanchicorrota! —Pudo distinguir después un grito, mientras tosía violentamente, tumbado sobre su costado.

Y a través de sus ojos entreabiertos, reconoció al hombre pez, el bandido que había cuidado de él mientras se recuperaba de sus heridas, y que tras salvar su vida por segunda vez, se arrojaba de nuevo al agua, hacia el centro de un remolino, que había comenzado a engullir a Sanchicorrota, quien a pesar de haberse abandonado a la suerte, braceaba y escupía agua por puro instinto de supervivencia.

El hombre pez, guiado por una especie de fuerza sobrenatural, no tardó en llegar hasta él ni en acercarlo hasta la orilla. Se movía en el agua como si la corriente fuera tan solo una racha de viento que desmadejaba su pelo. Pero el último empujón, gracias al cual consiguió sacar del fango a Sanchicorrota, impulsó, con la fuerza de una palanca, al tritón hacia el remolino, que se lo tragó como si aquella lengua de barro fuera la de un monstruo voraz y cruel.

Justo un segundo antes de desaparecer entre sus fauces, sin embargo, Sanchicorrota y Pedro Guinea pudieron ver cómo el hombre pez se despedía de ellos con una extraña sonrisa, una sonrisa feliz, como nunca antes habían visto ni en su rostro ni en el de ningún otro ser humano.

CAPÍTULO 16

En el que pasan algunos años en la guarida de
los bandidos, haciendo las cosas que hacen los
bandidos, como robar y romper cabezas, mientras
estalla la guerra civil en Navarra, y en el que
a pesar de todo ello también se cuenta la
historia de dos jirafas enamoradas

La tristeza y la pesadumbre ya no abandonarían a Sanchicorrota hasta el final de sus días. Siempre había sido un hombre callado y adusto, pero tras la muerte del hombre pez y de sus padres esos rasgos de su carácter se afilaron. El color de su cabellera rojiza se apagó, entreverado con algunas canas, y sus ojos verdes comenzaron a amarillear, como una pradera quemada por el sol.

Conservó, sin embargo, su fuerza, y su fama de bandido terrible creció, sobre todo cuando en sus escaramuzas se enfrentaba con soldados del rey, con quienes no tenía piedad. Cuando, por el contrario, asaltaba caravanas de arrieros o viajeros, intentaba mostrarse cortés y en la mayoría de las ocasiones conseguía sus botines sin romper la cabeza a nadie.

En los pueblos de la Ribera que lindaban con las Bardenas se convirtió en un héroe, al que esperaban ansiosos tras sus célebres y celebradas emboscadas. Sanchicorrota y sus hombres solían acercarse, generalmente al caer la noche, a Valtierra, Caparroso, Rada… convertidos en contrabandistas, que canjeaban de manera generosa joyas por sidra, tinajas de aceite por una olla de cordero al chilindrón, fardos de franela o seda a cambio de un beso o un baile con una muchacha… Los labradores, por su parte, recibían a los bandidos con fiestas que se prolongaban hasta el amanecer y en las que corría el vino y las cazuelas borbotaban y el eco de las jotas resonaba en la noche oscura, como el aullido feroz de aquellos que siempre dormían con las espaldas rotas y el estómago vacío.

Bajaban también en ocasiones a Arguedas y entonces Pedro Guinea, que se convirtió en el lugarteniente de Sanchicorrota y al que comenzaron a conocer en aquellos pueblos de la Ribera como el Bandido Negro, solía buscar a Urraca, un destello de su piel de nieve ardiente, entre las muchachas que danzaban alrededor de las hogueras. Pero nunca la encontró, ni a nadie que supiera darle noticias de ella, aunque comprendía que más bien evitaban hacerlo, pues, de alguna manera, percibía su presencia, su mirada de ojos grises, clavada en él desde algún lugar oculto.

Del mismo modo, a hurtadillas, el joven africano solía observar a Sancho Errota en El Rallón, cuando regresaban a la guarida y al anochecer los treinta bandidos se calentaban junto al fuego.

Tras la muerte del hombre pez las noches en el campamento se tornaron más frías y las canciones de Erramun más tristes. Sanchicorrota solía permanecer siempre en silencio, ausente, mirando fijamente las llamas que se retorcían, y, a veces, cuando alguna rama se rompía en un chasquido, Pedro Guinea tenía la impresión de que era el bandido quien la partía con su mirada. Comprendía también que aquella melancolía de Sanchicorrota era el rugido del león que había dentro de su pecho, el cual poco a poco moría de pena, como decían que antes lo había hecho su madre. Pedro Guinea sabía que, en efecto, se podía morir de pena, que eso formaba parte de la naturaleza animal. De pena, por ejemplo, murió una de las dos jirafas del Príncipe de Viana a las que él cuidaba en Olite. No podía evitar recordar aquel episodio al pensar en la aflicción de Sanchicorrota, y eso le torturaba, pues la historia, en realidad, tenía algo de jocoso.

La jirafa, como la mayoría de los animales que poblaban los fosos del palacio —o como los dos búfalos junto a los que el propio Pedro Guinea llegó a Navarra—. fue un regalo para el Príncipe de Viana de otro monarca, el sultán de los benimerines Walito Ben Inlomé. Don Carlos se encariñó pronto con ella: a diferencia de a otras bestias podía darle de comer con sus manos, pues la cabeza de la jirafa sobresalía hasta lo alto del muro. Y el príncipe palmeaba su cuello, susurraba confidencias en sus pequeñas y puntiagudas orejas, imitaba los gestos desbocados de su mandíbula cuando triscaba las hojas con las que la alimentaba... Comprendió, sin embargo, que había otro tipo de necesidades que su compañía no podía llenar y, un año después de la llegada de la jirafa a Olite, hizo traer a un macho que mitigara su soledad y sus instintos. Así fue en cuanto a lo primero: la pareja se convirtió en inseparable, caminaban siempre juntos y cuando el príncipe se acercaba a darles de comer, sus cuellos se estiraban hasta sus manos trenzándose, trepando el muro como dos hiedras enredadas. Sin embargo, en lo referido a lo segundo, al apareamiento, no parecían mostrar mucha prisa, así que don Carlos, impaciente, mandó llamar a dos mamporreros, que, poco acostumbrados a los animales exóticos, durante la monta acabaron derribando torpemente al macho, el cual al caer se partió el cuello y murió en el acto, nunca mejor dicho. Durante los días siguientes, la hembra permaneció tumbada en una esquina de los fosos, con el cuello hecho un ovillo sobre su propio cuerpo, los ojos cerrados, inapetente... Ya no acudía cuando el príncipe se acercaba a ofrecerle el forraje, ni comía tampoco cuando Pedro Guinea bajaba al foso e intentaba alimentarla por la fuerza. Pero lo más curioso de todo fue que, durante los escasos días que tardó en morir de tristeza y desamor, las rayas blancas que separaban las pintas negras de su piel fueron desdibujándose, hasta que su cuerpo se convirtió en una gran mancha oscura, en un montón de carne inerte al que el corazón le dejó de latir.

De igual manera, Pedro Guinea percibía cómo Sanchicorrota iba apagándose, sumido en una desdicha inconsolable, que solo la negra muerte podía remediar; eso, o aceptar la vida como una penitencia. Y por ello, tratando de purgar la culpa que lo atormentaba, acostumbraba a repartir los botines obtenidos en sus asaltos entre los más necesitados, entre quienes vivían con más estrechez, en cuevas excavadas en el monte, a las afueras de los pueblos; o entre las familias arrojadas a los caminos, despojadas de sus casas en mitad de la guerra civil que estalló en Navarra, por fin, con toda su crueldad, y asoló, junto con el hambre y la sequía, el reino durante lustros.

Fue en el año del señor de 1450. El príncipe don Carlos, cansado del autoritarismo de su padre, huyó a Guipúzcoa, buscando el apoyo de algunos nobles que combatían al rey en las guerras que este mantenía en Castilla; volvería a Olite poco después, sin embargo, con la conciencia roída por los remordimientos y por la promesa hecha a su madre en su lecho de muerte —acceder al trono del que era legítimo heredero solo cuando su padre se lo cediera—, pero pronto comprendería que don Juan, el usurpador, nunca renunciaría a la corona, y azuzado por sus partidarios, volvería a enfrentarse con él, en una guerra que, no tardaría en descubrir, no se libraba con justas entre poetas ni con vigías que repelían los ataques del enemigo tocando el arpa. Si acaso, se parecían más bien a una de las jornadas de caza a las que tan aficionado era don Carlos, con la diferencia de que en esta ocasión fue él la pieza cobrada, pues acabaría siendo hecho prisionero y confinado en una mazmorra por su despótico padre.

Desde entonces, los nobles que apoyaban a uno o a otro campaban con sus huestes por toda Navarra, asediando las villas que no les eran afectas, saqueando y quemando sus casas y cosechas, derruyendo sus castillos, regando la tierra con sangre y haciendo crecer bajo sus grietas la semilla del odio.

Y de ese modo, huyendo de la guerra, llegaron a las Bardenas más desertores, labradores de polvo, pastores de esqueletos, pobres de solemnidad, y las partidas de bandidos crecieron, y los caminos se poblaron de salteadores, que tenían como única bandera el hambre y asaltaban por igual a los soldados del rey y a las tropas del príncipe, y también contra ellos se declaró una guerra dentro de aquella guerra sin cuartel.

Entre todos aquellos salteadores de caminos, la cabeza a abatir, la que era preciso colocar como escarmiento y advertencia en una picota era, por supuesto, la de Sanchicorrota, el bandido más conocido de Navarra, el Rey de las Bardenas, a la cual don Juan puso precio primero y a quien —cuando comprendió que la mayoría de sus súbditos pagarían antes por verlo a él colgando de una horca— mandó finalmente capturar, enviando en su busca a doscientos hombres a caballo a los que amenazó con cortarles las manos si volvían con ellas vacías.

CAPÍTULO 17

En donde se reflexiona sobre cómo el ser
humano agudiza el ingenio cuando se trata de
matar, los bandidos de Sanchicorrota caen en
una emboscada y muere un león

El día en que lo iban a matar, Sancho Errota se despertó al amanecer y lo primero que vio fue una grulla solitaria, gorda como un cura de pueblo, emborronando el cielo azul con su vuelo errático.

Había pasado, junto con la mayoría de sus hombres, la noche al raso, en un barranco cerca de Castil de Tierra. Alguien les había soplado que una caravana atravesaría el camino entre Tudela y Olite con un cargamento que, entre otras provisiones, transportaba pólvora y unas nuevas armas de fuego para los soldados del rey, las cuales podía llevar al hombro y disparar, como un pequeño cañón, un solo hombre.

—¿Y cómo has dicho que se llaman esos cacharros, Sanchicorrota? —preguntó uno de los bandidos.

—Arcabuces —contestó este, desentumeciendo sus músculos.

Al hacerlo, mientras continuaba observando en el cielo el trazo desorientado de la grulla, que debía de haber quedado descolgada de su bandada, fantaseó por un momento con la idea de que su espalda se quebraría y de ella brotarían dos alas.

—Arcabuces… Ya no saben qué inventar —dijo otro de los hombres.

—Cuando es para matar, el ingenio del hombre no tiene límites.

—Pues yo prefiero un buen hachazo.

—O la puñalada de toda la vida.

—Sí, todo eso es más honesto.

—Para matar a alguien hay que verle la cara.

—Y tener redaños para recordarla toda tu vida.

—Esas armas modernas se inventan precisamente para eso, para matar como cobardes, sin honor ni remordimientos.

—Y para no ensuciarse las manos.

—Para matar sin ver a quién matas.

—Pero en realidad eso ya estaba inventado desde hace siglos: se llama hambre —decían, mientras remoloneaban entre sus mantas, los bandidos.

De repente, su conversación la hizo añicos un disparo, precisamente, que resonó en aquella mañana despejada como un trueno extraño, cuyo eco recorrió escorrenteras y cañones, sacudiendo la Bardena Blanca igual que una alfombra sucia, y dejó en el aire una nube de polvo y pájaros negros.

—¡Ha sido donde los caballos! —gritó alguien, al oír los relinchos furiosos.

Corrieron hasta el lugar en el que habían amarrado las monturas, una depresión en el terreno, una especie de foso que rodeaba Castil de Tierra, el cabezo como un castillo de tierra, con su almena afilada por el viento, a cuyos pies habían dormido.

Uno de los caballos yacía en el suelo, con el vientre reventado, pataleando, cada vez más despacio. Parecía un insecto vuelto del revés. Bajo su cuerpo se extendía una mancha negra, que el resto de los animales, nerviosos, intentaban no pisar, apoyándose sobre sus cuartos traseros y levantando las manos, como si al tocar la sangre oscura fueran ellos a caer también fulminados.

—¡Allí van! —Señaló uno de los bandidos a dos jinetes en el horizonte—. ¡Son los hombres de Dosrostros! —Reconoció las cintas ondeantes de colores con las que estos acostumbraban a adornar las crines de sus caballos.

No hizo falta que nadie dijera nada más, o que Sanchicorrota diera orden alguna: el grupo de bandidos se precipitó sobre sus cabalgaduras y partió en persecución de quienes les habían atacado. Entre las dos bandas de ladrones había una antigua rivalidad, forjada el día que los hombres de Dosrostros mataron a dos de los de Sanchicorrota, cuando estos eran solo carboneros, o cuando posteriormente malhirieron a Pedro Guinea y le destazaron la oreja. Desde entonces, los dos grupos habían tenido diferentes encontronazos, a los que no solo alentaba el deseo de revancha, sino también una disputa territorial en la que tanto unos como otros luchaban por imponer su autoridad en aquel páramo sin ley. Y así, si Sanchicorrota era conocido en la Ribera navarra como el Rey de las Bardenas, Dosrostros se hacía llamar el Príncipe del Cierzo; un título, este de príncipe, que Sanchicorrota y sus hombres siempre habían considerado que no se concedía a sí mismo de manera inocente, pues sospechaban que en realidad los hombres de Dosrostros actuaban protegidos por el rey don Juan, como una especie de corsarios en tierra, que se encargaban no solo de hostigar a los partidarios de su hijo, el Príncipe de Viana, sino también de mantener a raya al resto de bandidos. Eran, de hecho, los únicos que no respetaban una especie de hermandad y ley no escrita de acuerdo con las cuales los numerosos ladrones que poblaban las Bardenas, sobre todo desde que había estallado la guerra civil, no se atacaban ni robaban entre sí.

Aquella misma mañana pudieron certificar sus recelos: cuando apenas habían recorrido unas leguas persiguiendo a los bandidos de Dosrostros, Sanchicorrota comprendió que habían caído en una emboscada.

Al llegar a una loma a la que llamaban Las Cortinillas, vieron aparecer a ambos lados de la misma a otros grupos de jinetes. Se dieron cuenta de inmediato de que estos no eran bandidos, pues iban mejor pertrechados, con armaduras y cinchas relucientes, en las que no se apreciaba el desgaste pertinaz del viento y la arenisca del desierto.

—¡Atrás! —gritó Sanchicorrota a sus hombres.

Pero ya era demasiado tarde.

En los balcones y terrazas que la erosión había formado en el cabezo descubrieron apostados a más soldados, apuntándoles con sus ballestas y arcabuces.

—¡Fuego! —ordenó alguien.

Y el trueno que habían escuchado hacía un rato replicó cien veces más fuerte, y los pájaros negros se multiplicaron en el cielo, y entre la nube de plumas y polvo Sanchicorrota vio caer del caballo a varios de sus hombres.

—¡Arre! —Golpeó con los talones los costillares de su montura.

Supo que la única manera de salir de aquella celada era avanzar hacia los jinetes que les cercaban el paso, en lugar de retroceder y quedar a merced de ballesteros y arcabuceros. Avanzar y abrirse paso entre ellos a golpes de machete y hacha, como entre la espesura de un bosque.

Tras unos cuantos mandobles, con los que derribó a media docena de soldados, le pareció que conseguía llegar a un claro, pero solo fue una ilusión: de inmediato comenzaron a aparecer hombres a caballo tras cada loma, diez, veinte, cincuenta jinetes, que cabalgaban hacia él profiriendo alaridos, como si escaparan de la muerte, en lugar de ir a su encuentro. Nunca había visto tantos soldados juntos, cincuenta, cien, doscientos hombres. Era un auténtico ejército, levantando a su paso una tormenta de arena, que ahogaba su pecho asmático. Se detuvo durante un momento, sacudido por la tos, y cuando esta se calmó, miró a sus espaldas, pero no vio a ninguno de sus bandidos, tan solo el fulgor de las armaduras, deslumbrándole. Estaba solo, rodeado por aquellas paredes de polvo y acero. Comprendió que era inútil intentar atravesarlas. La única escapatoria que le quedaba era trepar a uno de los riscos que había en uno de sus flancos, una especie de enorme chimenea de tierra, una ruina de alguna de las fortalezas de arcilla que el viento y el agua habían perfilado y derruido a su antojo.

Volvió a espolear al caballo, que cabalgó peña arriba, a duras penas, dejando tras de sí una torrentera de piedras, que caía sobre las armaduras y yelmos de los soldados, donde resonaban como una especie de lluvia de hierro, hasta que las patas del animal desfallecieron y se doblaron. Después, cuando Sanchicorrota descabalgó, fue el cuerpo del caballo el que rodó loma abajo, arrastrando consigo a media docena de hombres.

Sanchicorrota todavía consiguió escalar un trecho más, pero finalmente se detuvo, agotado. Le faltaba el aire. A sus pies, vio a los soldados y a los bandidos de Dosrostros, intentando llegar hasta donde él se encontraba. Le parecieron, por un momento, hormigas, y tuvo la impresión que desde su posición habría podido aplastarlos sin dificultad; arrancar los peñascos que lo rodeaban, como contaban en las leyendas que hacían los gentiles —o con la misma facilidad con que él sostenía tiempo atrás la piedra de su molino— y arrojarlos colina abajo; desviar las flechas que le lanzaban con manotazos o la metralla de los disparos con un soplido… Pero se sentía cansado y abatido. Entre sus perseguidores, además, creyó reconocer, convertido en un joven fornido, en un soldado del rey, a Benjamín, el huérfano de Cascante que le acompañaba el día que descalabró al recaudador y al que entregó un hatillo con joyas cuando meses más tarde lo encontró escondido en su molino. Y le invadió una tristeza insondable. El león de su pecho rugió malherido. Quizá pudiera dar todavía algún zarpazo más, pero tarde o temprano las hormigas acabarían venciendo, recorriendo su piel, entrando en los agujeros de su nariz, en su boca, en su ano, devorándole las tripas y el corazón…

No dejaría, eso sí, que lo capturaran vivo; o, tal vez, pensó, ni siquiera lo quisieran vivo, tal vez habían decidido que lo iban a matar esa mañana. Él, sin embargo, no les daría ese gusto. Nunca más volvería a ser un prisionero, un esclavo. Un siervo de los del rey.

Introdujo una de sus manos bajo la piel de lobo con la que cubría su pecho y extrajo una daga, cuyo filo iluminado por un rayo de sol brilló como una espada de fuego, que deslumbró y paralizó a sus enemigos. Desde donde estos se encontraban, Sanchicorrota, con el brazo alzado al cielo y su cabellera como un halo ardiente, parecía un coloso. Lo vieron, boquiabiertos, descargar el cuchillo con fuerza, en el centro de su pecho, y cómo un borbotón de sangre, una lengua de lava incandescente, brotó de su boca, antes de caer, boca arriba, sobre la tierra, y de que esta temblara.

A Sancho Errota, por su parte, la sangre espesa en sus labios le recordó el sabor salado del pan, aquel pan con el que los campesinos le obsequiaban, primero a su padre y luego a él, en Cascante; aquel pan amasado con la harina que ellos habían molido, mientras fuera del molino, a la orilla del río, esos labradores bebían vino, cantaban jotas o asaban al fuego de las hogueras conejos o pajaricos, que devoraban felices al tiempo que la noche caía sobre ellos resplandeciente de luciérnagas, estrellas fugaces y deseos sencillos pedidos a su paso.

Sanchicorrota cerró los ojos, recordando aquellos tiempos tan lejanos y dichosos, pero, antes, él y el león que también moría en su pecho vieron sobre sus cabezas el cielo limpio, azul, y, surcándolo, aquella grulla solitaria, que no volaba desorientada, como había creído esa mañana, sino que —ahora, un segundo antes de morir, lo comprendía— se había separado del resto para trazar su propio recorrido, tal vez errático y temerario, pero en plena libertad.

CAPÍTULO 18

En el que Pedro Guinea, tras ser hecho prisionero,
regresa a Olite, recuerda en una mazmorra
cómo los pezones de su madre, además de a él,
amamantaban a varios príncipes mamelucos,
su amada Urraca se convierte en una aorta de
su corazón y reaparece el ya no tan joven
atabalero Briano haciendo girar una carraca

—Primero, pasearon su cadáver, como un trofeo, por todos los pueblos de la Ribera; después, lo descuartizaron y clavaron sus miembros en diferentes picotas: un brazo en Sangüesa, otro en Estella, en Pamplona la pierna izquierda y la derecha aquí, en Olite. Por último, metieron su cabeza en una jaula y la colgaron de una horca en Tudela, pero antes le cortaron las barbas y raparon su cabeza, pues decían que le seguía creciendo el pelo, rojo como el fuego, igual que si estuviera vivo. Y a fe que debe de estarlo, para muchos, pues todavía hoy se puede ver cada día cómo alguna mujer le lleva al patíbulo una jarra de vino o una cazuela con sopas y se las da de comer a cucharadas —le contó Briano, el ya no tan joven atabalero, mientras ofrecía a mi abuelo sorbos de un tazón con caldo de gallina, que lo recuperara de sus heridas y de los terribles tormentos a los que había sido sometido durante los últimos días, después de ser capturado tras la emboscada en la que Sanchicorrota se había quitado la vida.

Pedro Guinea, tumbado sobre un montón de paja en una de las mazmorras de la corte de Olite, notó cómo el caldo abrasaba su lengua, bajo la cual le parecía alojar una bola enorme de carne; pero después, el líquido descendió reparador hasta su estómago y por primera vez en muchos días se sintió reconfortado.

—¿Me sacaréis de aquí, verdad? —intentó decir, pero sus palabras se le ahogaban en el pecho, incapaces de atravesar el muro de sangre que se había levantado al otro lado de su garganta.

—No hables —le chistó el atabalero—. Tienes que recuperarte y recobrar fuerzas. Y pronto serás libre, te lo prometo. Aquí tienes todavía muchos amigos. Y «Gobegto» cada vez más enemigos.

Roberto. Al escuchar el nombre del chambelán se revolvió inquieto y la herida en su pierna izquierda volvió a pincharle y a recordarle el momento en que una flecha lo alcanzó y derribó, cuando trataba de escapar de los soldados y los hombres de Dosrostros.

Roberto. «Gobegto». Su nombre era una mancha en su cabeza, una nube roja a través de la que solo podía recordar la imagen del chambelán de manera difusa. Él era la sombra —ahora lo comprendía— que dirigía a las otras, la noche que, regresando de Tudela con la cornamusa del príncipe, se la arrebataron, después de cercenarle de un sablazo la oreja; y desde luego había sido Roberto quien días atrás, en aquel corral de ordalías de Olite en el que lo habían torturado sin piedad día y noche, tras ser capturado en las Bardenas, se había acercado hasta él con un cuchillo y le había cortado la punta de la lengua.

—Muy bien, Medianapia, *veguemos ahoga* quién *guie* el último —dijo el antiguo bufón real antes de asestarle un tajo y anegar su boca y su cabeza de sangre.

El dolor le hizo perder el conocimiento. Cayó por un túnel en el que resonaban las carcajadas del chambelán y sus verdugos, entre quienes reconoció al bandido Dosrostros, tocando la cornamusa de maese Chukri, envenenándose con su propia saliva, danzando, saltando en cabriolas que unas veces le ofrecían su mejilla sonriente y otras la contraria, deformada monstruosamente por la metralla de algún cañonazo o por varias cuchilladas asestadas con saña...

Luego, poco a poco el eco de las risas y la música se fue extinguiendo, y las paredes de niebla roja del túnel disipándose, hasta que lo que quedó ante sus ojos fue un suelo de baldosas resplandecientes, en cuyo centro había pintada una extraña cruz, la cruz de Ankh, el símbolo egipcio de la vida eterna, con un óvalo, como la cabeza de un monigote, en la parte superior; aquellas baldosas por las que Pedro Guinea había gateado y sobre las que había aprendido a caminar, mientras su madre amamantaba a otros niños, a los hijos del sultán Odnat-Nevni-Yot-Seolem, y él peleaba para asirse a sus pezones, aquellos pezones de su madre que sabían a sal y a tierra y a sol, un sol líquido, cuyo flujo Pedro Guinea mantenía vivo, entre la crianza de un príncipe mameluco y otro.

Sí, recordaba perfectamente aquellas cruces, que parecían monigotes, y cómo imaginaba que estos a veces se convertían en feroces guerreros, que se rebelaban y vencían a los cazadores de esclavos y a sus voraces perros que los apresaron cuando los encontraron en su aldea entre la maleza escondidos, tumbados contra la tierra.

—*Ketekete, ketekete* —resonaba el susurro apaciguador de su madre en su oído.

Otras veces, los monigotes se transformaban en hombres pájaro, que llegaban volando desde las alturas, y los rescataban del harén de Odnat-Nevni-Yot-Seolem, a quien fueron vendidos, y donde Pedro Guinea se crio...

Y recordaba también que, aunque soñara con escapar de su cautiverio, a la vez aquella fue una época feliz, en la que vivió, en cierto modo, como un pequeño príncipe, criado no solo por su madre, sino por todas las mujeres del sultán, y compartió juegos y travesuras con todos sus hijos e hijas, aislados y protegidos del mundo exterior.

Al hacerlo, sin embargo, al recordar aquellos días, retornaba, en mitad de su desmayo, el eco de las carcajadas, llegando desde lejos, como los graznidos de una bandada de cuervos, pues eran las risas crueles de los hombres pájaro, que descendían desde el cielo, aunque no como él había imaginado, sino convertidos en aves de rapiña, y lo arrancaban con sus garras de los brazos de su madre, sin dejar nunca de reír.

Reían los eunucos, con su sexo y su corazón emasculados, y lo arrastraban por las baldosas resplandecientes, sin mostrar compasión por los gritos de su madre, de todas sus madres; reían los despiadados eunucos y sus risas y los lamentos de las mujeres sonaban todavía en su cabeza muchos días después, en el barco que lo llevaba lejos, que lo separaba para siempre de ellas, de su madre, de África…

Reían los hombres y las mujeres lloraban y el eco de sus voces permanecía y se confundía con el chapoteo de las olas y de los remos rompiéndolas y con el resuello de los búfalos, junto a los cuales lo hacían dormir y cuyo hedor, cuyas ventosidades como truenos y cuyas boñigas como montañas marinas, atemperaban el aroma dulzón de los naranjos, que también había ordenado cargar en la bodega de la nave Odnat-Nevni-Yot-Seolem, sultán de los mamelucos, para ofrecer como presente al Príncipe de Viana.

Reían también este y la princesa Inés de Cleves y sus criados y doncellas en el palacio de los reyes de Navarra, a los cuales Pedro Guinea fue regalado como esclavo, pues nunca habían visto un niño negro, y le hacían mostrar las palmas de las manos y las plantas de los pies, y rascaban con fuerza, como si estuviera sucia, su piel azul, y acariciaban y cortaban mechones de su cabello, duro y rizadísimo… Y entre todos ellos quien reía con más fuerza era un extraño ser, con cuerpo de niño y voz de hombre, al que llamaban Roberto, y sus carcajadas eran tan gruesas que Pedro Guinea se podía colocar de pie sobre ellas y ascender de nuevo por el túnel por el que había caído, desmayado de dolor, cuando muchos años más tarde el vengativo chambelán le cortó la punta de la lengua.

Vio entonces, dibujado en el techo del corral de ordalías, el lazo eterno, el símbolo de los reyes de Navarra, que rescató por un momento en su memoria la cruz de Ankh y cuya imagen, sin embargo, y todas las demás, todos los demás recuerdos, se desvanecieron sin dejar rastro junto con la niebla roja al abrir los ojos y recuperar el conocimiento.

Desde el montón de paja en que estaba tumbado ahora, también podía ver el lazo eterno, labrado en esta ocasión bajo la herrumbre de la puerta de su mazmorra.

—¿Y quién más ha muerto, además de Sanchicorrota? —intentó decirle a Briano, pero de nuevo las palabras explotaron, convertidas en burbujas de sangre, en su garganta—. ¿A quién más, como a mí, han hecho prisionero?

—Bebe. —Volvió a ofrecerle Briano un sorbo de caldo—. Y descansa. No te conviene hacer esfuerzos. La herida de tu pierna tiene que sanar, y en cuanto puedas caminar, te sacaremos de aquí, te lo prometo.

—¿Y mientras tanto? ¿Vais a dejarme otra vez en sus manos? —le hizo saber con aparatosos aspavientos, señalando en dirección a la puerta de la celda.

—Tranquilo, durante unos días te dejarán en paz. Gobegto ha partido a Aragón junto al rey don Juan. Ahora es uno de sus hombres de confianza. No regresarán en una temporada larga. Navarra les importa bien poco —dijo el atabalero—. Y cuando vuelvan, no debes preocuparte por nosotros. Quién sabe, quizá ya ninguno estemos aquí tampoco. Desde que el príncipe don Carlos huyó, ya nada es como antes. Ya apenas hay música ni danzas en la corte. Todos somos ahora mozos de cuadra o carceleros…

Briano le hizo apurar el último trago y se puso en pie.

—Ahora tengo que irme. Volveré por la noche —añadió, antes de salir de la mazmorra.

Cuando la puerta de esta se cerró y todo quedó a oscuras, Pedro Guinea se preguntó si acaso él no era, como Sanchicorrota, solo una cabeza degollada y encerrada dentro de una jaula, a solas con sus pensamientos aturullados y sus confusos recuerdos; una cabeza a la que de vez en cuando alguien alimentaba con sopas.

Briano regresó esa noche y también a la mañana siguiente y al mediodía, todos los días durante semanas, siempre con un tazón de caldo de gallina o un trozo de pan empapado en vino, y siempre con la promesa de sacarle de allí. Junto a él, Pedro Guinea, incluso en aquella oscura mazmorra, tenía la extraña sensación de haber regresado a casa, al lugar en el que había crecido, y por tanto donde a pesar de todo estaba a salvo. Sin embargo, cada vez que oía crujir la cancela de la puerta no podía evitar un sobresalto. Temía que sus torturadores regresaran, que solo se hubieran aburrido de sus tormentos y que tarde o temprano el gusano del mal volviera a hurgar en sus corazones podridos y a convertirlos de nuevo en bestias despiadadas o demonios ávidos de sangre y oro.

—¿¡Dónde está la cueva de Sanchicorrota!? —Recordaba sus gritos, mientras lo interrogaban, y también cómo, cuando él fingía un desmayo entre un tormento y otro que le permitiera un respiro, fantaseaban con la guarida de Sancho Errota, que imaginaban construida con suntuosas galerías, en algunas de las cuales las paredes resplandecían por el brillo de monedas y joyas, amontonadas en cofres, mientras que en otras los bandidos ocultaban sus fantásticos caballos azules, a los que peinaban las alas mujeres rubias y desnudas y con tres tetas.

—¡Vamos, confiesa! —Se extinguían después sus risas y volvían de nuevo a la carga, hundiendo su cabeza en un barreño con agua sucia, mezclada con heces, ignorando que precisamente aquello era lo que le daba fuerzas y blindaba su silencio, pues cada vez que lo sumergían Pedro Guinea veía brillar entre el líquido oscuro y nauseabundo una veta de luz plateada, precediendo la llegada de un tritón, que se acercaba a él, besaba sus labios dulcemente y le insuflaba aire en los pulmones cuando estos parecía que iban a estallar.

Era el hombre pez, quien también cuidó de él y lo alimentó con sopa y migas en El Rallón, después de que Roberto le cortara la oreja. De hecho, algunos días que tenía calenturas confundía su figura con la del atabalero, cuando este le acercaba el tazón de caldo a la boca.

Poco a poco, en fin, entre alucinaciones y temblores, Pedro Guinea fue recobrando fuerzas. Al cabo de unos días consiguió ponerse en pie y caminar, aunque con una leve cojera, que arrastraría durante el resto de sus días.

—Estoy hecho un *ecce homo* —se decía, y esa impresión se acrecentó el día que Briano le permitió salir de la mazmorra hasta un patio, en el que aseó su maltrecho cuerpo con ayuda de una palangana y en el reflejo de su rostro en el agua descubrió tatuados en la frente la letra «S», a su lado un pequeño clavo (es decir, s-clavo) y junto a ambos el lazo eterno, la marca de la casa real.

Hasta entonces había creído que el escozor que sentía sobre los ojos y las postillas que a veces se arrancaba con los dedos se debían a un rasguño, sufrido al rodar por tierra, cuando cayó herido por la flecha durante la emboscada.

—*Magcado* como un *tegnero*, manco, cojo, *desoguejado* y con media napia, qué más me puede *pasag* —se lamentó, y al hacerlo se dio cuenta de que había recuperado la voz, pero esta ya no era la misma de antes, pues su lengua desmochada era incapaz de hacer vibrar la letra erre contra el paladar.

Aquella había sido, sin duda, la cruel venganza de Gobegto.

A pesar de todos aquellos males, Pedro Guinea recuperaba, a la vez que las fuerzas físicas, también el ánimo, a lo cual contribuía el hecho de que Briano comenzó a tomarse ciertas libertades y, aprovechando la relajación que reinaba en el palacio debida a la ausencia del rey y de su chambelán, le permitía salir, además de al patio, también cada día durante algunos instantes a las calles que lindaban con el corral.

Este se encontraba a las afueras de Olite en el barrio al que llamaban de Ordales, o de ordalías, pues allá era donde se aplicaban estas (el ahogamiento, el potro, los hierros candentes) a los prisioneros, de modo que sus alaridos no perturbasen el sueño de los príncipes. Desde el palacio real, aquellas calles enfangadas no existían, permanecían ocultas por los tejados de otras casas; por el contrario, desde ellas las almenas del palacio real se divisaban majestuosas y amenazantes, de modo que a Pedro Guinea, al verlas durante aquellos paseos, se le agolpaban en la mente los recuerdos de los años transcurridos en el castillo: las fiestas, para celebrar el cumpleaños del príncipe o el aniversario de su boda con doña Inés; la gran mesa de madera de nogal, a la que se sentaban en ocasiones cientos de invitados; el ajetreo en las cocinas, donde se preparaban los suntuosos banquetes, algunas noches con todos los manjares del mismo color (rojo, por ejemplo, con sándalo y canela aderezando los platos); la sala de los arcos, en la que esperaban a ser llamados los artistas, músicos, malabaristas, bufones, catadores de veneno... y Urraca, Urraca Aguirre, por supuesto, resplandeciendo entre todos ellos; Urraca, la loca del rey, su amada, cuyo recuerdo, después de tantos años, permanecía todavía vivo en su corazón, unido a él como una arteria.

—¿Volveré alguna vez a verte, Urraca, amada mía? —se preguntaba Pedro Guinea, mientras dejaba que su nombre y el aire helado hinchieran su pecho y su boca, los limpiaran de la miasma y la sangre de la mazmorra.

Y así transcurrieron la semanas, hasta que aquella paz, aquella tregua, se vio interrumpida de manera súbita un día que Briano entró en su celda, de manera atropellada, con la respiración entrecortada y la cara tan pálida como la nieve que había cubierto igualmente de forma inesperada los campos esa mañana.

—¡Ponte esto, tenemos que salir de aquí! —le gritó, arrojándole un capuz raído y maloliente y una pequeña carraca de madera, como la que usaban los leprosos para advertir de su presencia, al entrar en las villas y ciudades.

—¿Qué ocurre? —exclamó inquieto Pedro Guinea.

Mientras hablaba sintió el temblor en uno de los carrillos de su boca.

—¡Tenemos que irnos, el rey ha vuelto de manera imprevista, y Gobegto con él! ¡Están entrando ya en Olite! —contestó Briano, que se cubrió también su cuerpo con una capa deshilachada y apestosa—. No temas, nos haremos pasar por leprosos y nadie se acercará a nosotros —añadió, haciendo sonar su carraca.

Pedro Guinea, aturdido, obedeció al atabalero y le siguió. En la calle había un gran revuelo. La entrada de la comitiva real en la villa resultaba caótica, debido a los inconvenientes que ocasionaba la nieve, que hacía resbalar a las monturas y atascaba las ruedas de los carros, pese a lo cual un buen número de vecinos había salido a recibir, más temerosos que alborozados, al rey don Juan.

Pedro Guinea y Briano, sin embargo, se abrieron paso sin dificultad entre la multitud y entre los palafreneros, escuderos, pajes y demás criados del rey con los cuales se cruzaban, y que se apartaban como si de demonios se tratara cuando los oían acercarse.

Llegaron de ese modo sin dificultad a la torre del chapitel, que se alzaba sobre uno de los portales de la muralla, y una vez allí los propios soldados que la custodiaban les franquearon la salida, cubriéndose los espantados rostros.

Una vez fuera de la fortificación, los recibió el destello doloroso de la nieve: tras la tormenta de esa mañana, el cielo se había despejado y lucía un sol radiante. A Pedro Guinea le rechinaron los dientes al hollar el manto blanco. Sintió que bajo sus pies crujían las costillas del mundo, como un mal presagio. Pero apenas fue un momento, pues de repente descubrió, unos pasos a su derecha, un pequeño bulto, la figura de un niño, o tal vez un enano, orinando tras el pretil de un pozo que los vigías solían utilizar durante sus guardias para refrescarse. No se lo podía creer. Se zafó del brazo de Briano y se acercó hasta donde estaba para observarlo con más detenimiento. Sí, era él. Roberto, el cruel chambelán. El hombre que le había desfigurado el rostro y había cortado su lengua. Solo y desprotegido, ofrecido en bandeja de plata por un destino reparador, que le daba la oportunidad de vengar todas sus humillaciones y afrentas.

—¡Santo Dios! —exclamó asustado, el enano, al girarse y ver la figura descomunal de un hombre embozado frente a él, que más bien parecía un fantasma o un resucitado.

—¿Me reconoces, Roberto? —Se descubrió la caperuza Pedro Guinea.

La mejilla volvió a temblarle. Durante aquellos días de convalecencia había aprendido a pronunciar la erre de esa manera, colocando su lengua contra una de sus muelas y consiguiendo que el aire vibrara entre esta y el carrillo. Se había esforzado mucho en ello, como si de esa manera pudiera conseguir que la herida no dejara ninguna huella en él.

—¿Me reconoces? —repitió, regodeándose en esa pequeña victoria.

El mentón de Roberto también tembló. Tal vez deseaba gritar, pedir ayuda, pero era incapaz. Pedro Guinea sonrió. Durante los días que había permanecido convaleciente hubiera deseado matar a aquel miserable, habría permitido que le cortaran el brazo que le quedaba intacto a cambio de poderlo estrangular con sus propias manos —claro que aquello entonces no hubiera sido posible—. Pero al verlo tan indefenso, sintió una extraña compasión por él, y le pareció comprender hasta qué punto atormentaban al chambelán sus defectos, su estatura, su incapacidad para vocalizar correctamente su propio nombre... Se preguntó si tal vez a la crueldad de Roberto no la había precedido y despertado la de todos quienes se habían burlado en alguna ocasión de él. Y, sobre todo, pensó que tal vez no existía una venganza más atroz que dejarlo con vida, permitir que su corazón se fuera corrompiendo poco a poco, macerado en el veneno y la hiel que el mismo destilaba.

—*Clago* que te *geconozco*, Medianapia —interrumpió, no obstante, sus pensamientos la voz del enano—. Aunque *ahoga* igual *habguía* que *llamagte* el deslenguado —añadió, recuperando su habitual tono hiriente, como si fuera capaz de leerle el pensamiento y de darse cuenta de que Pedro Guinea había decidido no hacerle daño.

Mientras hablaba, el chambelán, que había acabado de orinar, se sacudía el pene con ostentación y Pedro Guinea se dio cuenta de que este era desproporcionado respecto al resto del cuerpo, una especie de animal pegado al mismo, una anomalía monstruosa de la naturaleza. No supo si fue eso, o el charquito amarillo que dejó a sus pies, profanando la pureza de la nieve, pero no lo pudo evitar: dio un paso hacia el chambelán, lo agarró por las axilas y, tras alzarlo por los aires, como si fuera un niño pequeño, y mantenerlo a pulso enfrentando su rostro, al que miró con una profunda repugnancia, lo arrojó por la boca del pozo.

Se escuchó un grito, mientras caía por él, que se prolongó durante unos segundos, y que después se extinguió, sustituido primero por los golpes del cráneo golpeando la piedra, y después por el crujido de la carraca de Briano, que comenzó a hacer girar nervioso, tratando de acallar aquel estremecedor sonido.

Nadie, sin embargo, oyó ni vio nada. Tan solo la figura de dos leprosos, dos manchas negras que se alejaban de Olite y desaparecían entre la nieve, haciendo sonar sus carracas. Aquella nieve blanquísima y resplandeciente que cubría los campos y las montañas como un enorme sudario.

CAPÍTULO 19

En el que Pedro Guinea regresa a la guarida
de Sanchicorrota, a quien todos echan de
menos, y para ello debe recorrer el camino
junto a Briano, el ya no tan joven atabalero, y
que sin embargo sigue creciendo

Cuando Pedro Guinea y Briano llegaron a la Bardena Blanca
ya habían aprendido a fundir la nieve al paso de sus pies. En los
cabezos y barrancos que recorrían apenas quedaban ya unos copos, una ceniza de hielo que la tierra se sacudía con extrañeza,
pues no era habitual que nevara en aquellos páramos de asceta.

La herida en la pierna de Pedro Guinea, acaso porque el aire
gélido la había insensibilizado, apenas le molestaba. No tanto al
menos como la leve cojera que le había dejado como secuela y que
le obligaba a cambiar la cadencia de sus pasos. Descubrió con
cierto entusiasmo, por otra parte, que ello no le impedía trotar.
Simplemente tendría que acostumbrarse, como ya había hecho
antes tantas veces: cuando le cortaron la lengua y esta tuvo que
inventar su propio alfabeto; o cuando un león le arrancó de un
mordisco la mano izquierda y la derecha aprendió a multiplicar
sus dedos, a volverlos el doble de fuertes o el triple de diestros…

Pedro Guinea creía tener a veces el convencimiento de que la
muerte tardaría en llegar en su busca, y a veces pensaba incluso
que una parte de sí mismo sobreviviría a ella (lo cual acabaría siendo, en cierto modo, cierto) y que para ello debía ir ofreciéndole

otras, su oreja o su nariz o la punta de su lengua, a lo largo de su vida, convirtiéndose de ese modo en una especie de hombre menguante.

De momento, al menos, podía seguir corriendo, y por tanto conservando la sensación de libertad que le otorgaba percibir el latido de la tierra bajo sus pies. A veces, de hecho, mientras se dirigían hacia El Rallón, tenía que detenerse y aminorar el ritmo para que Briano pudiera acompasarlo al suyo, a pesar de que era el atabalero quien, en teoría, debía cuidar de él.

En un par de ocasiones, incluso, Pedro Guinea tuvo que masajear los pies del atabalero, helados y amoratados por la nieve, y descubrió sorprendido, después de contarlos varias veces, que uno de ellos tenía seis dedos. Se preguntó entonces si acaso del mismo modo que su cuerpo iba mermando con el paso del tiempo, el de Briano se duplicaba de manera desordenada, pues, además, en una de las aletas de su nariz observó un pequeño bulto y alrededor de su boca una irritación de la piel, un sabañón que dibujaba sobre sus labios otros, nuevos y emborronados.

Pero no le dio demasiada importancia. Lo que le preocupaba, más a medida que se acercaban a la guarida, era a quién se encontraría en ella, quién habría muerto y quién habría sido hecho prisionero, y sobre todo si alguno de sus compañeros habría sido incapaz de soportar el tormento y habría revelado la manera de llegar hasta la cueva de Sanchicorrota.

Todos sus temores se desvanecieron cuando desde lo alto del cabezo en que se ocultaba la guarida de los bandidos escucharon los ladridos de Rosendo, el perro pastor, que no tardó en aparecer correteando sobre la loma y en acercarse a ellos y saltar zalamero a su alrededor. Tras él, aparecieron las siluetas de varios hombres que, por el contrario, permanecieron inmóviles, como estatuas, aguardando a que fueran ellos los que se acercaran. Pedro Guinea reconoció a Erramun, el zagal. Lo abrazó al llegar junto a él y percibió cómo solo entonces la rigidez de su cuerpo cedía. Al separarse vio una lágrima que se escurría, como si aquel fuese su cauce natural, por una de las arrugas como surcos que habían agrietado su rostro de adolescente en apenas unos días.

—¡Estás vivo! —dijo el joven.

Su voz también era distinta, sonaba grave, hendida y serena. Era la voz de alguien que había llorado mucho en los últimos días y se había prometido no volver a hacerlo durante el resto de su vida.

Tras él se encontraba el muchacho de Carcastillo que se unió a ellos en El Paso. Colgado del hombro llevaba uno de los arcabuces de los soldados que los emboscaron.

—Ellos también perdieron a unos cuantos de los suyos, Malasombra —le oyó decir.

—¡Malasombra! —exclamó en un respingo el monje burriciego, a su derecha, quien se adelantó y, en lugar de a él, abrazó a Briano.

Al entrar en la cueva, donde encontró a más hombres, Pedro Guinea calculó que solo quedaban vivos una decena de los treinta bandidos. Algunos de ellos estaban tumbados y malheridos, entre las pajas en que acostumbraban a dormir. Pedro Guinea también se acercó hasta el rincón en que solía hacerlo, y comprobó que en el suelo, junto a su talega y su manta, todavía estaba el cordón de cuero del que pendían sus amuletos, el diente de tiburón y su oreja momificada. Se los colgó del cuello y se sentó junto al fuego, pues por primera vez desde que salieron de Olite notó el frío adherido a los huesos.

Nadie hablaba, pero a la vez Pedro Guinea era capaz de percibir la emoción de sus compañeros. Incluso Rosendo había dejado de ladrar y se había tumbado entre sus piernas. El aire era un leve estremecimiento, al que hacía oscilar aquella alegría callada de sus compañeros y al mismo tiempo la desoladora tristeza que arrastraban consigo, pues de manera inevitable les hacía pensar en quienes ya no estaban y nunca regresarían junto a ellos. Una ráfaga de aire tumbó las llamas por un momento y el resplandor de la hoguera titiló durante un segundo. Pedro Guinea se acordó de Sanchicorrota, de su corpachón tapando la luz de la entrada de la cueva, de su respiración arenosa que quedaba flotando en el aire todavía mucho tiempo después de que él se fuera. Supo que lo iba a echar de menos, como echaba de menos su propia oreja o su nariz o la punta de su lengua, pero del mismo modo que a veces aún sentía el tacto de sus dedos en el muñón de su brazo, también supo que una parte de Sanchicorrota permanecería siempre viva dentro de él.

CAPÍTULO 20

EN EL QUE PASAN LOS AÑOS, Y LOS BANDIDOS, TRAS
UNA RESACA DE AGUARDIENTE Y SANGRE, SE
CONVIERTEN EN ERMITAÑOS, ENTREGADOS AL CULTIVO
DE SU ALMA Y DE UNOS GUISANTES QUE PARECEN
ACEITUNAS, HASTA QUE UN PENETRANTE OLOR A
PESCADO SACUDE SUS NARICES Y LOS HACE ABANDONAR
SU RETIRO

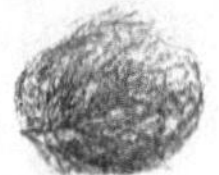

Algunos días, Pedro Guinea descolgaba del cuello su oreja momificada y se la colocaba en el lugar que por naturaleza le correspondía, anudándose con fuerza el cordón de cuero alrededor de la cabeza. Y de esa grotesca manera, salía a saltear los caminos, junto a la decena de hombres a la que se redujo la banda de Sanchicorrota, que pasó a partir de entonces a ser conocida como la de «el Bandido Negro».

—Ahora yo soy vuestro cabecilla —se mofaba de sí mismo este, señalando su busto disminuido, con solo media nariz, sacando su lengua demediada o desatando el cordón con la oreja y agitando en el aire como estandarte aquella mojama.

En una ocasión, en uno de los asaltos, obtuvieron como botín unas ollas de cola, como las que Pedro Guinea recordaba que fabricaban en el palacio de Olite los pintores y orfebres reales para ensamblar sus panes de oro y plata, y que obtenían deshaciendo en unos grandes calderos pergaminos o retales de ropa vieja, que mezclaban después con barro, yeso, huevos… Y con aquel pegamento, Pedro Guinea embadurnó su oreja destazada y la colocó junto su sien.

Durante una semana, el cacho de carne permaneció firme y, si bien él no notó ninguna mejoría apreciable en su audición, comenzó a escuchar voces que llegaban desde otra dimensión, desde el pasado, o desde dentro de sí mismo. Podía distinguir, por ejemplo, con total claridad, la voz de Sanchicorrota, el día que empezó a morir, cuando lo hizo guiarle hasta la casa de sus padres en Cascante y, en un alto en el camino, mi abuelo le preguntó si lo convertiría en su esclavo:

—Un bandido es un hombre libre. Puedes buscar tu propio camino. Yo es lo que haría, si estuviese en tu pellejo —recordaba la contestación de Sancho Errota, que le hizo cuestionarse si acaso no había llegado el momento de abandonar aquella vida de pillaje y huida, en la cual el único futuro que barruntaba era la horca.

Tras la muerte de Sanchicorrota, los bandidos se habían sumido en una tristeza y un desencanto que solo conseguían aplacar con cruentas emboscadas, a menudo innecesarias, en las que apenas tomaban precauciones y robaban toneles de vino o licor, que vaciaban con ansiedad hasta emborracharse y perder el sentido, u otros objetos caprichosos, como aquellas ollas de cola, y también abalorios, telas, sombreros, con los que se vestían de formas estrafalarias o que pudieran aterrorizar a sus víctimas, a las que trataban de manera impía y cruel.

Pero aquello no duró, por fortuna, mucho y, tras la borrachera de aguardiente y sangre, llegó la resaca.

La voz de Sanchicorrota fue desalojada de la cabeza de Pedro Guinea por los alaridos de Roberto cayendo al fondo del pozo y por el sonido sobrecogedor de su cráneo, golpeándose contra sus paredes. Por si eso fuera poco, al cabo de aquella semana, la oreja comenzó a despegársele, de modo que a cada paso que daba, con su pata quebrada, la parte superior del cartílago le golpeaba la cabeza y el sonido del traqueteo parecía el de un aplauso dentro de ella que se regodeaba en su mal y en aquella desafortunada ocurrencia suya de la cola.

Pedro Guinea no lo podía soportar, así que ni corto ni perezoso arrancó de un tirón la oreja, y con ella un jirón de piel que dejó su cuello en carne viva, y con este un aullido tan desgarrador y prolongado que conectó su dolor con aquel que sintió cuando, siendo solo un niño, el león le arrebató con sus fauces la mano izquierda.

La herida, que dejó una apreciable calva en su cuero cabelludo y un desconchón de piel rosada en su rostro, tardó más de un mes en sanar y durante ese tiempo no hubo un solo día en el que Pedro Guinea no pensara en que aquel era un paso más en su camino hacia la muerte y la nada que él había imaginado como un lento desmembramiento de su cuerpo, en el que iría perdiendo partes de sí mismo hasta desaparecer. No tenía, no obstante, ninguna prisa ni pensaba que le apremiara la obligación de ser él mismo quien se expusiera a aquel despiece, de modo que tras recuperarse no mostró disposición alguna para nuevos asaltos y rapiñas. Para su sorpresa, pues esperaba que sus hombres, reconcomidos por el aburrimiento y la revancha, reclamaran acción, el campamento se convirtió en un remanso de paz, en el que los bandidos se entregaron a la holganza y a la vez a una suerte de frugalidad, las cuales afilaban placeres sencillos como la lectura o la música.

Briano, el ya no tan joven atabalero, hizo migas con Erramun, el zagal, que tampoco lo era ya, y ambos comenzaron a componer unas extrañas canciones que, con el ritmo como el latido pausado de un corazón en el tambor de uno y la voz grave, como si su garganta se hubiera convertido en un jarrón resquebrajado, del otro, sumían a quienes las escuchaban en una plácida calma y una quietud reparadora. El monje burriciego, por su parte, que se había dejado los ojos durante su juventud entre las páginas de decenas de legajos y manuscritos, recuperó el hábito de la lectura gracias a un baúl obtenido en un asalto a una caravana real y en el que halló una lupa, varios códices y un extraño libro, una Biblia en la que las letras, en lugar de trazadas por una pluma, aparentaban haber sida esculpidas con minúsculos martillazos de tinta. Al anochecer, cuando se sentaban alrededor de la hoguera, el monje leía en voz alta a los demás aquellos libros, y estos le escuchaban en silencio, en una especie de trance, al que unas veces les transportaban las divertidas historias de don Melón de la Huerta y la Trotaconventos o los juiciosos consejos del conde Lucanor, y otras la propia sonoridad de las frases, como cuando leía aquella misteriosa Biblia, que en realidad estaba escrita en alemán, lengua que ninguno de los bandidos conocía.

En aquella misma emboscada también obtuvieron entre el botín un ánfora repleta de semillas que, por curiosidad, Pedro Guinea comenzó a plantar en diferentes lugares de El Rallón y a cultivar para matar las horas y las voces de su cabeza. La mayor parte de ellas no brotaron, y las que lo hicieron se agostaron en cuanto el sol de justicia de las Bardenas las tocó, abrasando sus tallos, pero algunas de ellas crecieron en lugares inesperados, por ejemplo bajo unas telas finas, casi transparentes, con las que Pedro Guinea cubrió las plantas, que al cabo de unos días dieron como frutos unos guisantes gordos como aceitunas y unas fresas diminutas como guisantes y una especie de aceitunas que se curaban en almíbar y sabían a fresas; frutos todos ellos que los bandidos comenzaron a mimar como si fueran sus propios hijos, regándolos gota a gota, para finalmente comérselos con un apetito saturnal, y engendrar nuevas plantas que volver a devorar o, cuando las cosechas eran abundantes, trocar por barricas de vino o sidra en los pueblos cercanos e incluso en algún castillo y señorío de los que solían saquear.

Se hicieron también, en otro salto de camino, con varios animales, gallinas, gorrines, cabras, que ramoneaban por el campamento y que vinieron a completar su alimentación y otro tipo de urgencias físicas, y de esa manera poco a poco fueron abandonando el bandidaje, al que solo recurrían de manera ocasional durante épocas de hambruna o sequía.

Y así fueron transcurriendo los años.

Pedro Guinea perdió un dedo de su mano sana cortando leña; a Briano le creció el bulto de la nariz y otro junto al dedo de más que tenía en el pie, de modo que ahora aparentaba tener siete (y aunque se le pasó por la cabeza, Pedro Guinea desechó la idea de cortar aquellos dos apéndices y pegarlos con cola en su muñón); los bandidos aprendieron alemán…

Vivían, en definitiva, en una especie de comunidad de eremitas, a la que las noticias del mundo exterior solo llegaban como un eco lejano, moldeado por el viento, hasta arrebatarles toda su gravedad. Y así, supieron que en el año del señor de 1461 don Carlos, el melancólico Príncipe de Viana, el legítimo heredero del reino de Navarra, murió lejos de este, en la ciudad de Barcelona, enfermo de tuberculosis, según algunos, y según las malas lenguas y el viento, envenenado por su propio padre, después de hacerle soplar una cornamusa con la boquilla impregnada en arsénico.

Pedro Guinea sintió al saberlo un lánguido abatimiento, una tristeza difusa y resignada, que pertenecía a otra época de su vida, pero a la vez descubrió en ella cierto desasosiego, como si todavía esta no hubiera terminado, o como si en el fondo de su memoria permanecieran unos rescoldos que los torbellinos del tiempo reavivaban.

En Navarra, por su parte, la guerra civil se recrudeció y la tierra, que le había sido denegada a don Carlos incluso para cubrir su sepultura, se agrietó, cansada de ser regada solo con sangre. El hambre y la miseria, los saqueos y quemas de aldeas, villas y ciudades se extendieron por todo el reino, y en esta ocasión todo ello lo recibieron en El Rallón como algo más que una reverberación del viento, convertido en una llamarada de fuego e ira que redujo a cenizas las plantas y los animales e hizo rugir los estómagos de los bandidos. Sobre todo, cuando hasta sus narices llegó aquel olor a pescado y mar, que, como un anzuelo, tiró de ellos de nuevo hacia los caminos, después de tantos años de recogimiento.

CAPÍTULO 21

—Hace siglos que no como una merluza.

—O un lenguado.

—Ni siquiera unas sardinas a la brasa. —Se les hacía agua la boca a los bandidos, mientras cabalgaban siguiendo el rastro, como un camino desbrozado en el aire, que dejaba el olor a pescado en la canícula de agosto.

Era el hambre quien los guiaba, un hambre adormecida a lo largo de todos aquellos años por sus descomunales guisantes y sus fresas canijas, por las madrillas, chipas y pequeños pececillos que pescaban en arroyos y charcas, por la carne con sabor a pólvora de los conejos y raposos que cazaba con su arcabuz el muchacho de Carcastillo; pero sobre todo por la tranquilidad de aquella vida sin sobresaltos, sin nadie a quien rendir cuentas; aquella vida libre y sencilla y, por ello, feliz.

—Lamprea a la bordelesa.

—Ajoarriero.

—Arenque ahumado. —Salivaban los bandidos, tratando de borrar el regusto metálico en el paladar de esa hambre, súbitamente despierta.

En el aire flotaban escamas de sal y el hedor sólido de la ventresca. No les resultó difícil, pues, siguiendo su fragante estela, encontrar la caravana, unas leguas al norte de Valtierra. Era una expedición real. Probablemente se dirigía al palacio de Tudela, con provisiones para un gran banquete. La formaban una hilera de carromatos y recuas de mulas, que, desde lo alto de la loma desde la que los bandidos acechaban, parecía una serpiente de piel brillante, con los reflejos y el cascabeleo en las mallas y las lanzas de los soldados que la custodiaban.

Tiempo atrás, se habrían lanzado colina abajo hacia ellos como lobos hambrientos, envueltos en una nube de polvo y profiriendo rugidos aterradores que los desarmaran sin ni siquiera luchar, pero esta vez prefirieron esperar. Los años los habían vuelto perros viejos, cautos y artríticos.

Debían esperar la oportunidad propicia.

Poco antes de llegar a Arguedas, a media tarde, cuando el sol comenzaba a ponerse, la rueda de uno de los carros se salió de su eje, volcando su carga. Varias espuertas de pescado se esparcieron por la tierra y el aire se llenó de moscas, que acudieron zumbonas, enloquecidas por el olor pegajoso de la salazón y las tripas de pescado.

—Maldita sea —murmuró entre dientes Pedro Guinea, a quien el pecho también se le pobló de moscas.

Habría deseado que la emboscada tuviera lugar en otro sitio, más alejado de aquellos parajes, a los que había evitado acercarse durante años, pues para él estaban poblados por fantasmas. Fue allí donde Dosrostros le cortó la oreja. Y, sobre todo, allí vio por última vez a Urraca, su pelo en llamas fundiéndose con el amanecer.

—Urraca. —No pudo evitar susurrar su nombre.

Y presintió que a la vez aquello era una invocación, que su vida iba a ser de nuevo arrastrada por un soplo del destino, como un rodamundo, uno de aquellos matorrales que el viento vapuleaba a su antojo por el desierto. Y también que él no podía hacer nada para evitarlo.

—Ahora es el momento. —Escuchó junto a él la voz de Briano, quien señaló la caravana desperdigada, como si la serpiente se hubiera detenido a cambiar de muda: observaron que mientras algunos arrieros recogían la carga y reparaban la rueda, los soldados se alejaban hacia los sotos del río Ebro, para refrescarse y dar de beber a los caballos, dejando desguarnecidas las provisiones.

—Sí, es el momento —asintió, resignado, Pedro Guinea.

Y dio la orden de ataque.

Este apenas duró unos instantes. A pesar de los años transcurridos sin saltear caminos, los bandidos desarmaron sin dificultad a los escasos lanceros que habían permanecido custodiando los carromatos y, tras arramblar con varios capazos de pescado, se replegaron de nuevo hasta la sierra del Yugo, por la que habían descendido.

La huida, por el contrario, se complicó. Sus caballos, tal y como acostumbraban, llevaban las pezuñas herradas al revés y, además, se detuvieron en varias ocasiones para borrar sus huellas o para trazar círculos. Pero pronto pudieron comprobar que no habían logrado despistar a sus perseguidores y que estos encontraban siempre su rastro sin dificultad.

—¡Mierda, es el tufo del pescado! —Cayó en la cuenta Pedro Guinea.

—¡No podemos llevárnoslo a El Rallón con nosotros, sería como conducirlos hasta nuestra cueva!

—¡Hay que volver hacia el pueblo, alejarlos de aquí! —gritaban los bandidos, quienes, abatidos, comenzaban también a comprender que deberían desprenderse de su suculento botín.

—Anguila en marmita.

—Salmón a la sidra —se lamentaban, mientras cabalgaban en dirección a Arguedas.

—Trucha con jamón.

—Sábalo con habas…

Cuando llegaron a las inmediaciones del pueblo ya era noche cerrada. Las chimeneas de las casas que se abigarraban bajo el muro del castillo escupían al cielo un humo negro, que apestaba a berza y olla podrida. El olor espeso, como una ventosidad, se mezclaba con el de los excrementos y orines arrojados a la calle, que el aire cálido del verano resecaba, y con el de la carroña de algún perro muerto. Hedores todos ellos que acogerían sin duda el del pescado en fétida hermandad.

Pedro Guinea y sus hombres amarraron sus caballos en una arboleda cercana y cargaron con las espuertas de pescado hasta el pueblo, en el que entraron con sigilo, pegados a las paredes como lagartijas a las tapias de un cementerio.

—No vamos a permitir que todo esto se pudra. —Señaló Pedro Guinea los montones de merluzas, anguilas, pescadillas, que los contemplaban con sus ojos muertos y abiertos, rodeados por un cerco de perplejidad y sangre.

—Será como en los viejos tiempos, los dejaremos en la plaza para que los vecinos los recojan. —Recordó Erramun la época de Sanchicorrota, cuando repartían su botín, arrebatado a príncipes e hidalgos, entre quienes no tenían nada, solo el polvo de los caminos o una tierra que trabajaban pero no les pertenecía.

—¡Ladrones! —Desbarató, sin embargo, sus buenos propósitos un grito, procedente de una de las casas.

A quienes no tenían nada todavía les quedaba algo: miedo. Hacía unos años, en 1456, el rey don Juan había donado la villa y el castillo de Arguedas a su canciller Martín de Peralta, a quien tributaban ahora sus pechas y rendían pleitesía los vecinos, temiendo que pudiera sucederles lo que a algunos pueblos vecinos, como Rada, que el canciller había reducido a cenizas y escombros.

—¡Ladrones! —Encontró eco el grito delator en otras puertas y ventanas.

Y escaló después el muro del castillo, en donde se convirtió en un fragor de espadas desenvainándose.

Pedro Guinea y sus hombres, sorprendidos, permanecieron paralizados durante unos instantes, con el sabor del cebo en la boca, hasta que percibieron la punzada de la traición clavándose en ella, desgarrándola, inundándola de sangre… Huyeron entonces en una desbandada caótica, sacudiendo sus cuerpos de manera frenética, como peces ensartados en un anzuelo que se balanceaban en el aire, de una bocacalle a otra, pues en cada una de ellas encontraban soldados o vecinos armados que les cortaban el paso.

—*¡Ketekete, ketekete!* —Corrió Pedro Guinea, guiado por su instinto, hacia el monte, por una de las callejuelas que conducían al barrio en el que algunas familias habían excavado en la roca sus casas.

Sus pies desnudos golpeando la tierra componían también el nombre de su amada, ¡Urraca, Urraca!, y con cada zancada podía notar cómo su corazón bombeaba furioso la sangre, y cómo esta atravesaba su aorta, llegaba en oleadas abrasadoras hasta su cabeza, le nublaba la vista, en un velo grana, que descomponía el reflejo de las armaduras y la luz de las antorchas. «¡Por allí va! ¡Es el Bandido Negro, que no escape!», escuchaba las voces, cada vez más lejanas, y sin embargo ellos cada vez eran más y estaban más cerca, se multiplicaban, tomaban extrañas y coloridas formas, asomaban de los huecos en la montaña, algunos tenían cabeza de león, y entre sus fauces había atravesadas manos con cuatro dedos, y pies con siete; vio también una bandada de hombres pájaro, que llevaban colgando de su pico a bebés desorejados y sin lengua, y a una mujer agachada, orinando fuego sobre un charco, y dos lebreles blancos royendo el esqueleto plateado de un tritón. «¡Ven con nosotros!», oía que le gritaban, pero a la vez se mantenían inmóviles, pegados a la roca, todos menos una mujer, que extendía sus manos de piel pálida y tiraba de su brazo, introduciéndole dentro de la cueva, y poniéndole a salvo de sus perseguidores y de sí mismo, de los latidos de sangre y fuego en su cabeza.

—¡Por fin estás aquí! —le oyó decir, antes de caer exhausto entre sus brazos; entre los brazos de aquella mujer que, cuando encendió un candil y pudo ver su rostro, supo que, como un fantasma, era Urraca, su amada, y a la vez no era ella.

CAPÍTULO 22

En el que Urraca se convierte en Alondra

La muchacha tenía en la mirada una tormenta, como Urraca, pero a diferencia de ella no se trataba de una tormenta a punto de estallar: sus ojos grises, entreverados con un azul verdoso, eran a la vez un cielo escampando. Del mismo modo, sus cabellos eran también rojos, pero algo más oscuros y finos, y si en Urraca caían como retorcidas lenguas de fuego por su espalda, los de la muchacha se asemejaban más bien a los rescoldos entre las cenizas de una hoguera.

La muchacha era Urraca y no era ella, no podía ser ella, pues aparentaba tener unos quince años, es decir, la misma edad que Urraca cuando la vio por última vez.

—Te estaba esperando —le oyó decir.

Mientras pronunciaba aquellas extrañas palabras, Pedro Guinea observó sus labios. Eran carnosos y sensuales, pero a él le parecieron groseros, como si no pertenecieran a aquel rostro. A la vez, no le resultaban desconocidos, ni tampoco el tono desmayado de su piel, semejante al de la nieve cuando comenzaba a derretirse.

—Mi madre me dijo que acabarías viniendo. Y que te quedarías conmigo. Aquí estaremos a salvo —añadió la muchacha.

Reconoció entonces el corte de aquella boca, al escuchar la voz dulce y grave que emergía de ella. Era una voz que intentaba dominar y proteger al mismo tiempo, pero sin demasiada convicción en ninguno de los dos casos, una voz impostada, obligada a hablar así por una herencia de sangre, por un destino que otros habían decidido por ella. Comprendió, en fin, que aquella muchacha era la hija del Príncipe de Viana y de Urraca, la bastarda que ella llevaba en su vientre cuando don Carlos la expulsó del palacio de Olite.

—Mi madre murió hace algunos años, durante una epidemia de peste —se anticipó la muchacha, al observar que Pedro Guinea, aturdido, tartamudeaba, tratando de preguntar algo—. Mi padre, el príncipe, también murió, lejos de aquí, dicen que en Barcelona, pero a él nunca lo conocí. Para mí ya estaba muerto, y bien muerto, mucho antes. Nunca quise su ayuda, las monedas que nos arrojaba como migajas para comprar nuestro silencio. No soy una princesa, sé ganarme la vida sola. —Señaló las paredes de la cueva.

Estas, al reflejo del candil, aparecieron cubiertas por unas extravagantes figuras, semejantes a las que Pedro Guinea había creído que le perseguían fuera y que representaban criaturas monstruosas, con los rostros y los cuerpos deformados, o escenas que parecían pesadillas, premoniciones, nieblas de la memoria… Al mismo tiempo, sin embargo, había en ellas algo, tal vez los colores alegres, chillones, con que estaban pintadas, y sus trazos gruesos y sencillos, que les daban cierto encanto, un aire ingenuo y primitivo.

Vio también, desperdigados por el suelo, diferentes baldes, con misteriosos líquidos y ungüentos; trapos sucios, acartonados por pintura seca; pinceles con las cerdas resecas y apelmazadas…

Un olor espeso, que removía el estómago, flotaba en la cueva. Era una mezcla de olor corporal, humo, comida y agua corrompida, que invitaba, no obstante, a husmear en él, pues en medio de aquel hedor también explotaban, de repente, como pequeñas burbujas de aire, aromas a hierbas aromáticas, a cítricos, a pintura fresca…

Pedro Guinea sintió que aquellos olores se adherían a su cuerpo, como una segunda piel. Y recordó cuando, siendo un muchacho, cada vez que el príncipe lo enviaba como *lasterkari* lejos de Olite, olisqueaba su ropa, buscando en ella el calor, el recuerdo de las cuadras, la ilusión falsa de un hogar, de una familia junto a la que regresar.

—¿Cómo te llamas? —consiguió por fin decir, conteniendo las lágrimas.

—Aquí todos me conocen como la Pincelitos —contestó la muchacha—. Pero me llamo Alondra.

—Alondra, Alondra —repitió dos veces su nombre mi abuelo, y al hacerlo un pequeño pájaro aleteó tembloroso dentro de su pecho.

CAPÍTULO 23

En el que aparecen por primera vez los hombrecillos verdes y Alondra acaricia las cicatrices de Pedro Guinea

Aquella noche apenas pudo dormir, a pesar del cansancio. De vez en cuando escuchaba los gritos, fuera de la cueva, y veía el resplandor de las antorchas, colándose a través de las rendijas de la puerta de madera.

—¡Han huido por aquí!

Pero no temía por sí mismo, pues confiaba en aquella misteriosa muchacha, que le había prometido que con ella se encontraría a salvo. Pensaba en sus compañeros, que sospechaba que no habían corrido la misma suerte. Lo presentía en aquellas voces de sus perseguidores, embriagadas de vino y sangre, entregadas a una cacería humana, en cuya excitación se reconocía que ya se habían cobrado alguna pieza:

—¡Hay que matar a todos esos perros sarnosos! —clamaban.

A veces, le asaltaba el impulso de levantarse del jergón que Alondra había improvisado para él en un recoveco de la gruta y salir a enfrentarse con los soldados y con todos aquellos vecinos desagradecidos y ruines, que de esa manera pagaban su generosidad. Morir matando. Morder y desgarrar sus corazones negros. La vida, de repente, había perdido todo el valor para él. Durante años, la ilusión que había mantenido la llama era Urraca, la promesa de su amor. Incluso aunque, en el fondo, supiera que quizá nunca volvería a verla. Mientras ella estuviera viva, su esperanza también se mantenía viva, y era a eso a lo que se aferraba. Ahora, de repente, esa llama había sido extinguida de un soplido y ya nada tenía sentido. Se sentía vacío, solo y extraño en el mundo.

—No llores. —Se acercó a consolarle la muchacha.

Alondra acarició su pelo, rizadísimo y negro, en el que ya comenzaba a enredarse alguna cana, y él acomodó la cabeza en su regazo. Los dedos largos y pálidos de la muchacha recorrieron después la cicatriz de su frente, la marca «s-clavo» y, a su lado, el lazo eterno. El tacto de sus yemas era suave y cálido y sus caricias calmaron el llanto de Pedro Guinea, que poco a poco fue adormilándose. Antes de hacerlo por completo, Alondra besó su frente, y entonces él notó, con una extraña mezcla de excitación y culpa, que el pequeño pájaro aleteaba tembloroso entre sus piernas.

Lo despertaron, horas más tarde, un silencio opresivo y la luz dorada de los primeros rayos de sol arrastrándose por el suelo de tierra de la cueva. Miró a su alrededor. Vio que Alondra no estaba y el corazón se le heló. ¿También ella lo abandonaba al amanecer? Saltó desde su jergón y empujó la puerta. El sol cegó sus ojos y en sus retinas serpentearon, entre una nata azulada, varios gusanos blancos. Cuando por fin su mirada se aclaró vio a la muchacha, iluminada por varios haces de luz dorada, como una aparición. Estaba acuclillada al pie del talud sobre el cual se asentaba la casa, con un pequeño cuenco entre sus piernas y un pincel en la mano. Asombrado, descubrió que la pared que tenía frente a ella, y también la de la propia cueva, que todo el risco en realidad en el que esta estaba excavada, era un gran mural, una montaña de colores, cubierta de aquellas extrañas figuras y escenas. Algunas le resultaban incomprensibles, como el hombrecillo verde con seis dedos en cada mano y tres testículos con ojos que pintaba en aquel momento Alondra. Vio que había muchos más hombrecillos como aquel desperdigados por todo el mural: hombrecillos verdes descendiendo por una escalera de una nube, hombrecillos verdes haciendo el amor con una ortiga, hombrecillos verdes plantados como calabazas en un bancal... Pero otras de aquellas escenas le resultaron familiares: un joven con una mariposa en la nariz y un hormiguero entre sus dedos; otro con un búfalo de agua bebiendo de su entrepierna; uno más, con el pecho abierto y un pájaro negro posado sobre su corazón...

—¡Dios mío, soy yo! —Cayó por fin en la cuenta.

Le temblaron las piernas. ¿Cómo podía saber Alondra todo aquello —todas aquellas imágenes que dibujó con sus labios Urraca años atrás—? La única explicación posible era que su madre se las hubiera descrito, las hubiera conservado en su memoria y a él con ellas. Un lagrimón, redondo y brillante, rodó por su mejilla. A través del velo que dejó en sus ojos, revivió en Alondra la imagen difuminada de Urraca, algunos de sus gestos. Vio, por ejemplo, cómo asomaba la punta de su lengua por un extremo de su boca, mientras pintaba ensimismada, ajena al mundo que la rodeaba.

La estuvo mirando en silencio durante mucho tiempo, en mitad del paisaje después de la batalla que era aquella mañana radiante, asfixiante y silenciosa, en la que todo se mostraba detenido, adormecido por una resaca terrible.

—¡¿Qué haces?! —Pegó un salto la muchacha, cuando, por fin, se dio cuenta de que él estaba observándola—. ¡Vuelve dentro!

Alondra se acercó corriendo hasta Pedro Guinea, lo agarró del brazo y lo arrastró hasta el interior de la cueva.

—¡Pueden verte! Los soldados todavía no se han ido. Si quieres quedarte aquí, no debes salir de la cueva —dijo, colocándolo junto a una pared en la que aparecía otra escena con hombrecillos verdes, en este caso devorándose las orejas unos a otros.

—¿Por qué pintas todas estas cosas? —preguntó, intrigado, Pedro Guinea.

Alondra se encogió de hombros.

—No lo sé. Porque me gusta. Y porque me gano el pan así.

—No lo entiendo. ¿Te ganas el pan así? ¿Cómo? ¿Pintando?

—Mis dibujos les gustan a los arrieros y los viajeros que pasan por ahí. —Señaló el camino de tierra bajo el talud—. Se detienen a mirarlos y a cambio dejan monedas, o comida…

—Nunca había visto nada parecido —dijo Pedro Guinea.

Se dio cuenta de que la muchacha se ruborizaba.

—Son mis recuerdos, las cosas que me contaba mi madre, o las que me cuentan los viajeros, también las cosas que sueño —explicó ella—. A veces me asustan mis sueños, no los entiendo, pienso que son mensajes, sombras del futuro. Otras veces lo que me dan miedo son mis propios pensamientos. Pintar me tranquiliza, me ayuda a entenderlos, a no volverme loca.

Al decir esto último, una penumbra de tristeza ensombreció su rostro.

—Tengo que seguir trabajando —añadió después, buscando la puerta de la cueva—. Tú quédate aquí. No salgas. Hay comida y vino en la alacena. —Cabeceó hacia un hueco en la pared, cubierto por una pequeña cortina.

Alondra no volvió hasta el atardecer, cuando el sol comenzó a desangrarse sobre la sierra del Yugo. Pedro Guinea estaba tumbado sobre su jergón. Había pasado todo el día allí, sin fuerzas para levantarse, desolado por la pérdida de Urraca y por la premonición de la suerte fatal que debían de haber corrido sus compañeros. Ella se acercó hasta él y, como la noche anterior, acarició su pelo y sus cicatrices. Sus dedos como fantasmas pálidos y sudados —de su muñeca colgaba además una cadenita de plata, con una pequeña bola— arrastraban consigo un olor intenso a amoniaco, y recorrían una y otra vez, como si tratara de borrarla, aquella señal, «s-clavo», con la que Roberto le marcó como a un animal la frente;

pero también se detuvieron, aquella noche, y sus labios con ellos, en el hueco de su nariz desmochada, o en el de su oreja destazada, en el desconchón de su cuello…

Mientras lo hacía, Pedro Guinea cerraba los ojos, avergonzado de su fealdad, y a la vez intentaba dejar su mente en blanco y cortar las alas a aquel pajarito que revoloteaba inoportuno dentro de sus calzones.

La escena se repitió cada noche durante las siguientes, y en cada una de ellas a Pedro Guinea le resultaba más difícil disimular sus erecciones, hasta que en una ocasión la muchacha apartó la cabeza de mi abuelo de su regazo, se puso en pie y, cogiéndolo de la mano, arrastró su corpachón hasta el catre en el que ella desde hacía demasiados años, desde que su madre murió, dormía sola.

Durante las primeras caricias Pedro Guinea se estremeció con una sacudida que trascendía el temblor de la carne. Mientras las manos blancas de Alondra se derretían entre sus muslos de mármol negro, él no podía dejar de pensar que la noche que hizo el amor con Urraca, la muchacha también estaba allí con ellos dos, dentro del vientre de su madre.

Tal vez por ello, apenas se atrevía a rozar su piel, pues temía dañarla, como si todavía fuera tan frágil como la de un embrión. El cuerpo desnudo de Alondra, además, también temblaba, tumbado sobre el suyo, sobre su torso musculoso, junto al que se empequeñecía, parecía volverse más vulnerable. Él no sabía, sin embargo, que en ese temblor lo que palpitaba era, además de su sexualidad en flor, el deseo de que alguien curtiera su piel con caricias, la endureciera para protegerla del relente de las largas y frías noches en soledad.

No se atrevía a tocarla, pues, pero los pezones de la muchacha sobre su pecho, duros y rojos como brasas ardientes, incendiaban su torso, y ella buscaba con sus manos los pájaros que intentaban huir entre el humo negro de su pubis.

—Abrázame —susurró Alondra en su oído.

Sus labios, aquellos labios extraños y sensuales, también ardían, y la mitad del cuerpo de Pedro Guinea tiritó en un escalofrío que trataba de sofocar las palabras que pronunciaban.

—Abrázame fuerte —repitió ella, colocándose de costado y pegando su espalda al pecho de él.

Pedro Guinea vio sus costillas palpitantes, la nuca blanca y desnuda, el valle entre sus riñones, como un sendero secreto hasta sus nalgas trémulas y resplandecientes, y no pudo reprimir más su instinto animal: rodeó su cuerpo con los brazos, lo apretó con fuerza, deseó incluso que su esqueleto crujiera, que ella supiera que era un animal pero que también era capaz de detenerse en ese umbral entre el dolor y el placer, y besó a la vez su cuello, lo mordisqueó, se revolcó entre las cenizas de sus cabellos de fuego, extendidos sobre la almohada…

Ella, por su parte, deslizó una mano entre sus muslos y le acarició los testículos.

—Yo tengo solo dos —bromeó, nervioso, él.

Los dos rieron, y en el espasmo de la carcajada, Alondra introdujo el pene de Pedro Guinea en su cuerpo.

Las risas se tornaron entonces jadeos.

—*Ketekete*. —Era ahora él quien susurraba en el oído de la muchacha.

Lo hacía, como siempre que ese sonsonete venía a sus labios, sin darse cuenta. Como cuando corría. De hecho, el sonido de sus muslos embistiendo las nalgas de la muchacha le recordaba al de sus pies desnudos golpeando la tierra.

El mismo placer. La misma libertad. La misma sensación de que una parte de sí mismo abandonaba su cuerpo y era capaz de atravesar el túnel oscuro del tiempo, de orientarse a tientas en la geografía de su memoria arrebatada.

«¡Urraca, Urraca!», estuvo a punto de gritar, pero se contuvo, pues aquella muchacha con la que hacía el amor era ella y no era ella.

—¡Más fuerte! —gritó Alondra.

Y Pedro Guinea hundió sus dedos en la cabellera en llamas de la muchacha y estiró con fuerza de ella, obligándola a arquear su espalda, al tiempo que se vaciaba dentro de su cuerpo, aquel cuerpo que, de algún modo, recordaba y añoraba los vaivenes de su pelvis, el olor de su simiente, las mareas de líquido amniótico que él enturbió con su pene, cuando hizo el amor con su madre. Ahora lo comprendía: de la misma manera imprecisa que él se buscaba a sí mismo en aquellas misteriosas palabras —«¡*Ketekete!*», aulló al correrse—, Alondra lo hacía en el misterio indescifrable del sexo y el lienzo en blanco de su piel.

—¡Ay, que no me aguanto! —Rompió, no obstante, sus cavilaciones con una urgencia mucho más mundana Alondra, apenas él dejó caer de espaldas su cuerpo sobre el catre, después del orgasmo.

Y de un brinco salió corriendo hasta una esquina de la cueva, en donde acuclillada sobre un orinal descargó una meada larga, cálida y dorada, al final de la cual se le escapó incluso una aflautada ventosidad, que —tras el sonrojo y la sorpresa iniciales—, hizo estallar a ambos en otra carcajada.

Fue el principio de una larga y feliz vida en común.

CAPÍTULO 24

DONDE ASISTIMOS A MÁS ESCENAS ÍNTIMAS ENTRE
ALONDRA Y PEDRO GUINEA Y EN EL QUE EL VIENTO
ARRASTRA CONSIGO LAS VOCES DE SANCHICORROTA Y
SUS BANDIDOS

Todas las mañanas le despertaba el tintineo en el orinal de un hilo de miel —delgado, trémulo, argentino, obstinado— que Pedro Guinea veía fluir a través de sus ojos entreabiertos, nublados y confundidos todavía por el sueño. Le gustaba observar a Alondra acuclillada y desnuda, su pelo enredado, cayéndole por la espalda, los pequeños pechos, con los pezones erizados por el frío del amanecer, el ligero temblor que sacudía su cuerpo cuando terminaba… Y verla después ponerse la ropa, pensativa, con la mirada perdida, vuelta hacia dentro. Se preguntaba en qué pensaría y le resultaba imposible descifrarlo.

Y le gustaba también que así fuera.

Cuando Alondra terminaba de vestirse, vertía su orina en varios tarros. Algunos de ellos los dejaba reposar en la alacena, hasta que fermentaban, y los usaba al atardecer para limpiar los restos de pintura seca en sus dedos; otros, por el contrario, los filtraba o mezclaba con sus ungüentos, para obtener tintes de diferentes tonos… En la cueva había tarros con todo tipo de frutas y plantas: remolacha, col roja, moras negras, cáscaras de naranja, cardo…, que Alondra troceaba, vertía en ollas o maceraba en vino o aguardiente. A veces, además de la orina y los tintes, añadía a las pinturas sangre de su propia menstruación o hacía una pequeña incisión en su brazo y dejaba gotear la herida sobre uno de los recipientes; otras, después de yacer con Pedro Guinea, apenas él eyaculaba, Alondra daba un salto en la cama y corría hasta la esquina de la cueva, igual que había sucedido la primera vez que hicieron el amor, pero en lugar de acuclillarse y orinar como entonces, arqueaba las piernas, para que el esperma de mi abuelo descendiera entre sus muslos lentamente, como una babosa, y cayera en la bacinilla, que después también vaciaba en alguno de sus tarros.

A Pedro Guinea aquello le repugnaba, tal vez porque de un modo inconsciente sentía su simiente rechazada, y heridos su masculinidad y su instinto reproductor. No puso objeciones, por el contrario, cuando ella se dio cuenta de su incomodidad y le propuso como alternativa masturbarle de vez en cuando con una mano, mientras con la otra sostenía uno de sus tarros, ni tampoco le importó que luego le mostrara cómo mezclaba el semen con pintura blanca, que de ese modo amarilleaba o se volvía mate.

Él mismo, de hecho, comenzó poco a poco a realizar esas y otras mezclas y potingues, y se ocupó también de cocinar, mantener limpia y ordenada la cueva… Así Alondra podía dedicar más tiempo a sus pinturas. Y aunque al principio la idea de permanecer recluido en aquella gruta le aterraba, también a ello se acostumbró Pedro Guinea. Por las mañanas, cuando la luz del mediodía llamaba a la puerta de la cueva, él la entreabría, arrimaba una silla a la entrada y dejaba que los rayos de sol se derramaran sobre su rostro y su pecho desnudo. Por las tardes dormía varias horas. Y algunas noches, después de cenar junto a Alondra, cuando la oscuridad se desplomaba como un bloque de silencio sobre el pueblo y todos dormían, abandonaba la cueva y se adentraba en la Bardena Blanca, sobre cuya tierra agrietada corría y corría hasta la madrugada, para regresar a Arguedas y dormir unas pocas horas más antes del amanecer.

La primera vez que abandonó la cueva por la noche lo hizo reconcomido por la culpa y la ansiedad de saber qué había sido de sus compañeros. Sus piernas lo llevaron hasta la guarida de El Rallón, con la esperanza de encontrar allí a alguno de ellos. Todo su cuerpo temblaba, mientras subía a lo alto del cabezo. Pero tal y como había temido, no había nadie en la cueva. Solo Rosendo, el perro de Erramun, acurrucado junto a la *makila* de este, en el rincón en el que el joven pastor solía dormir. Pedro Guinea se sentó junto a él y acarició su cabeza. El animal emitió apenas un quejido, tan leve como desgarrador, que le confirmó que nadie había regresado ni regresaría jamás a la guarida. Las voces de los bandidos, sin embargo, sus bromas y canciones permanecían todavía allí. El cierzo, frío y ululante, recorría las galerías y las arrastraba consigo:

—¿Cuándo se muere del todo uno? ¿Cuando muere o cuando mueren todos los que se acordaban de él? —Escuchó redoblar la voz de Briano, el atabalero.

—Uno puede estar vivo y estar a la vez muerto —lanzó su sentencia como un disparo de ballesta el muchacho de Carcastillo.

—Sí, por mucho que los demás se acuerden de él; o de sus muertos —burbujearon en el aire las palabras del hombre pez.

—Cagarse en los muertos de alguien entonces es un juramento de mierda —blasfemó el monje burriciego.

—Claro, porque es como abonar sus recuerdos. Resucitar a alguien a quien le deseas la muerte.

—¿Y quién nos recordará a nosotros cuando muramos?

—Nadie. Nosotros estamos solos. Nadie se cagará en los muertos de nuestros hijos, ni de nuestras mujeres que no tenemos.

—¿Y qué más da? Es mejor estar muerto para siempre que haber vivido sin conocer nunca la libertad —continuaron discutiendo los bandidos durante una eternidad.

Pedro Guinea, por su parte, abandonó la guarida al alba. Antes de hacerlo se giró hacia el fiel y viejo Rosendo, que permanecía tumbado junto al cayado de su amo, y le hizo un gesto, invitándolo a acompañarlo, pero el perro volvió a emitir un quejido lastimero, agónico, y comprendió que prefería quedarse allí, donde todavía podía arrebatar a la respiración del aire las canciones tristes y melancólicas de Erramun, el tono suave y hosco a un tiempo de la lengua vasca, como la propia voz del zagal, que había escuchado por primera vez siendo un cachorro.

Pedro Guinea nunca más volvió a aquella cueva de El Rallón, pero continuó saliendo durante muchos años por las noches a recorrer los barrancos, cabezos y quebradas de las Bardenas, como un perro que no puede resistirse a su instinto salvaje, y que a la vez nunca olvida el camino de regreso a casa.

CAPÍTULO 25, Y ÚLTIMO DEL LIBRO PRIMERO

Y así fueron transcurriendo los años. Las caricias de Alondra al atardecer, con sus dedos impregnados en amoniaco, borraron de la frente de Pedro Guinea la marca de la esclavitud (el lazo eterno, por el contrario, permaneció intacto). El pelo de mi abuelo se fue cubriendo de ceniza primero, después cayendo poco a poco. Perdió también un ojo, una noche que un grupo de niños del pueblo apedreó la cueva.

—¡A Pincelitos, la chalada, bueeena pedrada! —coreaban, y él, dentro de la cueva, amagaba con salir tras ellos hecho una furia, mientras mi abuela intentaba retenerlo colgándose de uno de sus brazos.

No pudo evitar, no obstante, que Pedro Guinea entreabriera la puerta, pero apenas lo hubo hecho recibió el chinazo, en el centro de la cara, y en su mirada se dibujó una constelación de luz y dolor que no se apagó ni dejó de danzar hasta la noche en que muchos años después el desierto se lo tragó, incapaz de orientarse bajo aquellas estrellas.

No era la primera vez que sucedía algo parecido, que él escuchaba gritos y forcejeos al otro lado de la puerta. A menudo oía a Alondra discutir con arrieros, que intentaban propasarse con ella, o con ladronzuelos que pretendían robarle el bote con las monedas. Tenía entonces que contener su ira, permanecer oculto, apretando los puños —o el puño, mejor dicho— dentro de la casa. Confiar, una vez más, en Alondra.

—Yo sé defenderme sola, si sales fuera y te ven, lo echarás todo a perder —solía decirle ella.

Y él la obedecía, con una mezcla de intranquilidad y admiración.

Alondra era valiente, como su madre, no permitía que el miedo gobernara su vida, en aquel mundo en que una mujer sola en un camino, o en una calle oscura, incluso a plena luz del día, se convertía en una pieza de caza. Y era también libre. No había muchas mujeres que se ganaran el pan por sí mismas, ni mucho menos del modo que ellas habían elegido.

Y a él le gustaba que fuera así.

A su lado, Pedro Guinea era tuerto pero feliz. Valiente y libre, como ella. Su vida tenía, por fin, sentido. Había llegado hasta allí sin saber de dónde venía, a través de una niebla espesa en la que sus recuerdos permanecían extraviados, sin conocer ni siquiera su verdadero nombre, aquel con el que fue amamantado bajo el cielo de África, pero ahora comprendía que todo aquel camino, que todas las heridas y mutilaciones, que todo el dolor, la soledad y la extrañeza (la extrañeza de ser un hombre negro entre blancos, por ejemplo) habían sido necesarios, que tal vez sin ellos nunca habría conocido a Alondra.

Junto a ella no echaba de menos nada, no anhelaba nada más.

Acaso, si había algo que le apenaba, era no saber con certeza qué pensaba Alondra, hasta qué punto compartía ella esa felicidad. A veces solía observarla, desde la penumbra de la cueva, y al verla con el pincel entre las manos, la lengua asomando por un extremo de la boca, mientras dibujaba aquellas extrañas criaturas, aquellas escenas indescifrables, que pintaba con los humores de su cuerpo, con la sangre de sus heridas y sus óvulos muertos, al verla tan absorta y ajena a todo, sumida ella también en una inquietante placidez, se daba cuenta de que había una parte de ella inaccesible, que nunca le mostraría, a la que él nunca podría llegar ni, en el caso de que lo hiciera, comprender.

Se preguntaba entonces si Alondra le quería realmente o, por el contrario, le había ofrecido su amor porque creía que ese era su deber, una herencia a la que no podía renunciar, la sangre de Urraca, que corría por sus venas como una fina cadena, la única que la mantenía atada a un mundo que detestaba, en el que se sentía infinitamente sola y, como él, extraña.

Y se preguntaba también si su simiente no arraigaba en ella por eso, porque aquella era la manera —renunciando a la maternidad— en que Alondra podía romper esa cadena. Se lo preguntaba cada vez que veía escurrir su esperma entre los muslos de Alondra, como un escupitajo, como un desecho, un resto prescindible de sus actos de amor.

A Pedro Guinea, por el contrario, a quien habían quebrado desde niño ese hilo de sangre, no le hubiera importado perpetuarse, que ella le diera hijos, pero los años fueron pasando, y las ascuas en el cabello de la muchacha también fueron convirtiéndose en cenizas, y su piel en una nieve gris y agrietada por las pisadas del tiempo, que caminaba sin detenerse nunca ni mirar atrás.

La enfermedad, por su parte, llegó callada, como un animal agazapado. Como una pantera sobre los lomos negros y resplandecientes de un caballo. Primero, Pedro Guinea se dio cuenta de que comenzaba a fatigarse cuando salía a correr por las noches. Al principio lo achacó a la edad, pero después vinieron las náuseas y los vómitos y la sangre escupida sobre la tierra, en la que flotaban pequeños trozos de carne humeante, como pequeños animales que exhalaban su último aliento en la madrugada helada. Comprendió que su cuerpo seguía desprendiéndose de sí mismo, aligerando peso en su recorrido hacia la muerte inevitable, y que, tras perder la mano, un dedo de la otra, una oreja, media nariz, la punta de la lengua, un jirón de su cuello, los cabellos y un ojo, era el turno por fin de sus entrañas.

Decidió, entonces, permanecer las noches en la cueva, junto a Alondra, dormir más horas a su lado, memorizar con sus dedos la geografía de su piel, antes de perder definitivamente la vista; decirle al oído que la amaba, antes de que los hilos de su garganta se deshicieran; escuchar todavía su voz, antes de que un muro de silencio y sangre coagulada lo ensordecieran...

Fue una de aquellas noches, en el ocaso de su vida, cuando ya no esperaba nada más de esta, tan solo diluirse apaciblemente en ella como un rayo ensangrentado de luz al atardecer, cuando Alondra se lo dijo:

—Vamos a tener un hijo —susurraron sus labios, y en ellos descubrió también una mueca inesperada, una sonrisa temblorosa, plena de emoción y ternura.

Pedro Guinea se quedó paralizado, incapaz de pronunciar una palabra, dejando que fueran las lágrimas que comenzaron a recorrer sus mejillas las que hablaran por él.

Habló también, y mucho, en los meses de embarazo que vinieron después. Solía tumbarse colocando su cabeza junto a la barriga de Alondra y, mientras la acariciaba, le contaba a su hijo a qué olía —a naranjos y a excremento de búfalos— el vientre de la barcaza que lo llevó hasta Olite; cómo era capaz de sentir todavía en su muñón el hormigueo de los dedos que le arrancó de un bocado el león de don Carlos, el Príncipe de Viana —su abuelo—; por qué su abuela, Urraca, llevaba consigo siempre una tormenta en los ojos...

A veces, tenía que detenerse, levantarse y esputar, entre violentas toses, un trozo de pulmón en una escupidera, aterrado no ante la idea de morir, sino de hacerlo antes de ver nacer a su hijo.

Pero siempre conseguía recuperar el aliento.

Y continuaba hablando, contándole al pequeño cómo el hombre pez besó sus labios bajo un mar de heces o cuando una lengua de barro estuvo a punto de engullirlo; cómo crujían las costillas del mundo cuando los pies de los leprosos pisaban un manto de nieve que parecía un sudario; a qué sabían los guisantes gordos como aceitunas y las fresas diminutas como guisantes y las aceitunas que sabían a fresas que cultivaban en El Rallón…

El niño nació al llegar la primavera. Una mañana, al despertarse, Alondra rompió aguas. Ella mismo puso a hervir el agua, preparó los paños y se colocó en cuclillas, a esperar a su hijo.

—¡Lo veo, veo su cabeza! Bueno, creo que es su cabeza. ¡Dios mío! ¡¿Todo eso tiene que salir de ahí?! —gritó Pedro Guinea cuando ella comenzó a pujar.

Los nervios le hacían decir ese tipo de banalidades, pero estas se hicieron pedazos, se redujeron a nada cuando el pecho de Alondra exhaló un alarido que nunca había escuchado, que nunca habría creído que ella pudiera emitir y en el que no la reconocía. Era la voz desgarrada de una mujer partiéndose en dos. Pedro Guinea le apretó las manos con fuerza, y ella le clavó las uñas hasta hacerle sangre. Podía palpar su sudor, el temblor de su cuerpo, pero a la vez tenía la impresión de que nunca había estado tan lejos de ella, y de que Alondra nunca se había encontrado tan sola. Se sintió insignificante. Supo que jamás él, ni ningún hombre, sería capaz de entender, de apreciar cuánto dolor había tras cada alumbramiento, cuál era el verdadero valor de cada vida humana.

Apenas fueron tres o cuatro empujones, no obstante. El bebé resbaló entre los brazos de Pedro Guinea, con la piel viscosa y arrugada, oscura, pero menos azulada, algo más clara que la suya. Él lo tumbó sobre los paños que Alondra había extendido en el suelo y cortó nervioso el cordón, mientras veía de reojo cómo ella, todo su cuerpo, temblaba como una hoja sacudida por el viento. El niño rompió a llorar.

Trató de calmarlo, acunándolo en su regazo.

Pero solo cuando lo colocó sobre el pecho de su madre se detuvo el llanto. El pequeño buscó después con su boca amoratada y sus ojos ciegos el pezón rojo de Alondra y, cuando por fin lo tuvo entre sus labios, el cuerpo de ella dejó de temblar. Una lágrima, como una pequeña luna plateada, rodó por la mejilla de Alondra.

A Pedro Guinea, por su parte, la boca se le llenó de sangre, que cuando tragó aplacó el ardor que sentía en su pecho, y en el cual barruntaba el siguiente estallido de tos. Notó cómo aquella sangre dulce y templada recorría todo su cuerpo y lo sumía en una extraña paz.

—Lo llamaremos Zaide —oyó decir a Alondra.

—Zaide —repitió él.

Nunca había oído aquel nombre. Pensó que quizá tenía que ver con aquel mundo de hombrecillos verdes. Pero no le importó. Era el nombre que ella había elegido. Recordó que el suyo, Pedro Guinea, se lo habían impuesto los príncipes de Navarra, sin apenas meditarlo, al llegar a Olite: Pedro, un nombre corriente, el primero que vino a la mente de don Carlos, y Guinea, el apellido de los esclavos negros.

—Zaide —dijo, de nuevo, sonriendo.

Le gustaba.

Permaneció durante horas musitándolo, y mirando a su hijo, observando cómo mamaba, con ansiedad, mientras su madre lo acariciaba, con una sonrisa serena y satisfecha en el rostro cansado.

Se despidió de ambos unos días más tarde. Antes de salir por última vez de la cueva e internarse en el desierto de las Bardenas, tomó al pequeño Zaide en brazos y lo meció durante unos minutos. El bebé tenía los ojos muy abiertos, como si supiera que aquella iba a ser la última vez que viera a su padre y quisiera grabar en su memoria su rostro; o como si tuviera que retener aquellos rasgos, seguro de que en alguna ocasión volverían a encontrarse y a reconocer sus respectivas contrahechuras (pues uno de los ojos del bebé bizqueaba).

Luego, colgó del cuello del pequeño sus amuletos, su oreja embalsamada y el diente de tiburón y dejó al pequeño en el regazo de su madre. Ella le miró también fijamente, en silencio, manteniendo la misma sonrisa que cuando amamantaba al pequeño Zaide. Y, como ya le había sucedido en alguna ocasión, a Pedro Guinea los ojos verdes de Alondra le recordaron a Sanchicorrota, y supo que compartía con él su espíritu libre y valeroso.

—Alondra —pronunció su nombre, con un amor reverencial, y tras besar sus labios, salió de la cueva.

Fuera, las estrellas titilaban en el cielo claro. También temblaba abajo, en el pueblo, el resplandor naranja de las hogueras, a través de las ventanas, pero, como si fuera una mariposa haciendo el camino inverso, él echó a correr alejándose de la luz, hacia el desierto, su gran crisálida de arena y silencio.

—*¡Ketekete, ketekete!* —Era lo único que escuchaba: aquel misterioso estribillo que componía en sus labios el sonido de sus pies desnudos golpeando la tierra, todavía caliente, a pesar de que el relente de la noche comenzaba a caer como una gran capa, transparente y espesa.

Aquellas palabras misteriosas y familiares, que le alumbraban en la oscuridad de sus recuerdos, que le conectaban con todo lo que le había sido arrebatado...

Vio a lo lejos la luna colándose a través de la chimenea del cabezo de Castil de Tierra, y a los buitres revoloteando alrededor, hasta que sus alas negras la ocultaron, y cegaron su ojo sano. Desfallecido, se detuvo, y escupió en el suelo un trozo de corazón.

Reanudó la marcha, a tientas, tratando de orientarse con las estrellas, pero solo distinguió las que bailaban dentro de su ojo a la funerala.

Tropezó y al golpearse con una roca se le desencajó un hombro. Volvió a toser.

Cayeron al suelo, en un charco de sangre, varias astillas de su árbol pulmonar.

Un lobo aulló a lo lejos, pero él ya apenas podía oír nada.

Se levantó, a duras penas, y continuó caminando hacia los abismos de la noche, en cuya profundidad su triste figura se fue descomponiendo.

Una víbora le mordió en el tobillo.

Se le quebró la pierna buena en otro tropezón.

Escupió varios dientes rotos…

—*Ketekete.* —Se pudo oír todavía su voz, antes de que la oscuridad se lo tragara definitivamente.

Y a lo lejos, junto con ella, resonó en los barrancos el eco de las risas y las canciones melancólicas de los bandidos de las Bardenas, atravesando libres y desobedientes las tinieblas del tiempo.

FIN DEL LIBRO PRIMERO

LIBRO SEGUNDO

MOSTRENCO

Mostrenco:
Dicho de una persona: Que no tiene casa ni hogar, ni señor o amo conocido.

CAPÍTULO 1

En el que Antón Aguirre, nieto de Pedro Guinea, se presenta a sí mismo, a su hermano Lázaro y a su padre Zaide y cuenta cómo este último fue a parar a Salamanca

Así que, como ven vuestras mercedes, por mis venas corre sangre azul. Y negra, es cierto, pero limpia también como una patena. Mi nombre es Antón y soy hijo del negro Zaide, que en realidad no era negro sino mulato, del mismo modo que yo soy morisco pero soy a la vez cristiano, pues moriscos llaman en el Nuevo Mundo a los hijos de mulato y blanca. Mi madre, que lo era, fue Antona Pérez y me trajo al mundo en el año del señor de 1512, en Salamanca. Quizá muchos la recuerden todavía allí, pues durante muchos años sirvió en el célebre mesón de la Solana, en el cual fue la guardiana de los secretos más íntimos de sus huéspedes, que es una forma recatada de decir que limpiaba las cascarrias de sus sábanas. Por eso y porque, a pesar de ello, fue enterrada en dicha ciudad como una reina.

La mía es, pues, una estirpe bastarda, de príncipes y tronados, de bandidos y sirvientes.

A mi padre, Zaide, que fue mozo de caballerizas, apenas lo conocí, no al menos siendo niño, aunque volví a verlo años después, ya de muchacho, y a saber de sus andanzas junto al célebre conquistador Álvar Núñez Cabeza de Vaca muchos años después, como referiré más adelante, en el tercero de estos libros. Sé, como vuestras mercedes saben ya también, que Zaide nació en la villa de Arguedas, del reino de Navarra, y que sus padres fueron Alondra Aguirre, hija natural del Príncipe de Viana, y el esclavo africano Pedro Guinea.

Lo que aún no les he contado es que cuando a este, es decir, a mi abuelo, se lo tragó el desierto, mi abuela Alondra decidió abandonar su pueblo natal, por no privar a su hijo Zaide de luz, aun a sabiendas de que el mundo que le aguardaba quizá fuera aún más oscuro que aquella cueva en el monte en que nació.

Quiso la casualidad que en los primeros años de vida de mi padre, en Tudela, a apenas unas leguas de Arguedas, sus vecinos, que nunca habían reconocido la autoridad de la Inquisición y se habían mostrado siempre hostiles con sus oficiales —«Si alguno osara entrar en la ciudad», amenazaban, «lo arrojaremos al río»—, acogieran entre sus muros a los infieles que el rey Fernando había expulsado de Aragón, convirtiéndose la ciudad en refugio de judíos, moros y otros herejes y perseguidos por la justicia, todos los cuales llegaron a ella en un aluvión en el que Alondra estimó que pasaría desapercibida una mancha de barro más como la de su hijo mulato y bizco.

Y así fue durante algún tiempo, hasta que el tal Fernando al que llamaban el Católico, aunque sus obras fueran más bien las de un demonio, y quien, por lo demás, era hermanastro del Príncipe de Viana, amenazó con quemar Tudela con todos sus tudelanos y acogidos dentro, incluida Alondra, es decir, su *sobrinastra*, si acaso ese palabro existiera.

Mi abuela y mi padre volaron entonces en busca de otros nidos, pero en todos los lugares en que intentaron construirlos, Logroño, Vitoria, Burgos, los desbarataban a pedradas, acusándolos de ser pájaros de mal agüero, hasta que, dando tumbos, llegaron a un puente sobre el río Tormes y, aprovechando que este pasaba por Salamanca, del mismo modo que el Pisuerga lo hace por Valladolid, y que el dicho puente lo cruzaban todos los días decenas de personas que entraban y salían de la ciudad, Alondra comenzó a pintar bajo su arco sus hombrecillos verdes, que cayeron en gracia, de modo que allí mismo levantaron una chabola y en ella creció mi padre, hasta que una crecida, esta del río, arrastró consigo a mi abuela mientras dormía, llevándosela para siempre de este valle de lágrimas.

Por entonces mi padre, Zaide, ya servía como mozo al comendador de la Magdalena y por eso se salvó de morir ahogado, pues pernoctaba en las cuadras de palacio. Fue allí donde conoció a mi madre, quien se ocupaba de limpiar la ropa a todos los criados de la casa, y a la que veía con ojos golosos, al contrario que sus compañeros, que la menospreciaban por ser viuda de un preso y madre de un zagal llamado Lázaro, el cual a la postre acabaría siendo para mí más padre que mi propio padre, y no porque Zaide renegara de sus responsabilidades cuando preñó a mi madre, sino porque las ejerció con un celo desmesurado, pues por alimentar a su familia desalimentaba a los caballos que tenía a su cuidado, hurtándoles la mitad de la cebada, además de mantas y mandiles con los cuales protegernos del frío a mi hermano Lázaro y a mí.

Que Dios lo perdone, pues Él bien sabe que nosotros necesitábamos aquellos pertrechos antes que las bestias. Y es que si las monturas de los ricos llevan abrigo no es por necesidad sino por ostentación, pues no sucede lo mismo con las de los pobres, que van desnudas sin perjuicio de su salud, mientras que no se sabe de ningún cristiano, pobre o rico, que pueda sobrevivir en cueros al invierno de la meseta castellana.

La cuestión es que de resultas de aquellos hurtos fue también hecho preso Zaide, como antes lo fuera el primer marido de mi madre, a la que decían que no se arrimaba a ningún hombre bueno, cuando deberían haber dicho a ningún hombre con fortuna o apellidos. Y como era ella la beneficiaria de aquellos robos, fue azotada en público junto a mi padre, a quien pringaron además las heridas con grasa ardiente. En cuanto a mi madre, le prohibieron servir en casa del comendador y volver a ver a Zaide, como así sucedió, pues nunca supo ella qué fue de él, después de que el mulato se convirtiera en huésped de la posada Rejas.

Por aquel entonces apenas debería de tener yo un año y el único recuerdo que me queda de mi padre es el colgante con sus amuletos que me dejó en herencia: un diente de tiburón y, hecha un gurruño, la oreja de mi abuelo, Pedro Guinea.

Digo, pues, que quien cuidó de mí siendo niño fue Lázaro, mi hermano, y digo bien, pues no digo medio hermano o hermanastro, porque como hermano entero y hasta como padre me quiso siempre. Todavía recuerdo cómo me gustaba que me cogiera en brazos y me lanzara al aire, aquella extraña mezcla de vértigo y seguridad. La alegría dura poco, sin embargo, en casa del pobre, y nosotros lo éramos tanto que ni casa teníamos, de modo que al final acabé estrellándome contra el suelo, pues a Lázaro también lo apartaron demasiado pronto y a la fuerza de mí.

En aquella época mi madre ya había conseguido entrar a servir en el mesón de la Solana, donde se deslomaba de sol a sol y de luna a luna limpiando cuartos, lavando ropa, sirviendo comidas y vaciando orinales, y aún debía estar agradecida, pues nadie quería emplear a una mujer con su reputación ni ningún hombre arrimarse a ella, dado que no hay dos sin tres y todos temían dar con sus huesos en la cárcel.

Como mi madre no tenía jornal, comíamos lo que ella sisaba en la cocina o rebañaba al recoger las mesas, dormíamos en el cuarto de las escobas y nos vestíamos con desgarrones de sábanas viejas. Aquella no era vida, en definitiva, para dos niños, y puesto que nuestra vida no tenía trazas de mejorar, la solución consistió en dejar de ser niños.

Primero fue mi hermano Lázaro, que mi madre encomendó a uno de los huéspedes del mesón, un ciego que lo reclamó como pupilo, y con quien, como mi madre accediera, creyendo que así

Lázaro podría comer algo más que sobras y mendrugos de pan duro, mi hermano partió un mal día, dejándome en cierto modo a mí también ciego y huérfano, pues nunca he vuelto a ver a aquel que, repito, fue padre para mí más que hermano, que Dios lo guarde a él también muchos años.

Años más tarde, cuando yo tendría doce o trece, me tocó a mí seguir su incierto camino. Vino a parar por aquella época al mesón una saludadora de cierta fama, llamada Enara de Sarriguren, que durante una semana acostumbraba a recibir en su habitación a decenas de rabiosos a los que soplaba y chupaba las heridas y que sanaban, al menos durante unos días, hasta que ella abandonaba la ciudad, aunque para ser justos habría que decir que ella abandonaba la ciudad justo antes de que los rabiosos volvieran a echar espumarajos por la boca.

La tal Enara era una mujer de aspecto desagradable, gorda y bigotuda y que, sin embargo, olía muy bien, sobre todo los martes. A mí me resultaba inquietante, y al revés tres cuartas de lo mismo, pues cada vez que nos cruzábamos por los pasillos a ella se le veía con la mosca detrás de la oreja y a mí con esta colgada del cuello.

—¿Qué es ese amuleto? —No pudo resistirse a preguntarme por fin un día.

—Un diente de tiburón.

—Ya, eso ya lo veo, y también sé que sirve para detectar venenos. Me refiero al otro.

—Ah, esto, nada, la oreja de mi abuelo —le contesté, creyendo que no lo tomaría por cierto, sino por burla.

—¡Una reliquia, lo sabía! —exclamó ella alborozada, no obstante, y salió corriendo como alma que lleva el diablo, a buscar a mi madre, según supe después.

Al otro día, esta, que por aquel entonces estaba ya muy maltrecha por culpa de sus penosas labores y a la que al parecer Enara prometió, además de hacer de mí un hombre de provecho, curar con unas friegas de saliva sus dolores de espalda, me hizo saber que la saludadora se convertiría en mi señora y que debía irme con ella esa misma madrugada.

—Hijo, ya sé que no te veré más. Procura ser bueno —se despidió de mí, con los ojos llenos de lágrimas.

Y así ha sido, tanto lo uno como lo otro, pues respecto a lo último he procurado guiarme en la vida siempre de acuerdo con ese precepto, el de ser bueno, si bien las más de las veces mi carácter apocado ha hecho que me tomaran antes por lelo, y en lo que afecta a lo primero tampoco he vuelto a ver a mi pobre madre, ni volveré a verla nunca más, pues, tal y como me contaron años después, murió al poco de partir, enferma de rabia, precisamente.

CAPÍTULO 2

EN EL QUE ANTÓN SE HACE A LOS CAMINOS CON
ENARA Y DESCUBRE LOS SECRETOS Y ARTIMAÑAS DE
LOS SALUDADORES Y LOS TRAFICANTES DE RELIQUIAS,
TALES COMO DESENTERRAR MUERTOS O APAGAR
ASCUAS CON LA LENGUA

Salimos de Salamanca por la noche, como maleantes, en un carro tirado por una mula que a Enara le guardaban en una cuadra cerca de la cueva de los nigromantes, con los que, no tardé en comprender, ella debía de tener tratos. De lo contrario no me explicaba todos aquellos cachivaches que llevaba consigo: manojos de hierbas, sacos con corronchos de grasa o sangre y misteriosas marmitas que tintineaban en cada bache, mientras dejábamos atrás la ciudad y yo en particular mi niñez y a mi pobre y querida madre.

A pesar de todo, y de que estaba muerto de miedo, conseguí echar alguna que otra cabezada entre todos aquellos cacharros del demonio, vencido por el sueño, el cansancio y la despreocupación propios de mi edad. Maldito el momento en que lo hice, pues al despertarme de una de ellas, me encontré con una mano huesuda y fría que acariciaba mi rostro. Tan huesuda era aquella mano que ni siquiera tenía piel, ni carnes, por lo que deduje que debía de ser la de un esqueleto, aunque no lo sabía con certeza, porque nunca había visto ninguno, o al menos ninguno muerto. Muertos de hambre sí, muchos, empezando por mí mismo, a quien en una ocasión un profesor había llevado consigo a la universidad para que sus alumnos estudiaran anatomía con mi cuerpo, de puro pegadas que tenía las costillas a la piel.

Esa noche, allí en el carro, no pude contener un grito de espanto, mientras apartaba de mí los huesos asquerosos.

—¡Dios mío! ¿Qué es esto?

Enara estalló en una carcajada que me dejó aún más pasmado.

—No te preocupes —dijo, tan contenta—. La pregunta es más bien qué va a ser eso. Porque puede ser la mano de un apóstol o los dedos de cinco de ellos. Todavía tengo que decidirlo.

Así supe que, además de a su oficio de saludadora, se dedicaba a conseguir y vender reliquias, o a recaudar limosnas exhibiéndolas de pueblo en pueblo. Y entendí su interés por la oreja de mi abuelo, que yo llevaba colgada del cuello.

—Nunca había visto una tan bien conservada —me confesó.

Pese a lo cual no tuvo ningún reparo en ciscarse en ella, ni yo valor para impedir que lo hiciera, cuando me desveló sus intenciones, que consistían en hacerla pasar por la oreja incorrupta de san Fermín, y en convertirme a mí en un milagro andante, a quien el santo había curado de una sordera de nacimiento, milagro que yo debía fingir ante quienes se acercaran a adorarla y a dejar la preceptiva limosna.

—San Fermín nos va bien porque lo llaman el santo moreno —me explicó Enara, lo cual cuadraba con el tono de piel de la oreja de mi abuelo, aunque a continuación añadió que muchos santos y vírgenes en realidad no eran ni morenetas ni morenicos, tal como se creía, lo que pasaba era que estaban sucios, no ellos, sino las imágenes que los representaban; sucios de polvo, incienso, humo y mentiras.

Todo, en fin, era pura patraña con Enara, incluida ella misma, aunque de esto aún tardaría en darme cuenta, y en carnes propias, unos días.

***

De Salamanca nos encaminamos a Valladolid, a donde tardamos en llegar casi una semana, pues a Enara la reclamaban en cada pueblo por el que pasábamos para que curara no solo a las personas, sino también a las bestias y perros enfermos de hidrofobia, que así aprendí que se le decía en fino a la rabia, del mismo modo que aprendí varios de los engaños que la saludadora empleaba, tales como dar de comer trozos de pan untados con su saliva a algunos de los animales sanos entre aquellos que visitaba, convenciendo a sus dueños de que no lo estaban, pues, decía, se les apreciaban ya algunos síntomas de la enfermedad, como los ojos turbios, claro que esto lo conseguía precisamente ella soplándoles en los mismos, y esto después de haber bebido unos cuantos buches de vino, pues como es bien sabido los saludadores son aficionados a soplar incluso cuando no ejercen su oficio. Cuando, por el contrario, una vaca o un guarro estaban ya en las últimas, se excusaba diciendo que ella ya nada podía hacer, pues el mal le había alcanzado el corazón, y en él solo mandaba Dios. Y era mencionar el nombre del Altísimo y todos se santiguaban y callaban y pagaban religiosamente el óbolo.

En algunos de aquellos pueblos por los que pasamos, sus alcaldes o párrocos le pedían a Enara los correspondientes permisos para sanar y entonces ella sacaba, entre pizpireta y ofendida, de entre un montón de legajos algunos firmados por obispos o por el mismísimo papa de Roma, en los que estos certificaban que disponía de las licencias y facultades propias de los saludadores, a saber, que había apagado en su presencia una barra de plata candente con la lengua, o que había nacido un viernes santo a las tres de la tarde, es decir, a la misma hora en que murió nuestro señor Jesucristo.

Más adelante yo descubriría que ella misma falsificaba todos aquellos papeles, aviejándolos con humo y arena, o escribiendo con la mano izquierda o con la derecha después de haberse sentado durante unos minutos sobre ella hasta dejarla adormecida, todo ello para conseguir diferentes caligrafías, del mismo modo que, valiéndome de los mismos trucos, yo sofocaba mis ardores juveniles e imaginaba que eran otras personas quienes lo hacían.

Durante aquellos primeros días Enara, acaso porque todavía no se fiaba de mí, me hacía dormir en la cuadra con la mula, en tanto que ella se alojaba en las habitaciones de los mesones o ventas en que parábamos. Y entre las pajas yo derramaba también muchas lágrimas, pues echaba de menos a mi madre. Tentado estuve en más de una ocasión de volver a Salamanca y a mi hambre, pues también debo decir en favor de Enara que no escatimaba a la hora de llenar el estómago y nunca en mi vida había comido caliente tantos días seguidos, pero no fue eso lo que me retuvo junto a la saludadora, sino mi carácter retraído y asustadizo primero y después el sorprendente descubrimiento de que me encontraba más a gusto entre las faldas de ella que entre las de mi madre.

Llegamos a Valladolid un martes y, al contrario que las otras noches, Enara me pidió que la acompañara a la habitación del mesón en que nos alojábamos.

—Los martes no es día de visita —dijo.

Y dedicó aquellas horas primero a pergeñar algunas de aquellas falsas licencias, después a ordenar y limpiar sus hierbas y marmitas y, por último, a bañarse, que era para lo que precisaba mi ayuda, pues me ordenó subir desde la cocina varios baldes de agua caliente. Cuando acarreé el último de estos el corazón me dio un vuelco y cayó tumbado y duro entre mis piernas, pues al entrar en la habitación en lugar de a Enara me encontré a una muchacha, apenas unos años mayor que yo, completamente desnuda, y con un cuerpo moreno y sinuoso que, sin embargo, abultaba tres veces menos que el de la saludadora.

—¡Perdón! —me disculpé azorado, creyendo haberme equivocado de cuarto, pero ella me retuvo con algún extraño conjuro, merced al cual conservaba en aquel cuerpo extraño la voz de Enara.

—No te asustes, soy yo. —Intentó tranquilizarme, y señaló el armazón de un guardainfante junto a la cama y al lado del mismo su ropa amontonada, entre cuyos pliegues pude distinguir varios rellenos y paños.

De lo que no se había despojado era de su bigote, que fue lo que me convenció de que, en efecto, era mi señora, y al mirarlo, por no mirar otras partes de su cuerpo que reclamaban de manera mucho más poderosa mi atención, caí en la cuenta de que por el contrario hasta entonces había evitado fijarme en su cara, pues me daba repeluco su mostacho, y por ello no había observado que aquel en realidad no era el rostro de una anciana, sino el de una muchacha, y hermosa, además, o al menos así me lo pareció entonces, incluida la pelusilla sobre su labio superior, que consideré que guardaba una armonía perfecta con otras partes de su cuerpo, como las areolas oscuras de sus pechos o el pelo negro de su pubis.

Mientras le frotaba la espalda, tal y como, para más inri, me pidió, con unos jabones y sales que guardaba en una de sus marmitas y en los que, en cuanto destapé, reconocí los agradables aromas que despedía el cuerpo de Enara, sobre todo los martes, ella me explicó que para que la respetaran se había visto obligada a desempeñar de esa guisa su oficio, pues cuando lo había intentado sin disfrazarse la baba les rebosaba no solo a los enfermos y animales que le llevaban para sanar, sino también a aquellos que los guiaban o acompañaban, quienes creían que el hecho de que ella fuera una muchacha joven y sola y a menudo piripi les daba derecho a disponer a voluntad de su cuerpo.

—A las viejas, al contrario, nadie las desea. Muchos ni siquiera las ven —añadió, y sentí una punzada de culpabilidad bajo el calzón, por una parte porque yo mismo había sido incapaz de darme cuenta del engaño, después de casi una semana a su lado, pero, por otra, porque apenas un dedo por encima del cerco de agua en el balde en el que Enara estaba sentada asomaba la raja entre sus dos nalgas, aquellas dos manzanas prohibidas, a las que, aún no lo sabía, pero no tardaría en hincar el diente.

A partir de aquella noche no volví a dormir nunca más con la mula y, aunque al principio lo hacía acurrucado bajo la cama de Enara, como quien se postra ante un altar, no tardé en profanarlo, si bien el pecado no fue mío sino de los posaderos que por ahorrarse un poco de leña no nos alquilaban habitaciones sino heladeros en los que Enara y yo buscábamos el calor la una del otro primero y después el otro de la una sus caricias, como era natural y propio de nuestra juventud.

Pletórico yo de la vida, entusiasta y zarramplín, comencé a partir de entonces a ver con otros ojos las malas artes y engaños de Enara, e incluso a pensar que tal vez lo que debía de hacer era afanarme en aprenderlos y labrarme de ese modo un futuro y un oficio que legar a mis hijos, que tal vez no los hiciera honrados pero los quitaría de pobres, pues solo con trampas, abusos y delincuencia puede uno hacer fortuna por estos reinos de Dios en los que nunca a nadie se le ha oído vanagloriarse de ser «rico pero honrado».

—Hoy vamos a reponer género —me aleccionó, por ejemplo, la saludadora la última noche que pasamos en Valladolid, y ni siquiera a eso, embrujado de amor y ahíto de carne como me encontraba, hice ascos, aunque reponer género en la germanía de los traficantes de reliquias quisiera decir desenterrar a los muertos; pues fue a eso, a violar tumbas, que Dios me perdone, a lo que nos dedicamos la última noche que pasamos en Valladolid, en el cementerio de la iglesia de Santa María la Antigua, para más señas, donde la tierra que lo cubría había sido traída de Tierra Santa, del mismísimo campo damasceno en el que fue criado Adán, el primero de los hombres, y eso le daba la facultad de descomponer más rápida la carne, según decía Enara.

Y así debía de ser, porque apenas comenzamos a cavar nos sonrió una calavera, monda y lironda, y después aparecieron dos o tres tibias y más tarde un costillar, como un rastrillo barbechando aquella tierra en verdad fértil, porque también brotaron finalmente dos o tres difuntos todavía calientes, yo creo que por lo bien abrigados que los habían enterrado, con sus jubones y sayos, en paños de buena lana de Castilla, de los que los despojamos sin muchos remordimientos, pues si aquellos muertos habían sido buenos cristianos irían al paraíso, donde nunca hace frío y ninguna falta les iba a hacer esa ropa, y si habían sido malos al infierno, donde tampoco.

Con aquel fúnebre botín, salimos de Valladolid, antes de que cantara el gallo, y tomamos el camino a Burgos, pues Enara de Sarriguren tenía intención de ir regresando poco a poco a su tierra, a la que nada la unía ya, en realidad, pues sus padres, de quienes había heredado el oficio, habían muerto siendo ella niña, no me quiso decir cómo, y yo imaginé que debía de ser porque para una saludadora no era buena fama contar que se había quedado huérfana por culpa de unas fiebres o un garrotillo.

No obstante lo cual, ella quería regresar al reino de Navarra, pues aseguraba que allí tenían gran devoción a san Fermín, y también que con mi oreja y mi teatrillo del milagro del sordo podíamos hacernos de oro.

De modo que continuamos el viaje y durante el mismo Enara fue adiestrándome en el negocio de las reliquias.

—Nosotros nos dedicamos a los santos pequeños y poco conocidos —me dijo, y me explicó también que eso era así porque aunque las reliquias que más peregrinos atraían y más limosnas dejaban eran las de la Virgen, Jesucristo o sus apóstoles, cada vez resultaba más difícil venderlas, pues incluso los párrocos de los pueblos más pequeños sabían que había tantas astillas de la Vera Cruz repartidas por el mundo que con todas ellas podría levantarse una catedral de madera, o tantos prepucios del niño Jesús que habría sido preciso un ejército de leñadores para circuncidarlo, por no hablar de las cabezas de san Juan Bautista, que se reproducían como hidras, o de los estornudos del Espíritu Santo conservados en tarros, cuando nadie en su sano juicio había visto nunca estornudar a una paloma.

—Es mejor ser los más grandes de los pequeños —decía Enara, y me mostraba sus modestas pero resultonas reliquias: la cadera de san Vito, un testículo petrificado de san Damián y otro de san Cosme, la muela del juicio de san Simeón, el loco, una úlcera de las posaderas de Simón el Estilita, o un pedo de santa Quiteria que se le había escapado mientras la martirizaban, y que era mi preferida, pues Enara lo conservaba en un frasco cuyo contenido solía renovar a menudo, dado que lo primero que hacían aquellos a quienes se lo ofrecía era olisquearlo, y para ello, para rellenar el frasco, mi señora solía colocárselo bajo sus sayas, y levantar un cachete de su trasero, que yo alcanzaba a ver durante el revuelo y la ventolera; aquel trasero que yo adoraba por encima de todos los santos del cielo y la tierra, ya fueran pequeños o grandes o los más grandes entre los pequeños.

En lo que se refiere al teatrillo del sordo, resultó más sencillo de lo que creía y hasta acabé cogiéndole el gusto a aquello de hacer de comediante, sin sospechar todavía que tiempo después, en Alcalá de Henares, me ganaría el pan de ese modo.

Yo solo tenía que quedarme muy quieto, casi como alelado, ante los curiosos que nos rodeaban apenas entrábamos en cada pueblo, mientras Enara se colocaba a mis espaldas y comenzaba a llamarme por mi nombre y a chistarme, o arrojaba una moneda a mis pies, esa era la prueba definitiva, pues nadie hacía oídos sordos al tintineo del dinero.

A veces, la saludadora también me insultaba.

—¡Mangurrián, lechugino, badulaque! —me decía.

Y, como quiera que yo seguía pasmado, el público comenzaba a carcajearse.

Simulaba entonces avergonzarme, como si creyera que era yo quien los hacía reír, y no las burlas de Enara, pero viendo que también eso les resultaba divertido, les sacaba después tímidamente la lengua o ponía morritos, cosa esta última que hacía mucha gracia, más cuanto más nos acercábamos al Reino de Navarra, donde no estaban acostumbrados a ver morenos con los belfos gruesos, como los míos.

Aprendí pronto a dominar cada uno de aquellos gestos y, lejos de azorarme o humillarme a mí mismo, actuar me proporcionaba una especie de extraña felicidad, por una parte porque mientras lo hacía me parecía que me liberaba del sentimiento de apocamiento propio de mi carácter, y por otra porque en realidad éramos Enara y yo quienes nos reíamos del público y no al revés como ellos creían.

Después de mis cucamonas, Enara solía acercarse a mí y me colgaba del cuello la oreja de mi abuelo, convertida entonces en la oreja incorrupta de san Fermín, y era entonces cuando se obraba el milagro, pues a través de ella yo podía escuchar perfectamente las preguntas que la saludadora invitaba a hacerme a los presentes, quienes, en cuanto yo respondía alguna de ellas, se tornaban de repente serios y silenciosos, con los ojos abiertos y ardientes, inflamados por la curiosidad y el temor de Dios; aquellos ojos en los que se podría freír un huevo, con su buena longaniza, y de hecho así era, pues a continuación comenzaba el desfile de fieles que se acercaban a adorar la reliquia y dejaban generosas limosnas, gracias a las cuales Enara y yo podíamos cenar cada noche como príncipes.

A mí, por cierto, no dejaba de hacerme gracia que al final, en aquella rueda de la fortuna que era la vida, mi abuelo acabara en cierto modo convertido, o al menos una parte de él, en un príncipe de la Iglesia, y que este además no fuera otro que san

Fermín, el patrón al cual todos veneraban precisamente allí donde Pedro Guinea, mi abuelo, fue en vida un esclavo y un bandido, como si al final, sobre la justicia de los hombres, se impusiera otra suerte de justicia poética o divina.

No siempre todo resultaba tan sencillo, sin embargo, y de algún pueblo tuvimos que salir huyendo o con nocturnidad, como delincuentes, cuando, por ejemplo, nos traían a algún sordo para que san Fermín lo sanara o le hiciera al menos oír durante unos minutos, y Enara tenía que explicar que la oreja del santo solo funcionaba conmigo o que si la utilizaba otra persona tal vez dejara de ser sordo pero se volviera loco, con todo el ruido del mundo entrando de repente en su cabeza.

Pero fue una vez en el Reino de Navarra cuando sucedió el desastre.

Como quiera que el dicho reino había sido conquistado a sangre y fuego hacía apenas unos años, quienes allí vivían se habían vuelto desconfiados con quienes, como nosotros, llegaban de Castilla, y en uno de los pueblos en que paramos, de cuyo nombre no quiero ni puedo acordarme, pues era muy largo y retorcido, el párroco del mismo exigió a Enara que probara sus facultades de saludadora, a lo cual ella no se negó, porque tampoco era la primera vez que le sucedía y también tenía sus artimañas para caminar sobre el fuego o apagar metales rusientes con la boca. En este último caso yo bien lo sabía, pues cuando por las noches nos dábamos calor en la cama, el tacto de su lengua era rasposo, tanto que en más de una ocasión pensé que entre nosotros se había acostado un gato, idea que ella desechó, contándome que había acabado endureciendo su lengua a costa de chupar barras de hierro incandescentes, hasta formar un callo que ya ni sentía ni padecía, y en el que además las cicatrices habían dejado un dibujo que simulaba la rueda con cuchillas con las que santa Catalina, la patrona de los saludadores, había sido atormentada. De hecho, a menudo bastaba con que mostrara la cicatriz a sus examinadores para que la creyeran, cosa que a mí me sorprendía, porque aquel dibujo podía representar igualmente una araña despanzurrada o el mapa de Cuenca.

En cuanto a la prueba de las brasas ardientes sobre la cuales debía caminar descalza, que fue la que pidió aquel cura escamado, Enara preparó un emplaste hediondo, con espíritu de azufre, zumo de cebolla, sal y amoniaco, con el cual se embadurnó las plantas de los pies, que, protegidos por aquella grasa gruesa pero invisible, no debían sufrir ningún daño.

Quiso la mala fortuna, no obstante, que en aquel pueblo una de las ascuas sobre las que caminaba Enara saltara a sus sayas, las cuales prendieron de inmediato, y que al quemarse dejaran al descubierto el guardainfante y todos los rellenos con los cuales se disfrazaba, y con ellos también todos los engaños que ella utilizaba y que se vio obligada a confesar, pese a lo cual la acusaron de *sorgina,* como por allí llamaban a las brujas, cosa extraña esta, pues Enara lo que hizo fue desvelar sus trucos y mostrar que no obraba con conjuros ni pactos con el demonio. Y fue también aquella acusación la que a mí me salvó de la cárcel y la hoguera, pues, viéndome tan joven y alelado, resolvieron que yo había sido embrujado por la saludadora, y que no tenía responsabilidad alguna en sus ardides y negocios, con lo cual me dejaron libre, y aun el dicho cura me firmó un salvoconducto que aseguraba que yo era un mostrenco, es decir, un hombre libre, sin amo conocido, y no un esclavo como por el color de mi piel se podía deducir, y gracias al cual me podía mover a mi antojo por todo el reino de Navarra.

Nunca supe, por lo demás, qué fue de Enara, supongo que se convirtió en humo, como de hecho para mí se convirtió su recuerdo, un humo negro que todavía hoy siento caracolear de vez en cuando en mi pecho y entre mis piernas, y que me hace estremecer, pues con ella descubrí los placeres de la carne y el amor, para mi desgracia, pues también descubrí entonces que, como me había sucedido con Lázaro y con mi madre, todas las personas a las que yo quería acababan siéndome arrebatadas por lo que algunos llaman el destino, pero que yo creo que no es sino una treta para no nombrar al hambre, al fuego o a la injusticia y la crueldad de los hombres.

CAPÍTULO 3

EN EL QUE SE CUENTA CÓMO ANTÓN PASA DE
DESENTERRAR MUERTOS A ENTERRARLOS, CÓMO SE
CONVIERTE EN DESHOLLINADOR Y TAMBIÉN EL
SORPRENDENTE HALLAZGO QUE HACE EN UN TEJADO

Más muerto que vivo llegué a Pamplona, la capital del reino, después de andar por caminos cubiertos de nieve y entre montañas desde las que oía aullar a los lobos y veía planear sobre mi cabeza a los buitres. Nunca hasta entonces me había encontrado tan asustado y solo en la vida, a lo cual se sumaba que la vergüenza me impedía pedir ayuda, de resultas de lo cual pasé una semana sin probar apenas otro bocado que puñados de aquella nieve ardiente y blanca como el maná, pues, como este, se deshacía en la boca, y era en esto en lo único en que se parecía, ya que me dejaba las tripas vacías y descompuestas, como si hubiera tragado fuego en lugar de hielo.

Y así, cuando por fin avisté las murallas de la ciudad, me derrumbé a la orilla de un río que a sus puertas había, y no exagero cuando digo que estaba más muerto que vivo, pues allí mismo me recogieron unos frailes que se dedicaban a rescatar del agua a los desgraciados que a ella caían, ya fuera por voluntad propia, la de quitarse la vida, ya dentro de un tonel, que por tal tenían costumbre en aquel reino arrojar al río los cuerpos de los condenados a muerte, a quienes como a los suicidas les era negada la sepultura, cosa esta que también se ocupaban de procurarles aquellos frailes.

No estuve con ellos mucho tiempo, pues iba viendo que todos mis trabajos acababan teniendo que ver con los muertos y yo lo que quería era vivir, de modo que me lo tomé como una penitencia: si con Enara me había dedicado a desenterrar cadáveres, ahora lo que me tocaba era enterrarlos, que era para lo que principalmente me querían los frailes, los cuales eran ya ancianos, y a quienes comencé a ayudar a remar en la barquita con la que recogían a los muertos del río, o a cavar las tumbas en una huerta que tenían en un barrio al que llamaban de la Magdalena y del cual brotaban unas lechugas lustrosas, de mucha fama en la ciudad, tanta que a veces a mí me daba por pensar si no condenaban allí a la horca a todos aquellos desventurados que recogíamos simplemente por darse el gusto de comer buenas ensaladas.

—Estas lechugas levantan a un muerto —decían en Pamplona, y supongo que era por eso por lo que los frailes me obligaban a anudar en el pulgar de cada difunto un cordón, con una campanilla en el otro extremo, que debía dejar al descubierto, pues contaban que en más de una ocasión se había dado el caso de algún muerto que había resucitado bajo tierra y había sido salvado por la campana.

Aquellas lechugas, por otra parte, era lo único con que me alimentaban los frailes, quienes después de tantos años conviviendo con muertos habían acabado por parecerse a ellos, pues estaban todos flacos y pálidos como espíritus. Fue por eso y por otros motivos que me callo, y con los que di por saldada mi deuda con ellos, por los que decidí abandonarlos, junto con otro muchacho al que conocí una mañana de crudo invierno en la que la quilla de la barca iba rompiendo trozos de hielo, y entre los que él apareció nadando, como Dios lo trajo al mundo y con una sonrisa extrañamente feliz en el rostro.

El infeliz, cuando le preguntamos qué hacía, dijo que había

entrado en verano a bañarse en la bahía de Cádiz, y que tan a gusto se encontraba en el agua que había ido siguiendo o remontando corrientes, en mares y ríos, sin reparar en los días y las noches, hasta esa mañana de febrero.

—Pero igual ya es el momento de salir. Tengo un poco de hambre —añadió.

Y los frailes, que de muertos sabrían mucho, pero de vivos no tenían ni idea, se creyeron su patraña y convinieron en recogerlo y llevarlo a su casa a vestirlo y a darle de comer lechugas, aunque tampoco tardaron mucho en echarlo de la misma, pues estaban convencidos de que el muchacho no era humano, sino un monstruo demoníaco, un hombre pez, como demostraban las escamas que cubrían su espalda, y que, yo no tardaría en descubrir, en realidad se debían a una enfermedad de la piel, cuyos picores solo conseguía aplacar bañándose en agua helada.

Tampoco tardé en cerciorarme de que, tal y como había imaginado desde el principio, aquel muchacho no solo estaba enfermo de la piel, y de una de sus piernas, como era evidente por una ligera cojera que arrastraba, sino también y gravemente de la cabeza.

—Llámame Tritón —me contestó cuando le pregunté cuál era su nombre—. Antón y Tritón, haremos una buena pareja —dijo más, y aunque a mí me pareció una sandez, lo cierto es que el tal Tritón tenía una extraña habilidad para, gracias a ese tipo de burlas, ganarse la confianza de las personas y con ella la vida, merced a los trabajos y favores que obtenía de ellas.

Y así, la tarde que decidimos abandonar a los frailes, cuando en la calle nos detuvo un alguacil al que llamaban padre de huérfanos, no sé si con mucho tino o todo lo contrario, dado que un huérfano no puede tener padre ni un padre huérfanos, y que tal vez por ello a lo que se dedicaba era a expulsar de la ciudad a todos los muchachos menesterosos que encontraba en sus calles, mi compañero consiguió de él que esa noche, que hacía un frío que te dejaba pajarito, nos enjaularan bajo techo, a cambio de emplearnos a la mañana siguiente como *igokariak,* que es como en su lengua los navarros llaman a los que en otros sitios dicen trepadorcitos, esto es, a los niños que se dedican a limpiar los tiros de las chimeneas, tarea para la que Tritón convenció al susodicho alguacil de que estábamos bien dotados, pues ambos éramos delgados como el humo.

Fue de ese modo como aprendí ese oficio, que no recomiendo a nadie, pues cuando el hollín no ciega los pulmones, es una chimenea tortuosa y estrecha la que te engulle como la garganta de un animal voraz, sin que puedas moverte ni para delante ni para atrás, y se ha dado el caso en el que algunos de esos trepadorcitos permanecieron atrapados durante días, hasta que los dueños de la casa, cansados de esperar y medio muertos de frío, decidieron dejar muertos del todo a los pobres niños deshollinadores, prendiendo el fuego de la chimenea, pues en tan poca consideración se tiene a estos que su vida vale lo mismo que un leño de madera.

Es además de arriesgado y penoso el de deshollinador un oficio muy mal pagado, pero nosotros siempre conseguíamos unas buenas propinas, porque las chimeneas de las casas son también las bocas que largan todos sus secretos, y así oíamos al usurero raspar las monedas, o al marrano jurar en hebreo, y cuando íbamos a cobrar nuestra faena, Tritón siempre dejaba caer, como quien no quería la cosa, alguna frase delatora, que no deberíamos haber oído, y contaba, por ejemplo, un chiste de cornudos en casa del consentidor, o en la del blasfemo mentaba no a sus familiares, sino a los del Santo Oficio.

Lo malo era que como consecuencia de ello nunca podíamos quedarnos mucho tiempo en ningún lugar, y así fuimos viajando con nuestros cepillos y nuestras sogas de pueblo en pueblo, hacia el sur del reino, hasta llegar a la Ribera navarra, es decir, atravesando aquellos pueblos y lugares, Olite, Arguedas, Tudela, de los que había oído tanto hablar a mi madre, cuando me contaba que fue allí donde nació mi padre, Zaide, y donde Pedro Guinea, mi abuelo, se convirtió en bandido.

Yo, que había imaginado que al ver los tales sitios tendría una especie de revelación, una epifanía en la que mis antepasados se me aparecieran y me indicaran el camino que debía seguir en la vida, lo cierto es que solo podía pensar en que cada vez el hollín en la garganta se me hacía más amargo y me costaba más respirar y me sentía más cansado, y que tenía, en definitiva, que buscarme cuanto antes otra ocupación, pues al llegar la noche no me quedaban fuerzas para nada más y caía rendido en mi jergón, a veces con fiebres y sudores. Mi compañero Tritón, por su parte, se convirtió en aquellas tierras en un manojo de nervios, pues tuvo un brote de su enfermedad y se pasaba el día rascándose la espalda, fuera de sí:

—Yo también fui un día rey de Navarra, hace muchos años —deliraba, por ejemplo, cuando pasábamos junto a alguno de los castillos o las fortalezas del reino, con sus torres desmochadas o los fosos cegados, cuando no reducidos a ruinas; o, enloquecido por los picores, se revolcaba en los charcos y en el fango de los caminos—. ¡Aquí se me escapó el caballo azul! —gritaba, y a veces yo dudaba si todo aquello era fruto de sus desvaríos o de mis fiebres, si era él o yo quien soñaba todo aquello.

Ni siquiera estoy muy seguro de cuándo Tritón desapareció. Una mañana, al llegar a Tudela, después de echarnos a dormir a la orilla del río, me encontré al despertar su ropa amontonada a mi lado. Estuve buscándolo por las riberas y mejanas del Ebro durante casi una semana. Pero no supe más, durante mucho tiempo, de él. Tal y como llegó, se fue, arrastrado por la corriente de aquellos días en los que aprendí que lo único que acompaña al hombre siempre en la vida es su irremediable soledad.

Me encontraba, pues, otra vez solo y asustado, sin valor para alejarme de aquellas orillas del Ebro, a pesar del hambre que volvía a entristecerme las tripas y de que los niños que por allí se acercaban a hacer chipi-chapas, que era como en Navarra llamaban a hacer bailar las piedras sobre el agua, también se entretenían apedreándome a mí, al tiempo que me dedicaban algunas lindezas como «coco» o «puto mono».

Resolví finalmente, antes de que me descalabraran, o de que yo me convirtiera en un émulo de Herodes, arrimarme a la ciudad con mis bártulos de deshollinador, y allí no solo me encontré a salvo, yo creo que porque confundían el color de mi piel con el hollín, sino que además estuve en disposición por fin de darle una alegría a mi estómago, pues apenas crucé el puente se me acercó una señora y me ofreció un puñado de monedas a cambio de limpiarle el tiro, el de su chimenea, quiero decir.

Al principio estuve tentado de decirle que no, pues temía los vértigos después de tantos días sin comer, pero no lo hice por vergüenza, y por una vez en mi vida esta jugó a mi favor, pues aquellos vértigos, que los tuve, no fueron nada comparados con los que me entraron cuando una vez arriba del tejado me encontré en un alero un pequeño cofre repleto de resplandecientes monedas y joyas preciosas.

—¡Santo Dios! ¿Qué es esto? —me pregunté, deslumbrado.

No sabía qué hacer. Pasé toda la mañana limpiando aquella chimenea con esmero, mientras le daba vueltas a la cabeza, como si en realidad estuviera desatascando todas las dudas que cegaban esta. ¿Debía devolver ese dinero? ¿Quién lo había dejado allí? ¿Lo habría perdido un ladrón mientras huía por los tejados?…

En todo ello pensaba y también en cómo sería mi vida si conseguía quedarme con aquel tesoro. Nunca había visto tanto dinero junto. Con todo aquello podía volver a Salamanca y retirar a mi madre del mesón, comprarle una casa, un palacio, hacerla vivir el resto de su vida como una reina. Y buscar a mi hermano Lázaro, su príncipe, mi rey, vivir los tres juntos plácidamente, sin preocupaciones…

Pero a la vez tenía miedo. ¿Habría dejado allí el cofre aquella señora como una trampa para probar mi honestidad? ¿Y quién me iba a creer cuando contara que yo, un pobre deshollinador, el hijo de un presidiario, el nieto de un bandido, un negro, un «puto mono», me había hecho rico porque había encontrado un tesoro en el alero de un tejado?

Durante dos o tres días, por no levantar sospechas, seguí durmiendo a las orillas del río, abrazado a aquel cofre, sin darme más lujos que alguna que otra comida o cena frugal, entre otras cosas porque aunque estaba muerto de hambre a la vez tenía un nudo en el estómago. Y mientras comía en los mesones de la ciudad aguzaba mis oídos, intentando escuchar alguna conversación que aludiera a aquel tesoro perdido, pero nunca supe nada ni nadie vino a reclamar o a prenderme. De modo que, por fin, después de varios días de cavilaciones y espera, decidí abandonar la ciudad, tras haberme convencido a mí mismo de que aquellas monedas y joyas estaban allí, en aquel tejado, por una sola y simple razón: porque yo tenía que encontrarlas.

CAPÍTULO 4

En el que Antón regresa a Salamanca hecho un pincel, sale de la ciudad dentro de una tinaja de vino, conoce a un estudiante licenciado en tabernas y se convierte durante dos años en demonio

Lo primero que hice al regresar a Salamanca, antes de ver a mi madre, y para que ella estuviese orgullosa de mí, fue mandarme hacer una capa, con su buen paño de Segovia, y un sombrero con ala ancha y mucha pluma, sin sospechar todavía que en el pecho se me derramarían por dentro otras chorreras, además de las que también hice coser en mi camisa.

—Antona murió hace meses —me dijeron en el mesón de la Solana, cuando fui a buscar a mi madre, y fue como si me clavaran un puñal en el corazón.

Quise entonces arrancarme aquel traje, que había comprado sin saber que era de funeral, y me di cuenta de lo caprichosa que era la vida, pues yo me había convertido en rico justo cuando más pobre y más desgraciado ella me hacía sentir.

Hubiera dado toda mi fortuna por ver aunque fuera solo durante un instante a mi madre, por despedirme de ella, pero, y puesto que estaba seguro de que mi madre sí me veía a mí desde el cielo, decidí gastarla toda en darle buen entierro, como nunca se hubiera visto en Salamanca, así que pagué un carro de muertos tirado por seis caballos negros, misa en la iglesia mayor y un panteón un palmo más alto que el más alto de todos los cementerios.

Plañideras también las hubo, aunque no me habrían hecho falta: como además celebré velatorio, en el que lo que se veló en realidad fue un ataúd con una escoba dentro, pues, según me dijeron, los huesos de mi madre fueron arrojados a una fosa común, y a mí me pareció que aquella escoba, que cogí del mesón de la Solana, aún conservaría una parte de ella, un cerco del sudor de sus manos o un rescoldo de su calor, pues se había pasado media vida pegada a ella; y como quiera también que en el dicho velatorio convidé generosamente a vino, dulces y licores, la cuestión es que al cortejo lo siguieron una horda de borrachines, niños expósitos, meretrices, mendigos, estudiantes gorrones, una multitud tambaleante, un ejército de pobres que comenzó llorando y golpeándose el pecho por mi madre, pero acabó haciéndolo por ellos mismos, y lamentándose de sus desgracias, de su miseria, hasta que los lloros se convirtieron en rabia, y el entierro en revuelta, y hubo cristales rotos y saqueos y fuego y por un día el mundo se puso del revés, pues quienes tuvieron miedo y desasosiego esta vez fueron los ricos y los poderosos.

Y nunca en mi vida di por tan bien empleado mi dinero, que gasté todo en aquellas exequias.

Lo malo fue que después tuve que salir por piernas de Salamanca, donde muchos querían un nuevo entierro, y para ello hube de vender mi capa y mi sombrero, primero para que me escondieran de los alguaciles, que me buscaban por haber provocado aquellos desórdenes, y luego para que me sacaran de la ciudad en el carro de un arriero, oculto dentro de una tinaja de vino.

El mundo seguía, por tanto, del revés, pues en lugar del vino, yo tenía que beber el aire a través de una pajita, por no hablar de que los verdaderos instigadores de aquellas algaradas no habían sido sino el hambre y la injusticia, de los cuales eran sin duda más responsables que yo quienes pedían mi cabeza.

Al menos, me consolaba pensar en aquello que decían: buen vino hace camino, y debía de ser verdad porque apenas nos alejamos una legua de la ciudad, cuando el arriero me hizo salir de la tinaja.

—Tranquilo, que no me voy a ahogar —le dije yo, creyendo que estaba apurado por mí.

Y él me contestó, con muy mal temple:

—A mí eso me da igual, lo que me importa es que no se me pique el vino y continuar tranquilo el viaje.

Seguí, pues, mi propio camino asustado y solo otra vez, pero no tardó en arrimárseme, atraído como una mosca a la miel por el olor a uva de mis ropas, otro andarín, que se presentó a sí mismo como estudiante, cosa que me sorprendió pues no tenía cintas en la capa, sino en sus cabellos, y todas de color blanco, aunque no tardé en darme cuenta de que aquel tunante, además de ser licenciado en tabernas, a lo que se dedicaba principalmente era a estudiar las rejas de los conventos de novicias y las puertas traseras de aquellos otros en los que repartían la sopa boba.

—Voy a Alcalá de Henares, a la universidad —me dijo, aunque se calló que lo hacía porque en la de Salamanca ya no le quedaban asignaturas que suspender, ni enamoradas que burlar ni posadas en las que vivir de fiado.

En aquella época yo todavía no sabía leer ni escribir sino algunas letras, que había aprendido por mí mismo, pero siempre había deseado ir a la escuela, así que en mi ignorancia me dejé embaucar por él y acepté ser su pupilo de bachiller, que así era como le decían a los criados de los estudiantes, a los que estos pagaban, puesto que con dinero no podían, ilustrándolos con sus conocimientos o permitiendo acompañarlos a las clases. Tuve yo, sin embargo, la mala fortuna de que mi amo solo pisara la universidad los días de fiesta, cuando los estudiantes celebraban sus patrones y salían a las calles a sablear. El resto del tiempo lo pasaba rondando doncellas o tocando la bandurria en las tabernas, sin mucho éxito, lo primero porque era ya mozo viejo y lo segundo porque de oído no andaba fino, así que cuando le pagaban por cantar solía ser casi siempre para que acabara cuanto antes. Y como, además de desafinado, era mi amo altivo, si nos echaban de alguna taberna, él se despedía con unas coplillas que decían:

> *Como Jesucristo al revés obras,*
> *diablo de tabernero,*
> *pues en agua conviertes el vino,*
> *que lo sepa quien aquí busque abrevadero*
> *y también que a mí tus palabras*
> *me importan un comino.*

Las cuales no hacían sino enervar aún más al tabernero en cuestión y también al resto de sus parroquianos, sobre todo si entre ellos había otros estudiantes, a los que los oídos les empezaban a sangrar al escuchar aquellas rimas desastradas y mal medidas.

Tenía que dedicarse a otras empresas, pues, aquel estudiante para no morirse de hambre ni de sed, cosa esta última que le preocupaba más que la primera, pues en cuanto conseguía alguna moneda corría a gastársela en vino, y así en más de una ocasión nos tocó hacer de falsos rufianes, y asaltar en algún callejón oscuro a petimetres que paseaban acompañados de sus enamoradas y después salir despavoridos cuando ellos desenvainaban sus espadas, no por miedo, sino porque en realidad ya les habíamos vaciado la bolsa antes, cuando los bravucones de pega, que solo querían impresionar a sus damas, nos habían pagado por representar semejante comedia.

Hablando de comedias, estaba de nuevo dispuesto a echarme a los caminos otra vez y dejar de servir a aquel estudiante, pues con él no aprendía latín sino germano, y también porque me parecía que en Alcalá no iba a resultarme fácil cambiarlo por otro más aplicado, pues a los únicos que yo frecuentaba era a sus compinches, todos ellos igualmente sopistas, burladores y, en fin, muertos de hambre, cuando quiso la casualidad que un día, junto a la plaza del Mercado me detuviera un caballero muy peripuesto, gracias al cual, aunque yo aún no lo sabía, viviría una de las épocas más dichosas de mi vida, pero a quien cuando se dirigió a mí por primera vez tuve ganas de partir la crisma:

—¡El demonio, eres el demonio! —gritó él al verme, y no dejaba de señalarme haciendo grandes aspavientos, como si fuera un cómico de la legua, pensé, de manera muy atinada, pues en efecto lo era, o lo había sido más bien, ya que según me explicó a continuación su intención era dejar de recorrer los caminos de pueblo en pueblo y abrir en Alcalá de Henares un corral de comedias, en el que representaría las más de cien que aseguraba tener escritas, en la mitad de las cuales aparecía un diablo que al parecer era clavado a mí.

—Tengo ya hasta el solar para mi teatro —me dijo Lope de Roda, que así se llamaba el comediante, y agarrándome por un brazo me arrastró hasta un patio que allí mismo, en la plaza, había, entre dos casas en ruinas.

Cuando entré al mismo estuve tentado de zafarme del cómico, pues donde él veía un escenario —«Aquí pondremos el tablado», decía— no había más que una montaña de escombros.

—Ahí, el balcón de apariencias. —Señalaba una pared llena de grietas que lo que aparentaba más bien era que se iba a derrumbar de un momento a otro—. Y allí al fondo, el gallinero —concluyó, y en eso era en lo único en lo que estuvimos de acuerdo, pues en el lugar que había señalado había cuatro o cinco gallinas flacas y despeluchadas picoteando sobre otra montaña, esta de basura.

No obstante, después de enseñarme aquel su castillo en el aire, el tal Lope de Roda me convidó en un mesón a unos terrenales pasteles de carne y una jarra de vino, lo cual bastó para convencerme de que me quedara a su lado, pues a lo que acostumbrábamos en aquellos lugares el estudiante y yo era a bebernos al descuido los culos de los vasos y rebañar las migas de las mesas, de modo que con aquello que para mí era un banquete di por firmado nuestro contrato, prometiéndomelas muy felices, como así fue, por una vez.

Aquella misma tarde me instalé con el cómico y su familia, que a la vez era su compañía —a la que llamaban los Rodamundos—, en una casa en la que todos ellos vivían, unos sobre otros, no muy lejos de allí. Lope de Roda estaba casado con una actriz llamada Magdalena, alta y alegre, muy guapa, a la que adoraba como a una diosa y para la que escribía todas sus comedias. Tenían cinco hijas, también actrices, joviales y hermosas, todas ellas igualmente casadas con otros tantos actores, aunque, puesto que las mujeres no tenían permitido aparecer en las comedias sin el consentimiento de sus maridos, para todas aquellas parejas el matrimonio solo fuera una conveniencia que les permitiera ejercer su trabajo y de paso también otras actividades más íntimas que no cuento aquí porque en el fondo no hacían mal a nadie. Solo diré que dormían todos ellos juntos y revueltos y que unos días comían carne y otros pescado.

Nunca faltaba, además, un plato en la mesa de estos cómicos, que trabajaban todos para todos y después repartían la paga por igual. Fueron ellos mismos, o nosotros mismos, porque enseguida fui parte de la compañía, y por tanto también de la familia, quienes levantamos con nuestras propias manos el corral de comedias, vaciando de basura y escombros el patio, apuntalando las paredes en ruinas, levantando el escenario y excavando debajo de él el inframundo, que después contaré qué es. Y aunque era aquel de albañil un trabajo agotador, a mí me agradaba, pues, mientras faenaba e iba viendo cómo tomaba cuerpo el edificio, imaginaba a la vez las historias que quizá tendrían lugar entre aquellas paredes, las carcajadas del público, las miradas que se lanzarían de palco a palco las damas y caballeros, y me decía a mí mismo que estábamos construyendo algo vivo y que a la vez permanecería en pie cuando todos nosotros estuviéramos muertos.

Durante los tres o cuatro meses en que tardamos en abrir el patio de comedias, y puesto que nadie nos pagaba por ello, al contrario, era Lope de Roda quien tenía que apoquinar las vigas y ladrillos, los baldes y cordajes, todos los miembros de la compañía se afanaban también en otros pequeños menesteres y oficios fuera de la casa, y así había entre nosotros batihojas, alpargateros, costureras, músicos…

Yo, para no ser menos, volví de vez en cuando a dejarme tragar por bocas de chimenea o recibir falsos mandobles de pisaverdes. Eso entre semana, porque los sábados y domingos los cómicos representaban en alguna plaza sus funciones, en las que el demonio todavía no aparecía, pues Lope de Roda decía que convenía reservarme para cuando el corral con su inframundo estuviera abierto, de modo que yo me ocupaba de pasar la gorra, al tiempo que los días de labor iba estudiando mis frases, y así fue como aprendí a leer y escribir, con la ayuda de los demás, pues todos aquellos cómicos sabían hacerlo y fueron por tanto, además de mi familia y mi compañía, mis maestros, la escuela a la que siempre había soñado ir.

Fueron aquellos, como digo, días dichosos, en los que me sentí un Rodamundos más. Todavía añoro las comidas y cenas en que nos sentábamos todos a la mesa, las risas o canciones, a veces hasta el amanecer; o cuando paseábamos en alborotado grupo por la calle y la gente nos miraba y murmuraba asombrada, escandalizada, con un poso de envidia, en el fondo, señalando las ropas estrafalarias con las que los cómicos se vestían, los calzones con cada pernera de un color o los zapatos puntiagudos, ellos, las mantillas naranjas con que ellas se cubrían, sin importarles que aquel fuera el color propio de las putas… Yo mismo me mostraba orgulloso del tono de mi piel, que hasta entonces me había avergonzado o por la que muchas veces me habían hecho sentir inferior, y caminaba junto a ellos resuelto, olvidando mi apocamiento y aventando por la ciudad aquel aire de libertad que respirábamos y nos permitían respirar a los cómicos, como si lo hiciéramos por todos los demás, por todos los que no tenían la posibilidad o el valor de romper sus ataduras.

Finalmente, el patio de comedias se abrió al llegar la primavera y así fue como me estrené en el arte de la comedia, interpretando al mismísimo diablo. No era un papel complicado, y lo cierto es que en realidad la mayor parte de la representación me la pasaba en el inframundo, es decir, en el foso que había debajo del escenario, donde estaban las máquinas de ruido, las zumbadoras, las carracas, la caja de los truenos o el palo de lluvia, que yo manejaba y con los que me convertía en un pequeño dios de la naturaleza, capaz de provocar tormentas o vientos huracanados. A veces, incluso, cuando escampaba y había una escena pastoril o una aparición de un ángel o una virgen, tenía tiempo de salir de aquel foso y corría a echar una mano en la alojería, el puesto de bebidas donde despachábamos un hidromiel que mezclábamos con vino, para que se mantuviera el entusiasmo entre el público, o a ayudar al apretador, que como su propio nombre indica era quien se ocupaba de apretar a las mujeres en el gallinero, la parte reservada para ellas, a la que también llamaban los cómicos «la cazuela», con mucho acierto, pues con aquellas estrecheces los ánimos estaban siempre en ebullición y a menudo había peleas, hasta tal punto que resultaba difícil encontrar a quien quisiera llevar a cabo aquella tarea, y cuando no se nos despedían los mismos apretadores cansados de los arañazos y los bofetones, lo hacíamos nosotros por rijosos, pues las mujeres se quejaban de que las manoseaban sin necesidad, aunque tengo que decir que yo también me solía llevar más de un pellizco en el trasero y en mis partes cuando subía allí arriba.

Prefería por ello estar abajo, en el inframundo, sobre todo cuando lo que me tocaba era aparecer en escena, que lo hacía por sorpresa y entre humos a través de una trampilla, vestido solo con un taparrabos, es un decir, porque por detrás me asomaba uno bien largo y peludo, y que junto con el cuerpo pintado de rojo, el tridente y los cuernecitos en la cabeza, causaba siempre entre la concurrencia mucha agitación y nerviosismo, los cuales yo aumentaba emitiendo unos alaridos espeluznantes, a los que a menudo respondían los mosqueteros del patio arrojándome verduras, lapos o improperios. Nada comparable, sin embargo, a las ocasiones en que en lugar de por aquella escotilla, salía del corral por la parte trasera y volvía a entrar al mismo a través de una puerta lateral, correteando entre el público, o empujando a alguno que me había gritado antes «negro de mierda» o me había lanzado algún escupitajo con moco o con saña alguna fruta podrida, pues entonces los mosqueteros amagaban con echar mano a sus espadas o intentaban darme alguna colleja, cuando no una patada en todo el culo, aunque yo casi siempre conseguía escabullirme y durante muchos meses, mientras fui demonio, siempre tuve un ángel de la guarda, al que hasta puse nombre, Marcelo, y que veló para que nunca tuviera ninguna avería.

Hasta el día que la tuve, y bien gorda.

Sucedió después de casi dos años representando con éxito aquellas comedias, que gustaban mucho, sobre todo a los estudiantes, tanto que al poco de abrir el corral nos prohibieron ponerlas en escena los días de labor, pues decían que los distraían de sus latines y sus filosofías; con todo, las funciones de sábados y domingos nos permitían no solo vivir de ellas, sino mejorarlas, porque así teníamos más tiempo para ensayar y para preparar decorados más vistosos y para añadir más trucos de ruidos y también de luces, con candiles y lámparas.

No fue esa la única intromisión de las autoridades, pues como vieran que el corral era una máquina de hacer dinero, se aprestaron a poner el cazo, y comenzaron por exigir una parte de la recaudación, que decían que repartían en hospitales de pobres y huérfanos, aunque pronto nos dimos cuenta de que aquello solo era una patraña y que, en realidad, en lugar de hacer caridad estábamos haciendo el canelo, pues nuestro trabajo no engordaba los estómagos de los hambrientos sino las faltriqueras del obispo, el alcaide y el rector de la universidad, todo eso sin que ninguno de estos diera un palo al agua.

No contentos con ello, poco después nos obligaron a ceder algunos días el corral a otras compañías de cómicos que por Alcalá pasaban y también a una que de la nada se armó en la ciudad, nunca mejor dicho, lo de armarse, me refiero, porque iba siempre acompañada de una cuadrilla de mosqueteros malencarados que solían aplaudir a rabiar en sus funciones, por llamarlas de algún modo, y que por el contrario en las nuestras se dedicaban a abuchear y airear las espadas.

Temiéndome, pues, lo peor, en lugar de a pecho descubierto, comencé a hacer mis apariciones en el patio con una camisa bermellona y entallada, aunque no tanto como para que bajo ella no me cupiera una cota de malla, como las que usaban los bellacos contra las cuchilladas, que si bien finalmente no me libró de una sí lo hizo de la muerte, pues, según me dijeron después, el acero se quedó a tan solo un dedo de mi corazón.

Todo sucedió muy rápido. Yo irrumpí en el patio, como acostumbraba desde que habían empezado aquellas trifulcas, entre humos de azufre, los cuales, debido a su pestilencia y a las toses que provocaban, siempre abrían un hueco, una armadura de aire a mi alrededor, pero aquel día, cuando ya estaba a punto de retirarme, se ve que como buen ángel caído que era, tropecé o tal vez alguien me puso la zancadilla, y me di de bruces con uno de aquellos mosqueteros, lo cual provocó un cacareo alegre y burlón en el gallinero que solivantó al espadachín, el cual me apartó con un empujón y a continuación, herido en su honra, se abalanzó sobre mí blandiendo su arma.

—¡*Vade retro*, Satanás! —le oí gritar, y después noté una quemazón en el pecho, un desgarro en el corazón, aquel corazón al que el acero tal vez no había herido, pero que yo sentí que me arrebataban.

Tambaleante, conseguí llegar hasta el inframundo, donde me derrumbé en brazos de mis compañeros. Y antes de perder el sentido comprendí que todos aquellos meses a su lado, los más dichosos de mi vida, se desvanecían también conmigo, como si todo hubiese sido solo un sueño feliz, o lo que debía de ser lo mismo, la pesadilla de un demonio.

CAPÍTULO 5

EN EL QUE ANTÓN AGUIRRE ENCUENTRA CONSUELO Y ALIVIO PARA SU HERIDA EN MANOS DE UNAS EXTRAÑAS MONJITAS

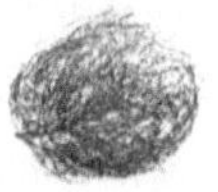

A pesar de todo, la estocada fue providencial, pues además de no herirme de muerte me libró de la cárcel, que es a donde fueron a parar poco después, según pude saber, todos aquellos cómicos rodamundos, acusados de sodomitas y heréticos, aunque sus verdaderos pecados y delitos fueran ganarse holgadamente la vida con talento y esfuerzo, cosa muy mal vista por estos lares, donde lo que se acostumbra es, por el contrario, ganarse la vida holgando, es decir, con el esfuerzo y el talento de otros, como sucedió en este caso, en el que el alcaide, el rector y el obispo de Alcalá de Henares se quedaron con el corral de comedias que nosotros habíamos levantado. Y con todas sus recaudaciones, por supuesto.

Antes de que encerraran a mis compañeros, no obstante, estos aún tuvieron tiempo de llevarme hasta un hospital que conocían, en el camino hacia Guadalajara, y que regentaban unas extrañas monjas llamadas Hermanitas de la Divina Consolación, de las que yo nunca había oído hablar, y que se vestían como putas, de naranja quiero decir, porque por el contrario iban cubiertas con unas amplias y recatadas hopalandas y un velo que tapaba sus cabellos y parte de la cara, dejándoles al descubierto solo los ojos.

—Te quedas en buenas manos —se despidió de mí Lope de Roda, a quien nunca más volví a ver ni tampoco a su mujer Magdalena ni a sus cinco hijas ni a sus maridos de conveniencia, aunque tampoco hice muchos esfuerzos por buscarlos, temeroso de que después de ser prendidos no quedaran de ellos ni las cenizas.

El caso es que las monjitas me acomodaron en una cama que había junto a otras muchas, no menos de cincuenta, en una gran estancia de techos altos hasta los que llegaban los constantes lamentos de los enfermos, que reclamaban sin parar a las consolatrices, las cuales acudían prestas y les realizaban unas curas misteriosas, que aplacaban sus dolores durante varias horas.

A mí tampoco tardaron en atenderme. Fue una hermana de ojos verdes que se acercó hasta mi cama y que apenas reparó en mi herida del pecho, pero por el contrario se regodeó limpiándome con ayuda de una palangana mis partes pudendas, que ella, no sé por qué, llamaba con extraños y cariñosos apelativos:

—Vamos a ver qué tal está ese ciruelito —me susurró, por ejemplo, calzándose unos guantes blancos.

Y comenzó a sacudirme el susodicho ciruelo, una y otra vez, una y otra vez, hasta que de él cayeron todos sus frutos y semillas.

Yo, por supuesto, si bien no protesté ni traté de impedirle la maniobra, pues la ejecutaba con una enérgica dulzura, me quedé desconcertado una vez que acabó y se retiró, preguntándome si acaso aquella monjita no estaba poseída o mal de la cabeza, pero pronto me di cuenta de que con el resto de enfermos las demás hermanas practicaban las mismas y milagrosas sanaciones, daba lo mismo si sufrían sudor inglés o les habían acuchillado las ingles. Me pareció incluso que muchos de los pacientes en realidad eran más bien impacientes enfermos o heridos fingidos que se morían porque alguna de aquellas monjas regresara a su lecho para sacarles la leche (varios de ellos reclamaban con mucho ruido a una tal sor Paranomasia), leche a la que ellas llamaban veneno —*semem retentum venenum est*, rezaban mientras nos ordeñaban— pues, según pude saber en los días siguientes, estaban convencidas de que extrayéndolo del cuerpo acababan con nuestros males, sin comprender que la maldad y el deseo de los hombres son pozos sin fondo.

La tal sor Paranomasia, por ejemplo, volvió a ocuparse de mí esa misma tarde, con una mezcla de desgana y violencia que a mí, al contrario que a los otros convalecientes, me desagradó, pues mientras me practicaba sus libaciones no dejaba de llamarme «cachoperro» y «pedazo de cabrón» ni de mirarme con una extraña mueca de repugnancia. Supongo que era aquello lo que excitaba a mis compañeros, aburridos de las, como pude comprobar en carnes propias, curas higiénicas y silenciosas de las otras hermanas, que lo mismo podían ser arzobispos, pues sus hopalandas naranjas parecían cortadas con la intención de ocultar cualquier curva o gesto propio del cuerpo femenino, mientras que los movimientos mecánicos de sus manos espantaban intención libidinosa alguna en su proceder.

Sea como fuere, el caso es que en aquel hospital mi herida en el pecho fue cerrándose y mi ánimo mejorando, sobre todo cuando quien me atendía era la monjita de ojos verdes, que, por el contrario, continuaba haciéndolo con una dulzura inusual, yo creo que porque, puesto que era el enfermo más joven, ella me veía todavía como a un niño, a pesar de mi esplendoroso ciruelo en flor:

—¿Cómo está hoy la culebrita? —me decía, mientras le extraía su veneno con presteza, a lo cual contribuía sin duda el hecho de que mientras hablaba yo observaba embelesado sus labios carnosos pegándose al velo que ocultaba su rostro y el pálpito de su respiración en el hoyuelo que dibujaban.

Y no lo podía evitar, pero, tras desahogarme, a mi mente venía el recuerdo de otra sanadora, Enara de Sarriguren, quien me había iniciado en los secretos del amor, y en los de su cuerpo, que también ocultaba tras sus ropas holgadas y disuasorias.

Me acordé igualmente de ella y de mis peripecias a su lado la mañana que las Hermanitas de la Divina Consolación pasearon entre las camas un prepucio del niño Jesús que guardaban en su capilla y adoraban con mucho celo, ignorando que casi con total seguridad fuera falso y en realidad se tratara de un pellejo de cerdo o la piel del pito de un resucitado, pero no por gracia propia sino por las manos de algún desalmado, del mismo modo que en su día, es decir, en su noche, Enara y yo desenterramos a aquellos muertos, que Dios todomisericordioso nos perdone.

Como era costumbre con muchas reliquias, aquella se guardaba en un receptáculo que reproducía el miembro venerado, nunca mejor dicho en este caso, porque el susodicho prepucio reposaba dentro de un pene de plata, al que las hermanas no dejaban de manosear y besuquear con unas sonrisas beatíficas y muchas chiribitas en los ojos y que ofrecían también con igual fin a los enfermos, los cuales, a pesar de que intentaban disimularlo, no parecían compartir el mismo entusiasmo.

Creo que fue aquella mañana cuando decidí abandonar el hospital, que nunca supe si en realidad lo era o era un lupanar, y digo creo porque tampoco sé si todo lo que allí vi sucedió o se trató solo de un delirio fruto de las fiebres y desmayos que tuve después de la estocada, pues ninguno de aquellos a quienes más tarde conté esta historia habían oído nunca hablar de aquellas monjas, las Hermanitas de la Divina Consolación, las cuales, por otro lado, tan bien puesto tenían el nombre.

CAPÍTULO 6

En el que Antón enumera los penosos trabajos,
propios del pícaro, que tuvo que desempeñar
durante años

De Guadalajara decidí viajar hacia el sur, temeroso de que el
Santo Oficio diera conmigo y corriera la misma suerte que los cómicos, a la que además sumara el pecado, aunque involuntario, del
sacrilegio, tras haber besado el ciruelo, como diría la monjita de los
ojos verdes, a un Jesucristo apócrifo. Aunque tal vez hubiera sido
mejor así, la prisión o las galeras antes que los años de padecimientos que sufrí en las almadrabas de Cádiz o en el Arenal de Sevilla,
en donde fui escudero de sablistas, acerico de remiendavirgos, muleta de tullidos, palanganero al barato de tahúres, esportillero de aire
y, en definitiva, capazo de todas las hostias, por nombrar solo alguno de los mil oficios y ningún beneficio que tuve que desempeñar y
sobre los que no quiero extenderme aquí, pues cada vez que pienso
en aquellos días de pícaro se me encoge el corazón y se me abren las
cicatrices de todos los pinchazos y zurriagazos que recibí, entre los
que sin embargo el que más duele es recordar que a lo largo de aquel
desdichado tiempo en el que fui «mozo», «negro», «tú» o «picha»
nunca escuché mi nombre en labios de otro ser humano, a no ser yo
mismo, que me lo repetía a menudo: «¡Antón, Antón, Antón Aguirre!», solo para asegurarme de que todavía continuaba vivo.

CAPÍTULO 7

EN EL QUE A UN PÍCARO DISFRAZADO DE ATÚN LO DEJAN BONITO Y EN EL QUE ANTÓN ABANDONA LA ALMADRABA Y LA VIDA PELIGROSA Y ENCUENTRA REFUGIO EN LA HERMANDAD DE LOS NEGRITOS DE SEVILLA

Quiso la fortuna, no obstante, que una primavera, mientras me encontraba trabajando en la almadraba de Zahara de los Atunes, volviera a encontrar en mi camino al que había sido mi compañero de correrías por el reino de Navarra, Tritón, aunque más que en el camino fue, como aquella primera vez, en el agua donde apareció chapoteando, como si de un atún se tratara, y de hecho tuve que interceder por él cuando el resto de los pícaros intentaron primero clavarle el gancho, al que llamábamos jabega, con el que sacábamos de las redes a los pescados, y después rematarlo a palazos en la playa.

—¡Dejadlo, dejadlo en paz, es Tritón! —grité yo, y mejor hubiera hecho al menos en callarme su nombre, pues no conseguí sino redoblar los golpes de los jabegueros, que solo cesaron cuando mi amigo pudo desenredar de aquella madeja de músculos apaleados que era su cuerpo un suplicante hilo de voz, que los convenció de que no era un atún sino otro pícaro más al que habían dejado bonito.

Tendido sobre la arena, Tritón parecía medio muerto, pero al cabo de un rato recuperó el habla, aunque no el conocimiento, pues comenzó a contarme alguna de sus historias fantásticas, cuando le pregunté por qué había desaparecido en Tudela, a lo que él respondió que una mañana al entrar en el Ebro se había vuelto a convertir en pez y, remontando durante años ríos y corrientes, había regresado a la bahía de Cádiz.

Me contó también que en Zahara —y eso supe que, por el contrario, era cierto porque había oído decir que sucedía a menudo en la almadraba— se dedicaba a sisar atunes con otros dos o tres compañeros; que apenas las barcas echaban la red nadaban hasta ella y vestían con ropa de jabeguero a uno de los peces, al que llevaban hasta un lugar apartado de la orilla entre sus cuerpos, como si de un pescador desmayado o que había tragado agua se tratara; y que después lo vendían bajo manga. Lo cual, por otra parte, me hizo pensar que hacía un rato quizá lo habían molido a palos por rata antes que por pez.

Yo, por mi parte, le hice saber mis desventuras, que supongo que no debieron de resultarle menos fantásticas, y también cómo había llegado hasta la almadraba, en donde de San Marcos a San Pedro, o lo que es lo mismo, de abril a junio, como tantos otros miles de pícaros venidos de toda España —desde el Potro de Córdoba a la Puerta del Sol de Madrid, desde el Zocodover de Toledo al Arenal de Sevilla—, me dedicaba a lo que tocara, bien fuera enganchar y apalear atunes, bien a destazarlos, salarlos o sacarles la grasa de la cabeza.

No habría sido, después de todo, aquel un mal oficio, pues la mayor parte del tiempo y de los días los pasábamos tumbados en la playa, esperando a que apareciera un banco de atunes, si no fuera porque la ociosidad es la madre de todos los vicios, y en la playa se reunían también cientos de tahúres y villanos, ladronzuelos y otros rufianes y gentes de malvivir que entretenían y aligeraban la bolsa de aquella turba de desocupados y cachondos, que así era como llamaban a los que se adentraban junto con las meretrices en el cañaveral del río Cachón, de resultas de todo lo cual los más de los días había robos, riñas y cuchilladas.

Yo, en fin, estaba ya cansado de aquella vida, y así se lo confesé a mi amigo Tritón, a lo que él respondió que en ese caso era el momento de regresar al Arenal, ahora que se había quedado vacío de truhanes y buscavidas, e intentar buscar un oficio decente o el favor de alguna orden de beneficencia.

—Tú que eres moreno y sabes leer quizá podrías pedir recomendación en la Hermandad de los Negritos —me dijo, y aquella fue la primera vez que escuché hablar de la tal hermandad y de vuestras mercedes, a pesar de que llevaba ya tiempo entrando y saliendo de Sevilla, ciudad a la que algunos también llamaban Babilonia, pues era el lugar desde el que navegantes de toda Europa se embarcaban a Indias, o a la que comparaban con un tablero de ajedrez, a mí me pareció que con mucho ingenio y tino, pues nunca había visto en mi vida a tanto mulato ni tanto negro juntos, que en algunos barrios se contaban más incluso que blancos, claro que éramos nosotros, los mulatos y los negros, los que siempre ocupábamos las casillas de los peones.

Por eso mismo, porque la mayoría de ellos eran esclavos, yo solía evitar los lugares en los que solían reunirse, sobre todo el puerto de la Muela o las Gradas de la catedral, donde los subastaban como a bestias, para emplearlos después en los trabajos más penosos, tales como aguadores, lavanderas, regatonas o curtidores; y aunque todavía conservaba el papel que me extendió aquel cura, cuando prendieron a Enara, en el que decía que yo era un hombre libre, me sucedía a menudo que no me creían, como si la condición natural del hombre negro fuera la de servir a un amo; y así debían pensarlo incluso muchos de los de mi raza, pues en cuanto sabían que yo era mostrenco me miraban con despecho e incluso usaban ese término dirigido a mí como si de un insulto se tratara:

—¡Mostrenco, mostrenco! —me gritaban, y a veces hasta me

zarandeaban y escupían, de modo que yo procuraba evitar lugares como la plaza de Santa María la Blanca, o las Atarazanas, en las que los esclavos solían reunirse, y también otros de más peligro, como las puertas de Marchena y de Córdoba, a las que llamaban «los apedreaderos», pues allí los domingos y días de fiesta de guardar las bandas de rufianes solían saldar sus cuentas con hondas y palos en medio de una gran expectación y muchos heridos, entre los que los peor parados eran siempre los morenos.

No podía imaginarme entonces que aquellos lugares serían precisamente los que yo frecuentaría durante los siguientes años ni mucho menos que lo haría como un hombre honrado y a quien todos, negros y blancos, pobres y ricos, respetaban, al menos hasta que algunos dejaron de hacerlo.

La casa hospital de la Hermandad de los Negritos estaba entonces entre el humilladero de la Cruz del Campo y el convento de San Agustín, y yo tuve la dicha de llamar a su puerta el día que para otro desgraciado fue su última estación del vía crucis, pues justo aquella mañana se encontraba allá el mismísimo Conde Negro, que así era como llamaban al mayoral de los negros, esto es, a uno de ellos al que el rey y el arzobispo designaban para obrar de juez de paz entre los mismos y los moriscos o loros, como también nos decían a los mulatos, y ser también su representante, entre otras muchas tareas y responsabilidades; y el caso es que el dicho Conde Negro, de nombre Juan de Zamora, acompañaba aquel providencial día a su secretario, al que habían dado días atrás una puñalada en una disputa en la que ambos habían mediado, y que agonizaba en el hospital entre grandes lamentos, también del mayoral, en su caso, según nos hicieron saber, porque no iba a resultar nada sencillo sustituir a su moribundo ayudante, dado que entre los morenos escaseaban los que supieran leer y escribir, y entre los españoles ninguno iba a querer poner el mundo del revés, es decir, tener por amo a un africano.

Al oír aquello, claro, a nosotros los ojos nos brillaron como fuegos de artificio, y aunque a mí me azoraba postularme con el secretario de cuerpo presente, mi amigo Tritón, que no tenía vergüenza, se apresuró a hablar por mí y presentarme como un mulato leído y cabal. Lejos de indignarse, al Conde Negro se le alegró también la mirada y tras hacerme algunas preguntas en las que mi naturaleza apocada estuvo a punto de echarlo todo a perder, pues respondí con unos cacareos con los que debí parecerle medio ababol, me pidió que le escribiera allá mismo algunas líneas, algún pasaje de mi vida, por ejemplo, y así lo hice, y así fue también como le convencí y como me sorprendí a mí mismo descubriendo que tenía buena maña con la pluma.

—Se me ha encogido el corazón —se dirigió a mí Juan de Zamora, tras leer aquellas líneas, pues en ellas yo contaba, igual que hice aquí más arriba, mis primeros años, tan felices y al tiempo desdichados, junto a mi madre y mi hermano Lázaro.

—Veo que eres un muchacho instruido y con buenos sentimientos. Tal vez un poco parado, aunque para un trabajo como este eso puede ser una virtud. Voy a concederte una oportunidad —añadió, y ordenó que esa misma noche me dieran cama y mesa en el hospital de la Hermandad de los Negritos, al servicio de la cual y de don Juan de Zamora, el Conde Negro, que en paz descanse, he permanecido durante todos estos años y así deseo que sea por muchos más, y es por lo cual entrego a vuestras mercedes estas páginas y las que siguen, y también por demostrar mi inocencia y limpiar mi honra y la de mis antepasados, que con tan viles embustes y mala fe ha sido ahora mancillada.

Por lo demás, y por cierto, en aquellas líneas nombré también a mi padre, el negro Zaide, y lo hice casi de refilón, pues apenas lo había conocido siendo niño, pero a quien, como si la escritura tuviera algo mágico o fuera una fuerza sobrenatural que guiara el trazo de la misma, estaba entonces, sin saberlo, convocando, pues apenas unas semanas después lo encontraría en mitad de este hormiguero humano, de esta Babilonia, de este tablero de ajedrez que efectivamente es Sevilla y sobre el cual el destino juega caprichosas partidas con nuestras vidas.

CAPÍTULO 8

En el que la fortuna de Antón Aguirre cambia
en una sola mañana y de pícaro pasa a vizconde,
al igual que su aparecido padre, Zaide, aunque
este por otros motivos

Pero antes de explicar cómo encontré a mi padre, después de tantos años, y puesto que sucedió el mismo día, quiero contar también cómo mi buen Tritón desapareció de nuevo de mi vida y de la misma manera que acostumbraba, es decir, escurriéndose de mis manos como un pez.

Para entonces yo llevaba ya algunas semanas al servicio de don Juan de Zamora, y de lo que me ocupaba era por una parte de andar toda Sevilla, buscando a aquellos esclavos de los que sus amos se habían desprendido, por ser ya ancianos o encontrarse enfermos, y que solían vagar como almas en pena extramuros, buscando comida entre los muladares o pidiendo a los arrieros y mercaderes que entraban a la ciudad limosna, que las más de las veces se la daban en forma de soplamocos, una pedrada o un salivazo, como si en lugar de personas fueran perros. Muchos de aquellos desgraciados habían perdido además el oremus y a menudo resultaba imposible convencerlos de que en el Hospital de los Negritos tendrían cama y un plato caliente, aunque también me daba a veces la impresión de que algunos de ellos se hacían los locos porque así, por primera vez en su vida, podían mandar en su hambre, y también supe de más de uno que se había tullido a sí mismo para conseguir la libertad, por muy sufrida que esta fuera.

Por otra parte, otras veces mi cometido era acompañar a don Juan a poner paz cuando había alborotos o pleitos entre negros o loros, que casi siempre solían ser los días de fiesta y en plazas como la de Santa María la Blanca o la que llamaban del Atambor, porque en ella solían reunirse decenas de africanos a beber, cantar y bailar al son de sus tambores. No solía ser aquel plato de buen gusto, porque a menudo tocaba tragarse riñas de borrachos y había empujones e insultos, pero desde el primer día que estuve allí sentía a la vez una extraña atracción por aquel lugar, donde los negros tocaban los cajones y las palmas y los panderos, y el ritmo de estos era como un gran corazón, en el que también reconocía el latido del mío, del mismo modo que cuando golpeaban con sus pies desnudos el suelo, notaba el temblor de la tierra sacudiendo mi cuerpo. Tanto era así que, en alguna ocasión, el mayoral tuvo que llamarme la atención, pues me quedaba pasmado, viendo a las mujeres cimbrearse o escuchando los quejidos desgarrados de sus voces, cuando cantaban.

Tritón solía acompañarme también muchos de los días, sobre todo cuando de lo que se trataba era de lo primero, esto es, de socorrer a los desahuciados, pues él conocía todos los rincones de aquella Babilonia y todas sus lenguas: la germanía, si había que rondar casas de juegos o de lenocinio; el vizcaíno, si debíamos tratar con armadores y comerciantes de hierro; el acero si se nos cruzaban en el camino ladronzuelos y bravucones; o la lisonja si trataban de cerrárnoslo los corchetes o alguaciles.

Aquel día nos encontrábamos en lo que en Sevilla llaman Monte de Baratillo, yo creo que por no llamarlo el gran ojo de culo, que es lo que en realidad era aquel lugar donde confluía toda la hez del Arenal, conformando una enorme montaña de basura, pues allí arrojaban esportilleros y rabaneras los pescados y verduras podridos, los calafates la pez y los tablones carcomidos de los barcos, los acemileros la carroña de las bestias a las que reventaban cargando y descargando fardos y toneles…

A pesar de todo ello, alrededor de aquella inmundicia revoloteaban decenas de avispones, que habían establecido allí sus negocios, pues en el Monte de Baratillo lo mismo podía uno vender su camisa que hacerse con otra remendada con retales de paños o arpilleras rescatados de la basura, entre la cual también, o al menos eso decían los pillos que por allí pululaban, «aparecían» anillos de oro, gargantillas de plata, mondadientes de bronce, los cuales vendían a precios de risa, y por eso llamaban de ese modo a aquel lugar, el Baratillo, en donde hasta a la honra se le ponía precio, pues por unas pocas monedas era posible contratar a matones, ya fueran de pega, como yo lo había sido, o de veras, que ajustaban cuentas a espadazos en callejones o descampados; y también a alcahuetas que remendaban la flor de las doncellas o enderezaban la de los caballeros a los que se les había amustiado; y además a pedigüeños de quita y pon, que un día estaban ciegos y al siguiente tenían muy buen ojo para señalar las casas a las que escalar y entrar a robar; o a izas, rabizas y colipoterras que no querían que nadie las chuleara o a las que habían echado por pendencieras de las mancebías; o —y eso era lo que a mí me concernía— a esclavas viejas, que ya apenas eran capaces de aguantarse en pie y solo se mantenían merced a lo que les pagaban, cuando lo hacían, los putañeros más depravados, que las humillaban y golpeaban, a veces hasta su muerte, la cual también salía muy barata, cuando se trataba de una puta negra.

El caso es que aquel día, cuando atravesábamos el susodicho monte, que era, como digo, una colmena de perdición, vimos de repente venir de frente a su abeja reina, pues incluso en aquel desgobierno y sindiós había un orden y una religión, y los maleantes tenían también su propia cofradía y sus leyes y mandamientos, y su Hermano Mayor, que era aquel al que entonces encarábamos, al que llamaban Podimonio, y al cual todos hacían grandes reverencias a su paso y que se acercaba a nosotros con cara de perro y la mano preparada para desenfundar el aguijón.

Fue en ese momento cuando Tritón se apartó de un salto de mi lado y echó a correr en dirección al puerto, sorteando carros y carretas, para desaparecer durante unos instantes entre el enjambre humano que componían marineros, vendedores, galeotes y esclavos, y finalmente zambullirse, como un pececillo, en el Guadalquivir, bajo la quilla de una nave.

Nunca supe cuál era la deuda o pendencia que mi amigo tenía con el tal Podimonio, pues, aunque en aquel momento me eché a temblar pensando que este trataría de saldarla conmigo, lo cierto fue que al llegar hasta donde yo estaba se quitó el sombrero, que era de los de hampa, campanudo de copa y tendido de falda, y haciendo una gran genuflexión me presentó sus respetos con estas palabras:

—Buenos días nos dé Dios, señor vizconde.

A las cuales no supe qué responder, ni tuve por qué hacerlo, pues aquel que era el mismísimo rey de los ladrones de Sevilla y que me hablaba de igual a igual, se alejó por donde había venido sin añadir más, en tanto que yo me quedé durante unos instantes mudo y aturdido, pues aquella era la primera vez que se dirigían a mí con ese tratamiento, y por eso tardé en comprender que a lo que Podimonio se refería era a que, como secretario que yo era de don Juan de Zamora, esto es el Conde Negro, a mí me correspondía aquel título de vizconde, negro igualmente, por más que yo fuera en verdad morisco, mulato o loro.

Apenas tuve tiempo de asimilar, de todos modos, la desaparición de Tritón ni mi nueva y aristocrática categoría, pues en cuanto hube perdido de vista a Podimonio y a toda la corte de rufianes que lo acompañaban, a mis espaldas escuché sobresaltado redoblar un atabal:

—¡Eldorado, la fuente de la juventud, las siete ciudades de Cíbola! —voceaba un cura como los que a menudo solían merodear por el puerto, reclutando aventureros dispuestos a embarcarse en alguna de las expediciones que se fletaban al Nuevo Mundo—. ¡Se hace saber que Pánfilo de Narváez, adelantado de La Florida, partirá en unos días a la isla de Cuba, desde la que conquistará para su majestad Carlos I y para Dios Nuestro Señor Todopoderoso todas aquellas tierras que se extienden al norte, desde el río de la Palma hasta los confines de la dicha península de La Florida! ¡Y que todavía hay sitio en sus naves para caballeros cristianos y valientes que, además de grandes riquezas aquí en la tierra quieran ganar en el cielo la vida eterna!…

Yo había escuchado ya a muchos charlatanes como aquel, alrededor de los cuales solo mosconeaban hidalgos de medio pelo, nunca mejor dicho, porque la mayoría rondaban ya la cuarentena, llegados desde los páramos de Extremadura o Castilla, y que empeñaban su escasa fortuna a cambio de aquellas promesas, que raras veces se cumplían, pues la mayoría de quienes regresaban de Indias lo hacían flacos como gatos de ferretería y con la piel y la lengua amarillas, siendo aquello lo más parecido que vieran al oro que habían soñado.

Así que al principio no presté atención al dicho cura ni a su pregón, más allá del sobresalto inicial, pero cuando ya estaba a punto de seguir mi camino, vi que a él se arrimaba uno de aquellos incautos, un hidalgo, que no tenía mucho aspecto de conquistador, pues caminaba dando trompicones, sujetando con una mano los anteojos que colgaban de su nariz, y agarrado con la otra al brazo de un atildado criado negro. Al principio, lo que me llamó la atención fue la indumentaria de este último, pues vestía, como su amo, una lechuguilla alrededor del cuello, coleto de pelo, al estilo francés, bragas doradas con huevera, y medias y escarpines del mismo color, ropa toda ella que no era corriente en Sevilla en aquella época del año, esto es, a finales de mayo, que ya empezaba a apretar el calor, y mucho menos entre los morenos, a los más de los cuales sus señores llevaban descalzos y desarrapados.

Pero fue después, al ver la cara de este criado, cuando se me heló el alma, pues descubrí una luz remota, antigua y familiar en su mirada, que, por cierto, también era la de un vizconde, aunque en su caso porque tenía un ojo distraído.

«¡No puede ser!», me dije. «¿Será acaso este hombre mi padre?».

Y aunque había algo, un pálpito, además de aquellos rasgos de su cara, en los que reconocía los míos propios, o el gesto de pasmo que compartíamos en aquel mismo momento, algo, repito, que me decía que sí, no podía asegurarlo, pues yo solo era un niño de apenas un año cuando a él lo prendieron los justicias.

—¡Zaide! —Escuché, sin embargo, que lo llamaba el hidalgo de los anteojos, con un acento extraño, por cierto, y ya no me cupo ninguna duda, entre otras cosas porque lo vi a él, a Zaide, que en efecto no podía ser sino mi padre, palidecer, al reconocer colgando de mi cuello el diente de tiburón y la oreja de mi abuelo, pese a todo lo cual, en lugar de lanzarnos cada uno en brazos del otro, salimos ambos corriendo en direcciones opuestas, cada cual hacia una esquina del Arenal, como si hubiéramos visto, como de hecho así había sido, a un aparecido, y creo que aquello fue lo natural, pues yo al menos necesitaba rumiar todas aquellas emociones que en solo unos minutos habían vapuleado mi pobre corazón, el cual había salido de casa esa mañana huérfano y descamisado y volvía a ella con padre y título nobiliario.

Durante los días siguientes, más calmado, aunque todavía con el alma en vilo, estuve deambulando por el puerto, con los ojos convertidos en centinelas y las palabras que había preparado para dirigir a mi padre deshechas en saliva, pero pasó una semana sin noticia de Zaide ni del hidalgo cegato, y luego otra, y otra más, y cuando ya creía que nunca más volvería a verlos y me lamentaba de mi mala suerte y de mi mala cabeza y apocamiento, por no haber hablado a mi padre en la única oportunidad que quizá me concediera el destino, una mañana lo vi reaparecer en medio del gentío, azuzando a un jamelgo flaco, despeluchado y bizco como él, que parecía fuera a doblarse en cualquier momento por el peso de los bultos que habían echado a sus espaldas.

—¡Antón! —Me reconoció mi padre, y esta vez sí, se acercó hasta donde yo estaba y me abrazó con fuerza, casi hasta hacerme daño, aunque quien lloraba era él, mientras repetía «¡Hijo mío, hijo mío!», con tan grandes alharacas que yo por mi parte me asusté y me quedé parado y seco, que no sé si fue por eso o por todo cuanto teníamos que contarnos o quizá porque Zaide se bebía las jarras de vino de un trago, una detrás de otra, el caso es que me invitó a tomar una de ellas, que fueron tres o cuatro, en un bodegón de puntapié que por allí cerca había.

Y en este mismo bodegón, al que para más señas conocían como «Los hombrecillos verdes», pues de ese color decían que se les tornaba el rostro a quienes comían sus empanadas de carne, fue donde mi padre me contó su peripecia: cómo había salido más muerto que vivo y con la espalda hecha unos zorros de la cárcel de Salamanca y cómo había vuelto al mesón de la Solana, donde solo supieron decirle que Antona había muerto, y que uno de sus hijos había vuelto a enterrarla igual que a una marquesa, en un funeral como no se recordaba en la ciudad, de lo cual dedujo que aquel hijo suyo debía de ser yo y no Lázaro, porque de este había oído que estaba de pregonero, creían que en Teruel, a donde había ido a buscarlo, pero no encontró a nadie que le diera señas de él.

Y dijo también que se alegraba de ver que a mí me continuaba sonriendo la fortuna, y entonces yo no quise contarle todos los padecimientos que había pasado en mi vida, entre otras cosas por no sumarlos a los que él me relató de la suya, en la que, como yo, había sido pícaro y mozo de muchos amos y había recorrido dando tumbos los reinos de España de punta a punta, que yo pensé que lo raro era que no nos hubiéramos encontrado antes.

Y en tanto que contaba todo aquello, a veces Zaide se quedaba parado durante un momento, mirando a un punto fijo, sin abrir la boca, y otras veces continuaba hablando pero no lo hacía conmigo, sino con alguien que solo él veía a su lado y de asuntos o en lenguas que yo no entendía, y a veces me costaba seguirle, y no sabía qué era cierto en lo que contaba y qué no, por ejemplo, cuando decía que en unos días se embarcaría al Nuevo Mundo en la expedición del tal Pánfilo de Narváez, adelantado de La Florida, junto al hidalgo de los anteojos con el que lo había visto días atrás, que era su nuevo amo, un caballero griego al que unas veces llamaba Doroteo Teodoro y otras Teodoro Doroteo, cosa que a mí me escamaba, como también que se aprovisionara de todos los bastimentos para el viaje allí en Sevilla, en lugar de en Sanlúcar de Barrameda, de donde partiría la expedición, si bien yo quise pensar y así me lo parecían demostrar los grandes lloros y abrazos y promesas de volver a vernos con los que finalmente se despidió de mí, que había vuelto a Sevilla por estar conmigo, más que otra cosa.

Aquella mañana, como digo, me quedé de piedra, y apenas pude decir nada, ni derramar una sola lágrima, creo que porque me las guardé todas para los días siguientes, en los que regresé muchas más veces al Arenal, con la esperanza de encontrarme otra vez con mi padre, a quien sin embargo no volví a ver nunca más, si bien supe de él mucho tiempo después, diez años más tarde, cuando yo creía que lo había olvidado y que ya no quedaba más llanto dentro de mí.

CAPÍTULO 9, Y ÚLTIMO DE ESTE SEGUNDO LIBRO

En el que Antón Aguirre cuenta por qué lo escribió y cómo volvió a tener noticia de su padre Zaide

Durante mucho tiempo me pregunté por qué mi padre, que había arriesgado su vida cuando yo era un niño por salvar la mía y la de mi hermano Lázaro —en aquella ocasión robando cebada y pertrechos a los caballos de su amo, el comendador de la Magdalena, para alimentarnos y darnos abrigo a nosotros y a nuestra madre, de resultas de lo cual lo habían hecho preso—, al volver a verme quince años después, me había despachado con unas jarras de vino y unas cuantas lágrimas y aspavientos, para volver a alejarse de mí, poniendo de por medio además un océano y un nuevo mundo.

No lo entendía, como no fuera que me culpara de sus años en la cárcel, de la que había salido vivo de milagro. Aunque prefería pensar, y eso fue de lo que finalmente me convencí a mí mismo, que entonces, en Salamanca, se había arriesgado para que no pasáramos hambre y ahora, en Sevilla, se apartaba por lo mismo, para que todo continuara como estaba, pues a mí me había encontrado convertido en todo un señor vizconde y a él tampoco le iba mal junto a aquel griego, al que, según me dijo, apreciaba, pues lo

222

trataba como a un igual, y así lo creí yo también y pude comprobar con el tiempo, pues ambos, efectivamente, estaban igual de locos.

Con los años fui olvidándome de aquel encuentro e incluso de muchas de las aventuras que viví en aquella mi primera juventud, de las cuales solo he traído a estas páginas, que ya voy terminando, algunas de ellas, pues por fin pude sentar cabeza y dejar atrás tanta desdicha, aplicado como estaba a mi nuevo menester, este de secretario del Conde Negro, en el que me he ocupado durante los diez últimos años, creo que sin tacha ni queja alguna, desde luego no al menos de aquellos que me importan, que son, primero, mis hermanos, los negros y mulatos de Sevilla, por cuyos intereses he velado siempre; después, vuestras mercedes, que como buenos cristianos que sois siempre habéis visto con buenos ojos todos los esfuerzos que he hecho para que los morenos seamos tratados como hijos de Dios, esto es, iguales ante Él que el resto, y no como bestias de carga; y, por último, el propio Juan de Zamora, que en paz descanse, el cual entendió de buen grado todo esto cuanto digo, y así, en sus últimos años dejó de llamarse a sí mismo mayoral de los negros, pues prefería decirse su Hermano Mayor, y quien además, como bien saben vuestras mercedes, me nombró su sucesor.

Quienes, por el contrario, me han acusado falsamente de los más horrendos crímenes, empezando por la muerte de mi mentor, don Juan, son aquellos a quienes solo conviene que los morenos continuemos siendo esclavos, pues se aprovechan de nuestro esfuerzo y, en el fondo, temen tratarnos como a hombres y mujeres libres, porque ellos no lo son, encadenados como están a su vileza y sus corazones negros.

No veo, por cierto, la necesidad de contar una vez más aquí, pues ya lo he hecho ante la justicia y ante vuestras mercedes, el penoso modo en que don Juan de Zamora dejó este mundo, atragantado por el hueso de un melocotón, que yo intenté sacar de su gaznate, y no estrangularlo, como han corrido el rumor por Sevilla esas malas lenguas, pero como quiera que a ello han sumado otras infamias referidas a la limpieza de mi sangre, sí he creído conveniente acompañar a este relato de mi vida, el de mi padre, Zaide, que a continuación sigue, o el del padre de mi padre, Pedro Guinea, que lo antecede. Tal vez no sean las suyas vidas ejemplares, como no lo ha sido la mía, si bien yo podría haberlas convertido en tales con estas mis novelas, pero he preferido no ocultar algunos de sus errores ni debilidades, que en el fondo son las de todos nosotros, mientras que la verdadera perversidad suele ser la de aquellos, como es el caso, que nos señalan y acusan desde arriba por ocultar sus pecados, sobre los que están edificados los pedestales, púlpitos y tronos en que se sostienen.

De mi vida, si acaso tengo que arrepentirme de algo, es, como ya he dicho, de aquellos muertos que desenterré junto a Enara de Sarriguren, que Dios me perdone.

En cuanto a la de Zaide, puedo contarla porque en los mismos días en que el Conde Negro murió y comenzó a correrse la patraña de que, por usurpar su cargo, había sido yo quien lo estrangulara, en el Hospital de los Negritos se presentó un caballero, recién regresado del Nuevo Mundo, y por tanto convertido en un espíritu, que decía haber participado en una expedición a Nueva Galicia, bajo las órdenes del capitán Diego de Alcaraz, en el transcurso de la cual habían dado con mi padre, el cual entregó a este caballero, que respondía al nombre de Francisco de Irurzun, unos legajos con el fin de que los hiciera llegar a mí.

Eran todos aquellos papeles, comidos por la humedad, y buena parte de ellos emborronados e ilegibles, la relación que el amo de mi padre, el griego Teodoro Doroteo, hacía de su viaje al Nuevo Mundo, si bien se mezclaban de manera desordenada con dibujos, anotaciones y cartas de mi propio padre, en un galimatías en el que, junto con lo que el espíritu me contó, mi pluma ha intentado poner orden y concierto, creo que de manera en que nunca antes se ha escrito, como si la realidad fuera una novela de caballerías, pues tal parece, como veréis a continuación, todo cuanto aconteció a mi padre, allí en las Indias.

El cual Zaide, por lo demás y por dar por finalizado de una vez ya este libro, del mismo modo que se apartó de mi vida cuando creyó que no hacía ninguna falta en ella o que arriesgó la suya cuando tuve hambre y frío, regresó providencialmente otra vez en mi ayuda para guiar mi pluma a través de estas páginas, las cuales estoy convencido de que se convertirán en mi mejor defensa y la de los míos.

Que Dios guarde, pues, siempre en su gloria a mi padre allá donde esté. Y que el demonio se lleve consigo a todos aquellos que atormentan sobre la tierra con mentiras y crueldades a los hombres y mujeres buenos como él y como mi madre Antona, que me enseñaron a mí a serlo. Que se los lleve al inframundo. Y que este no sea un patio de comedias.

FIN DEL LIBRO SEGUNDO

LIBRO TERCERO

BIZCO

CAPÍTULO 1

En el que Doroteo Teodoro y Zaide se alistan
en la expedición a La Florida del adelantado
Pánfilo de Narváez, de la cual es alguacil
mayor y tesorero Álvar Núñez Cabeza de Vaca

Teodoro Doroteo tenía un nombre casi capicúa y por eso, y porque era pintor, desde pequeño aprendió a mirar todas las cosas desde diferentes ángulos.

A veces, a Teodoro Doroteo le llamaban del revés, pero a él, que además había nacido en la ciudad griega de Patras, aquello no le incomodaba:

—Do-ro-te-o Te-o-do-ro —silabeaba, por ejemplo, Álvar Núñez Cabeza de Vaca, el tesorero y alguacil mayor de la expedición, mientras lo alistaba en la misma, empuñando una pomposa pluma de pavo real.

Su caligrafía era singular, afilada en las consonantes y redondeada y fantasiosa en las vocales; o al menos eso era lo que susurraba al oído del griego su criado, un mulato bizco, fuerte y observador, que hablaba con frases grandilocuentes y a veces un tanto lunáticas:

—Escribe para los siglos —añadió a su descripción.

Y Teodoro Doroteo que, a pesar de todo, confiaba plenamente en aquel criado, decidió no corregir al tesorero Cabeza de Vaca, pues —pensó— si lo hacía su nombre permanecería para siempre en aquella lista junto a un borrón. Estaba, además, a punto de comenzar una nueva vida, con la que llevaba años soñando, y se dijo que para viajar a Indias acaso no era mala idea que la casualidad y aquel error lo pertrecharan con otra identidad.

—Doroteo Teodoro, sí —repitió, pues, mientras remontaba con la punta del dedo índice los anteojos de gruesas lentes que se le deslizaban una y otra vez nariz abajo.

—Se embarca con un caballo y un mulato, de nombre Zaide —continuó, por su parte, anotando Cabeza de Vaca.

Pero tuvo que detenerse cuando uno de sus ayudantes se acercó hasta él y dejó sobre la mesa un papel, que el tesorero leyó con gesto malhumorado, para enzarzarse a continuación en una discusión sobre algún pequeño y urgente problema referido al abastecimiento de una de las naos.

—Enseguida vuelvo —se disculpó, levantándose y apartándose a continuación unos pasos.

Cabeza de Vaca —observó entonces Zaide— era un hombre espigado, de unos cuarenta años. Tenía el cabello rubio y la piel curtida por el sol y por alguna que otra cicatriz. Sus ojos de un azul celeste resplandecían sobre un lecho de pequeñas venas rojas, muescas —supuso— de las diferentes batallas en las que decían que había participado heroicamente como soldado.

—Sus movimientos son marciales, firmes, jesucrísticos. Es un hombre que se cree capaz de resucitar a un muerto —añadió el mulato.

Entretanto, Teodoro Doroteo, o Doroteo Teodoro, como se llamaría a partir de entonces, dibujaba el rostro de Cabeza de Vaca sobre una de las páginas cosidas del cuaderno que llevaba siempre consigo.

El tesorero volvió a sentarse frente a ellos al cabo de un rato. Alterado todavía por la conversación con su ayudante, tuvo que pensar durante unos instantes para recordar qué estaba haciendo antes de la misma. Cayó en la cuenta al ver a aquellos dos extraños hombres que lo miraban con curiosidad y una sonrisa soñadora, expectante y bobalicona.

«Eso es, estaba firmando dos sentencias de muerte», se dijo.

No era la primera vez que pensaba aquello cuando enrolaba a algún hombre en aquella expedición. Recordaba el día que, siete años atrás, vio desembarcar en el puerto de Sanlúcar de Barrameda a los supervivientes de otro viaje, el de Francisco de Magallanes, que había partido con más de doscientos marineros a bordo y del que solo habían regresado dieciocho. Descamisados, descalzos, flacos como perros callejeros y con las barbas arañándoles los costillares, todavía era capaz de evocar el olor a carroña que despedían sus cuerpos. Se le revolvía el estómago al pensarlo; y era incapaz de imaginar las calamidades que aquellos muertos en vida debían de haber soportado.

Se preguntó cuánto sería capaz de aguantar en una situación similar aquel griego medio ciego, con sus ridículos anteojos, que se le descabalgaban una y otra vez de la nariz. Tal vez ni siquiera la travesía a Indias…

«El negro quizá dure más», vaticinó, pues debajo de las ropas extravagantes de Zaide se adivinaba, a pesar de su edad —debía de tener, como él, unos cuarenta años—, un cuerpo fornido y, en sus ademanes, un carácter decidido; aunque la experiencia militar de Cabeza Vaca le decía también que no siempre los más fuertes y arrojados eran quienes más posibilidades tenían de permanecer vivos, y que la inteligencia y la prudencia eran muchas veces armas o escudos más eficaces.

De todos modos, la mirada distraída de aquel africano tampoco parecía indicar demasiada viveza.

—¿Oficio? —preguntó, conteniendo la risa, al verlo bizqueando y, junto a él, el rostro pasmado de su amo, escondido y deformado tras las gruesas lentes.

Se imaginó a ambos frente a una partida de feroces indios, o una tribu de mujeres guerreras, como los que habían descrito

Colón y otros navegantes. ¿Qué harían entonces, desviar sus flechas con aquellas miradas virolas? Y se sintió miserable, no solo por aquella maliciosa ocurrencia, sino también porque sabía que a viajeros como aquellos se los admitía en la expedición solo por los maravedíes que aportaban a la misma y porque cuando murieran el resto se quedaría con sus caballos y con sus libras de bizcocho y tocino.

—Soy pintor —respondió Doroteo Teodoro, deslizando a través de la mesa el cuaderno, abierto por la página en la que había bosquejado el retrato de Cabeza de Vaca.

Este lo miró desconcertado.

—¿Qué… qué demonios es esto? —dijo.

Nunca había visto nada parecido. El retrato del griego eran apenas unos garabatos, pero en los mismos Cabeza de Vaca fue capaz de identificarse a sí mismo al primer vistazo, de reconocer como si estuviera ante un espejo un gesto en el que afloraba su carácter impetuoso y zumbón pero a la vez todas sus dudas, temores y contradicciones. Por un momento se sintió desnudo ante aquellos hombres. Tuvo incluso la molesta convicción de que ellos habían sido capaces de leer su pensamiento, hacía unos instantes. Y consideró que los había menospreciado injustamente. ¿Quién era él para juzgarlos? ¿Acaso él mismo no había sentido la llamada de la aventura, no había deseado por primera vez embarcarse al Nuevo Mundo al ver a Juan Sebastián Elcano y los otros diecisiete supervivientes del viaje de Magallanes descender de la nao Victoria, al respirar, como un ave de rapiña, el olor a carroña de sus cuerpos? ¿No tentaba él de manera temeraria también a la muerte con sus sueños?…

Por otra parte —caviló— un hombre como aquel Doroteo Teodoro, capaz de dibujar con tal destreza, podría ser verdaderamente útil en una expedición a La Florida como aquella de Pánfilo de Narváez, en la que el adelantado esperaba, entre otras cosas, encontrar la fuente de la eterna juventud o el país de la canela, pues el pintor podría dejar constancia con sus ilustraciones de todos esos descubrimientos.

—Los barcos partirán el próximo día 17 de junio, desde Sanlúcar —les hizo saber, una vez que hubo terminado de inscribir sus nombres en la lista.

—Allí estaremos los tres —contestó Zaide, el mulato, señalando un hueco a su izquierda.

Y a su derecha, Doroteo Teodoro se recolocó una vez más los anteojos sobre el puente de su nariz griega.

CAPÍTULO 2

Extractos del diario de Doroteo Teodoro, en los que este revela cómo sus ojos de pintor ven a través de la mirada de Zaide; se nos dan algunos escatológicos detalles sobre la vida a bordo durante la travesía al Nuevo Mundo; e interviene por primera vez el altivo adelantado Pánfilo de Narváez

Sábado 2 de julio de 1527

Me estoy quedando ciego. Poco a poco. Cada día la luz se apaga un poco, es más tenue en mi mirada. Sería una tragedia, para un pintor, como yo lo soy, si no fuera porque guardo en mi memoria todo el sol de mi niñez, todo el resplandor azul del cielo en el mar del Peloponeso, toda la intensidad dolorosa de aquellos colores, como una herida luminosa que brilla en mi memoria cada vez que la oscuridad acecha.

Si no fuera por eso y por mi buen Zaide, cuyos ojos son ahora los míos.

Bendigo a Dios por haberlo puesto en mi camino, aquella tarde en la Puerta del Sol en la que se acercó a mí, pidiendo limosna. Supe, nada más verlo, que deseaba, que necesitaba pintar sus dos miradas, las voces de su cabeza, las cicatrices de su espalda y de su alma.

Nunca he entendido muy bien por qué he sentido siempre esa atracción por la deformidad y por la locura. Es algo superior a mí, una fuerza que me lleva a lugares en los que en realidad sería mejor no aventurarse. Como este viaje a las Indias. Al Nuevo Mundo, como lo llaman. Ojalá lo sea. Aunque a veces pienso que preferiría que todo hubiera sucedido de otro modo. Que debería haber aprendido a conformarme. Aceptar las leyes viejas. La tradición. Continuar pintando iconos, allí en Grecia, como me enseñó mi padre: hieráticos, sin alma. Que nunca debí de dibujar aquel pliegue tan humano en el calzón de san Andrés atado en la cruz. Otras, por el contrario, agradezco mi espíritu libre, pues en mi desobediencia, en mi heterodoxia, encontré el salvoconducto que me trajo hasta Zaide. Si nunca hubiera pintado aquella imagen, pecaminosa, según decían, nunca habría tenido que huir de mi Patras natal, nunca habría llegado a Madrid, nunca habría encontrado en otros ojos la luz que en los míos ahora muere.

Domingo 3 de agosto de 1527

Me preocupa, de todos modos, más que mi ceguera, no poder hacer de vientre a gusto, aquí a bordo. Uno puede sobrevivir sin ver lo que sucede a su alrededor. A veces, de hecho, es la única manera de sobrevivir. Sin abrir los ojos. Pero si uno no hace de vientre de una manera regular y placentera, si no abre —si se me permite la impertinencia— el tercer ojo, acabará muriéndose con toda seguridad. Y aquí, en el barco, es complicado, y peligroso, cagar.

La mayor parte del tiempo la pasamos en cubierta. Aquí comemos, dormimos, jugamos a los naipes. Amontonados unos sobre otros. No hay, en fin, demasiada intimidad. Cuando alguien tiene ganas de orinar se arrima a la borda y todos rezamos para que el viento no sople de cara. Pero para las aguas mayores está el jardín, un tablón con un agujero al final del mismo en el que encajar el trasero. Es humillante. Yo trato por todos los medios de evitarlo. A veces, bajo a la bodega, con la excusa de ver si Ramoncín, nuestro jamelgo, sigue vivo. Como el resto de los caballos, viaja colgado de unas eslingas. Cuando me ve, el pobre agita sus patitas en el aire, y me mira suplicante, con sus ojos bisojos. Pero yo no puedo hacer nada por él, excepto darle unas consoladoras palmadas en los lomos. A los mozos de cuadras, además, no les gusta que andemos por allí. Han hecho de aquel lugar su república, en la que se mueven a sus anchas, sin agobios, al contrario que nosotros, arriba, donde reina el caos. Tengo que sobornarlos con alguna moneda o unos tragos de vino para que me dejen pasar. Y cuando me parece que ninguno de ellos me ve, me acuclillo junto a algún montón de boñigas y aprieto apresurado las tripas. No es fácil, sin embargo, con los vaivenes del barco. Alguna que otra vez, de hecho, me he caído y me he pasado todo el día apestando a mierda. Aunque tampoco se nota mucho, entre el resto de pasajeros, la mayoría de los cuales nunca se muda o solo se lavan cuando hay tormenta.

Otras veces no me queda otro remedio que subir al jardín. Procuro hacerlo de noche, cuando todos duermen. Ni siquiera despierto a Zaide, del brazo de quien siempre voy a todos los lados y quien me describe todo cuanto sucede a mi alrededor, con gran lujo de detalles. Me gusta, por cierto, la manera en que lo hace. Creo que si pudiera recuperar la vista, le pediría que continuara susurrándome al oído lo que él ve, porque a menudo ve cosas que al resto nos pasan desapercibidas, o que son solo fantasías, locuras suyas, pero que, curiosamente, hacen más real lo que vemos. Para ir a cagar, no obstante, prefiero apañármelas solo. Siempre he sido muy recatado con esos asuntos; siempre me ha parecido que si alguien te descubre en ese trance, o incluso si puede oler tu rastro, te arrebata una parte de ti mismo.

Me acerco, pues, solo y a ciegas al jardín y tiento con repugnancia el tablón, en el que cada día se aposentan docenas de traseros. Después me acomodo yo también sobre él y procedo. Y mientras lo hago, mientras ofrezco mis ridículas nalgas a la inmensidad del mar, me siento, nunca mejor dicho, insignificante. Algunas noches oigo debajo de mí al océano bramar como un enorme animal y me aferro al tablón con fuerza, temiendo que una ola me golpee y me arroje al fondo del mar. No sería al primero al que le sucede. Zaide, por ejemplo, dice que cayó una vez desde allí al agua. Pero no sé si creerle, pues a continuación cuenta que lo rescató de morir ahogado —pues no sabe nadar— un hombre pez, un tritón barbado, que besó sus labios, insuflándole aire. Supongo que en su mente, pura e impresionable, resuena el eco de las historias que, para matar el tiempo y atraer los sueños, cuentan los pasajeros al anochecer, en la cubierta: las montañas y ciudades de oro que encontrarán en el Nuevo Mundo, las tribus de mujeres arqueras con un solo pecho y la vagina dentada, los pájaros que hablan, los peces que vuelan, los hombres con cabeza de perro, los perros que caminan sobre dos piernas, la fuente de la eterna juventud, el país de la canela…

A veces, mientras imaginan todo ello, yo dibujo en mi cuaderno lo que dicen, construyo ese nuevo mundo que quizá solo así pueda existir. Pero a la vez, deseo con todas mis fuerzas desembarcar cuanto antes en Indias y comprobar con mis propios ojos, es decir, con los de Zaide, si todas esas historias son ciertas.

Eso y cagar de una vez a gusto, en una letrina, o a solas, en mitad del campo.

Jueves 4 de septiembre de 1527

Hoy nuestro adelantado Pánfilo de Narváez se ha dignado a bajar del castillo de popa a cubierta y me ha dirigido unas palabras desdeñosas, que no he tomado en cuenta porque todo el mundo sabe que esa es su naturaleza. El gobernador es un hombre tuerto y pelirrojo de casi sesenta años, pero, como dice mi buen Zaide, robusto y peligroso como un roble que cae.

Desde que Hernán Cortés lo venciera e hiciera prisionero en México, donde ambos se disputaron la conquista de aquellas tierras, lo alienta el despecho. La flecha en el ojo que le clavara uno de los arqueros de Cortés todavía le escuece, y la única forma de calmar su dolor es tratar de igualar las hazañas de su enemigo.

Junto con Narváez venía su tesorero y alguacil mayor Álvar Núñez Cabeza de Vaca, que, aunque, como él, es un hombre de armas, a quien no le tiembla la espada ni le marea la sangre, resulta al menos jovial en el trato, incluso divertido, con su gracejo andaluz.

—¿Qué has pintado hoy, griego? —Se ha dirigido a mí Cabeza de Vaca, señalando el cuaderno, en el que en ese momento yo estaba bosquejando un dibujo de uno de los hombres de a bordo llamado Vasco de Lima, al que todos llaman Lima de Vasco, pues es vizcaíno, pesará unas trescientas libras y tiene un apetito insaciable.

—Eh, nada, nada. Nada que merezca la pena. —He intentado disimular, pasando hacia atrás algunas páginas, pues del mismo modo que el tal Vasco de Lima come, descome, y la escena que yo había dibujado era la de uno de esos momentos que sube al jardín y todos podemos ver sus posaderas blancas y desbordantes, antes de que sus deposiciones caigan al agua como cañonazos.

—Hombre, algo tendrás para enseñarnos…

A Cabeza de Vaca le ha cruzado el rostro un gesto de contrariedad, y he comprendido que había hecho acercarse al adelantado Narváez hasta donde nos encontrábamos Zaide y yo con la intención de impresionarle con mis dibujos.

Les he mostrado entonces algunos de los apuntes de días anteriores en mi cuaderno, en los que aparecen los delfines que nos acompañaron saltarines durante los primeros días de navegación, las sirenas rubias y con tres tetas que Zaide asegura haber visto nadando a un costado de la nao algunas noches, o el albatros que la sobrevoló ayer, anunciando con sus graznidos la proximidad de tierra firme.

Los ojos de Narváez han brillado al ver los dibujos. Ha sido un destello casi imperceptible. Después su mirada se ha nublado con una nata de sangre en la que he reconocido la envidia y desconfianza de aquellos hombres a los que su naturaleza no los dotó de imaginación ni de disposición para el arte.

—Espero que este hombre tenga otras destrezas, además de dibujar monigotes —ha dicho el adelantado, y después, señalándolo como si él no estuviera allí, ha añadido—: Y este mulato, el bizco, ¿quién es, su esclavo?

A mi lado, he sentido cómo el cuerpo de Zaide se estremecía con un leve respingo y lo he contenido colocando la palma de mi mano sobre su muslo.

—Soy un mostrenco, un hombre libre. —Es lo que suele contestar cuando alguien se dirige a él de ese modo.

Pero esta vez ha tenido que callarse, pues los hombres de su raza solo pueden embarcar a Indias al servicio de un amo, así que yo aparento serlo en este barco.

Pánfilo de Narváez es, sin embargo, un hombre acostumbrado a la violencia, conoce cada uno de sus resortes, y ha percibido el gesto de Zaide, a quien ha desafiado, clavando su ojo sano en el bizco del mulato.

Por un momento me he temido lo peor, pues sé del temperamento impetuoso y altivo de Zaide, quien además se ha comportado durante todo este viaje de un modo errático, hablando más a menudo de lo normal con esos fantasmas que lo acompañan (yo creo que le apesadumbra haber abandonado a su hijo Antón en Sevilla, tras encontrarlo después de tantos años; aparte de que durante la travesía debemos racionar el vino y eso le pone nervioso), pero, por suerte, el gobernador se ha girado y ha continuado su paseo por la cubierta, extendiendo sus aires arrogantes hacia otros tripulantes.

Lo hemos visto —Zaide lo ha visto— dar órdenes sin sentido a algunos marineros, solo con el afán de demostrar su autoridad (y creo que antes que a los propios marineros pretendía impresionar al tesorero Cabeza de Vaca, que es también orgulloso, y con quien mantiene una pugna evidente por el mando de la expedición); después se ha arrimado a la borda y, antes de regresar a su madriguera, en el camarote del castillo de popa, Pánfilo de Narváez, el adelantado y futuro gobernador de La Florida, ha orinado con fuerza cara al mar, como un animal marcando el terreno.

Por suerte, el viento soplaba a favor.

CAPÍTULO 3

EN EL QUE SE DESCRIBEN LOS TERRIBLES HURACANES Y TORMENTAS QUE RECIBEN A LA EXPEDICIÓN EN EL NUEVO MUNDO Y DONDE EL TESORERO CABEZA DE VACA INTENTA LEVANTAR LA MORAL A LA TROPA CONTANDO UNA HISTORIA SOBRE OTRA COSA QUE NO SE LEVANTA

La expedición llegó a Santo Domingo al final del verano, que en el Nuevo Mundo era el inicio de una primavera adolescente, atormentada y airada. El cielo, que durante la travesía había brillado resplandeciente de promesas, se convirtió en un muro gris que amenazaba con derrumbarse sobre sus cabezas. Tal vez por ello, apenas desembarcaron en Santo Domingo desertaron más de cien hombres, que confiaron más en su propia suerte que en la determinación sanguinaria que parecía guiar a Pánfilo de Narváez. Algunos de los españoles de la isla con los que los recién llegados hablaron todavía recordaban la matanza que años atrás el adelantado había perpetrado en Caonao, un aldea en la isla vecina de Cuba, donde cientos de indios, muchos de ellos mujeres y niños, fueron desbarrigados.

—Iba el arroyo de sangre como si hubieran muerto muchas vacas —susurraban espantados, y cada vez que lo hacían en el cielo estallaba un trueno.

De Santo Domingo los barcos pasaron a Santiago de Cuba, precisamente, donde un tal Vasco Porcalle, vecino de la villa de Trinidad, situada a más de cien leguas de aquel lugar, prometió al adelantado proveerlo de bastimentos, caballos y hombres. Partieron las naos, pues, en dirección a Trinidad, pero a mitad de camino la mar se puso mala y Narváez decidió que continuaran la singladura tan solo dos de ellas, una de las cuales estaba al mando del tesorero Álvar Núñez Cabeza de Vaca y en la que también viajaban el griego Teodoro Doroteo y el mulato Zaide.

En Trinidad el cielo se tornó negro y el viento afilado, y el tesorero, aunque dio permiso al resto de la tripulación para desembarcar, no quiso abandonar las naves, por temor a perderlas, a pesar de que los pilotos le suplicaron que lo hiciera:

—Mire que este es muy mal puerto y en él se han hundido ya varias naos...

Pronto comenzó a llover y, por fin, Cabeza de Vaca accedió a tomar tierra para cargar los bastimentos cuanto antes. Una vez en tierra, sin embargo, la tormenta arreció. Llovía como nunca habían visto. Desde aquel cielo como un muro se desprendían gotas de lluvia que parecían cascotes, a los que sin embargo el viento huracanado mecía a su antojo, al igual que los árboles, que se doblaban hasta besar el suelo suplicantes, y los bohíos, cuyos tejados arrancaba de cuajo. Por temor a ser aplastados por alguna de aquellas grandes chozas, los hombres salieron durante la noche de la villa de Trinidad en busca de refugio, del mismo modo que horas antes hicieran los indios. Debían caminar en grupos de siete u ocho hombres, enlazados unos a otros por los brazos y tumbándose sobre el vendaval. A veces, uno de ellos desfallecía y se separaba de aquella cadena humana y el huracán lo vapuleaba como a un pelele. Entonces, el grupo debía retroceder a duras penas, hasta que conseguía reenganchar al caído.

—¡Vamos a morir todos! —gritaban aterrorizados los hombres, y sus palabras las arrastraba el viento y las devolvía convertidas en inquietantes cánticos, desde el corazón del bosque, que llegaban acompañados de música de tamborines, flautas y cascabeles, como si los indios —pensaban— celebraran un funeral anticipado por ellos, aunque lo más probable es que solo trataran de ahuyentar de esa manera el temporal.

Del mismo modo, cuando por fin los hombres de Cabeza de Vaca hallaron refugio en una hondonada del terreno, en la cual el viento feroz sobrevolaba sus cabezas y en la que algunos de ellos deshicieron su tensión rompiendo a llorar, el tesorero intentó subirles el ánimo contando algunas anécdotas de su vida, con la que, por cierto, se podría escribir otro libro, pues había sido venturosa y a veces descacharrante.

Entre todos aquellos pasajes el que más divirtió a la tropa fue cuando refirió sus andanzas como camarero mayor del duque de Medina Sidonia, el hombre más rico de España.

—Bueno, rico, mucho; pero hombre, muy poco —apostilló Cabeza de Vaca, y contó a continuación cómo estando al servicio del susodicho duque, que, como todo el mundo sabía, era hombre de pocas luces e incapaz sexual, una mañana, mientras lo ayudaba a ponerse las calzas, se topó por sorpresa con su naturaleza masculina alzada.

—¡Vaya, nunca le había visto tan animado, don Alonso! ¿Qué le pasa, se está usted orinando? —bromeó entonces Cabeza de Vaca.

—Calla, mentecato, ¿qué creías que yo, por ser duque, no era también hombre, como los demás? —le contestó indignado este.

—Ya lo veremos —lo desafió Cabeza de Vaca.

Y unos días más tarde, llevó a su dormitorio a una prostituta, hermosa, perfumada y experta en solucionar aquel tipo de desarreglos viriles.

—¡Fuera, fuera! ¡Al diablo! —contaba Cabeza de Vaca que gritaba entre sollozos el duque, y también que al cabo de un rato la cortesana salió al pasillo desalentada.

—¡En mala hora me trajiste aquí, Cabeza de Vaca! ¡Si yo no soy capaz de levantar eso, no lo levanta ni una polea! —gritaba, herida en su orgullo.

—O sea: que se estaba meando —concluyó su historia el tesorero, y los hombres estallaron en grandes carcajadas, que desafiaban al viento y recomponían el cielo que se deshacía en pedazos sobre sus cabezas.

Poco después, al amanecer, cesó la tormenta y regresaron al puerto, por ver qué había sido de los barcos. No hallaron rastro de ellos, salvo una boya flotando en medio de una calma inquietante.

—Parece que el mar esté meciendo a un bebé muerto —susurró el mulato Zaide al oído del griego Doroteo Teodoro.

Caminaron por la costa durante varias horas, hasta que en la copa de un árbol encontraron una de las barquitas de un navío, y en los alrededores varias tapas de cajas destrozadas, algunas colchas hechas pedazos… Unos pies más adelante, junto a unas rocas, aparecieron los cuerpos de dos cristianos, con los rostros desfigurados y la piel violácea, por efecto del agua y los golpes. Del resto, unos sesenta hombres y veinte caballos, entre ellos el escuálido Ramoncín, no volvieron a saber nunca. Se los tragó la tormenta, como un monstruo voraz.

Días más tarde, llegaron a Trinidad el resto de las naos, con Pánfilo de Narváez al mando, quien, ante las súplicas de los hombres, que temían volver a embarcarse con aquel temporal, determinó esperar a que finalizara la época de tormentas y huracanes, antes de partir definitivamente hacia La Florida, donde, aún no lo sabían, pero les aguardaban más y mayores penalidades.

CAPÍTULO 4

CARTA DE ZAIDE AGUIRRE A SU HIJO ANTÓN, EN
LA QUE LE REFIERE SU PRIMERA INCURSIÓN EN LA
FLORIDA Y EL ENCUENTRO QUE TUVIERON CON UNOS
INDIOS CALVOS

20 de abril de 1528

Querido Antón, mi príncipe: me da mucha vergüenza escribirte esta carta, después de haberte abandonado otra vez, tras tantos años sin vernos, y cuando ya creía que nunca volveríamos a encontrarnos. Y hacerlo además sabiendo que te has convertido en un hombre instruido, al que le harán sangrar los ojos mis palabras sin floripondios ni gramáticas. Tu pobre padre justo sabe las cuatro letras que generosamente me ha enseñado don Teodoro, aunque también debo decir que a su lado cada día aprendo un poco más.

Últimamente, por ejemplo, como ya prácticamente está ciego, le ayudo a escribir su diario, cuyas páginas él me va dictando. Y así se me va pegando algo. A veces, incluso me permito la licencia de añadir o adornar algunas cosas que a don Teodoro se le olvidan o en cuyos juicios se equivoca. Además de todo eso, sigo describiéndole al oído aquello con lo que nos topamos en este viaje. Aquí, en el Nuevo Mundo, todo es asombroso. Hemos visto tritones, casas y hombres voladores, sirenas con tres tetas o un poblado de indios en el que todos, también las mujeres, son calvos y yo creo que medio caníbales y hechiceros.

También me he decidido a escribirte esta carta, hijo mío, que espero sea la primera de otras muchas, por eso: porque temo por mi vida. Desde que llegamos a Indias todo han sido calamidades. Hemos sufrido tormentas en las que el cielo era el mar, huracanes que hacían volar a los caballos y echaban por tierra a los pájaros, naufragios, emboscadas, hambre, sed, mosquitos, frío, calor…

Hace días que caminamos ya por tierras de La Florida. Ayer llegamos a este poblado, al borde de una bahía, en el que nos recibieron los indios calvos. El adelantado les regaló cuentas de vidrio y cascabeles y ellos nos ofrecieron ostiones para comer y para beber un vino sucio que sabía muy fuerte y hacía perder el sentido. Después nos mostraron varias cajas de madera, como las que usan los mercaderes de Castilla, cada una con un muerto dentro, al que cubrían con unas pieles de venado. Todo era muy raro, pues dentro de una de aquellas cajas estaba el adelantado Pánfilo de Narváez, que a la vez estaba fuera de ella mirándose a sí mismo. Y lo mismo sucedía con otros hombres de la expedición, como un tal Juan Velázquez de Cuéllar o un muchacho llamado Avellaneda, que también estaban a la vez fuera y dentro de la caja, vivos y muertos. El adelantado, enfurecido, mandó quemar aquellos ataúdes, por ser cosa de brujería, y los indios, viéndolo tan fuera de sí, trataron de calmarlo mostrándole unas pepitas de oro.

—¡Apalache, Apalache! —gritaban y señalaban tierra adentro, con muchos aspavientos, dando a entender que allí encontraríamos más oro, mucho más oro, montañas de oro…

Eso pareció calmar el fuego y la sangre en los ojos de Narváez, al que, sin embargo, sigue cegando la codicia, porque no es la primera vez que nos encontramos con indios que nos hablan de ese lugar, Apalache, pero lo hacen solo cada vez que les matamos a un hombre o les quemamos los altares en los que adoran a sus demonios de dioses; es decir, cuando quieren que nos vayamos lejos y los dejemos en paz.

Así que esta mañana el adelantado ha ordenado levantar el campamento. Nos ha costado ponernos en pie, pues la mayoría sufríamos una resaca monumental, supongo que a cuenta del vino turbio que nos ofrecieron los indios ayer. También me ha parecido que todos teníamos esta mañana los cabellos más ralos. Yo he dormido, además, fatal. He tenido pesadillas en las que los indios nos desollaban vivos y después se hacían con nuestro pellejo un camisón.

Esto, en fin, no es vida. Desde que comenzó este viaje brutal han sido ya muchos los hombres que han muerto y los que han desertado de la expedición, y también don Doroteo, el hombrecillo verde y yo, lo hemos considerado varias veces (lo de desertar, no lo de morirnos, claro). Pero todavía no vemos el momento ni las condiciones, así que aún seguiremos caminando junto al adelantado, confiando en que la providencia nos sea favorable. No obstante, si acaso sucediera alguna desgracia, quiero que sepas, Antón, que siempre te he querido y te he echado de menos, y que espero poder explicarte en las cartas que además de esta te escriba, y de una manera menos alborotada a como lo hice en aquel bodegón de puntapié en el Monte de Baratillo de Sevilla, por qué me embarqué en este viaje al Nuevo Mundo, cómo conocí a don Teodoro Doroteo o cuál fue mi desgraciada vida desde aquel día fatal en que los justicias me prendieron en Salamanca y me separaron de ti, de tu madre y de tu hermano Lázaro.

Pero ahora debemos partir hacia el Apalache y sus promesas y espejismos, de modo que tengo que despedirme, si no quiero que el cruel Pánfilo de Narváez se enoje y mande que corten una de mis manos y quede así manco para los restos, como mi padre, es decir, como tu abuelo, Pedro Guinea. Espero, en fin, volver a escribirte pronto.

Entretanto, que Dios te guarde por muchos años, mi príncipe.

CAPÍTULO 5

En el que los hombres dejan de soñar con oro
para hacerlo con maíz

—Ya no es tiempo de que nadie mande sobre nadie —dijo Pánfilo de Narváez; o al menos eso fue lo que creyó entender su tesorero Álvar Núñez Cabeza de Vaca, pues el adelantado tenía la boca hinchada y le faltaban dos o tres dientes desde que días atrás los indios le alcanzaran el rostro con una pedrada.

Cabeza de Vaca esbozó una sonrisa amarga. Por una parte, con aquellas palabras, Narváez daba por fin su brazo a torcer. Se había empeñado, cegado por su ambición, en explorar aquellas tierras pantanosas e inhóspitas, dejando los barcos a la deriva. Cabeza de Vaca, por el contrario, opinaba que era mejor navegar bordeando la costa hasta encontrar un puerto seguro desde el que explorar el terreno. Ahora estaba claro que tenía razón, pero, por otra parte, ya era demasiado tarde: tras internarse en busca del Apalache y sus montañas de oro, decenas de hombres habían muerto, enfermos, exhaustos, o alcanzados por las flechas de los indios. Otros muchos habían desertado. Y ahora aquel extraño griego cegato, Doroteo Teodoro y su esclavo bizco, de quienes el tesorero había desconfiado cuando los alistó en Sevilla, pero que finalmente los habían sacado de más de un apuro, se empeñaban

248

en arriesgar sus vidas, acompañando a los indios que les ofrecían agua desde una canoa, en lo que parecía más bien otra de las emboscadas que habían sufrido durante las últimas semanas.

—Que hagan lo que crean conveniente. Es tiempo más bien de que cada cual mire por sí mismo y por su vida —añadió el gobernador Pánfilo de Narváez, indolente, derrotado por todos aquellos padecimientos.

Tras internarse en la región del Apalache habían encontrado poblados abandonados, pero en los que todavía humeaban los fogones, como si un susurro de muerte y destrucción precediera sus pasos. Avanzaban además con muchas dificultades, pues la tierra estaba anegada por decenas de lagunas y pantanos, y en los caminos se encontraban una y otra vez con árboles gigantescos, derrumbados por el viento. Tuvieron que vadear también ríos caudalosos, uno de los cuales arrastró consigo a un hombre de a caballo llamado Juan Velázquez, cuyo cuerpo sin vida encontraron aguas abajo, así como su montura. Enterraron cristianamente al hombre y se comieron como demonios ávidos de carne el caballo. El hambre los devoraba, hasta tal punto que ya no soñaban con oro, sino con maíz.

Cuando finalmente llegaron al Apalache, las tierras resultaron ser yermas e incultas. Los indios que los recibieron indicaron que, si buscaban las montañas y ciudades de oro, debían encaminarse hacia el sur, en dirección al mar.

—¡Aute, Aute! —gritaban.

—¡Malditos seáis! —estalló iracundo Pánfilo de Narváez entonces, y tras desenvainar su espada, cortó de un mandoble la oreja a uno de ellos.

A sus espaldas, el mulato Zaide se derrumbó, desmayado por la impresión y por un dolor profundo, antiguo, como si fuera a él a quien en realidad el adelantado hubiera desorejado.

Narváez mandó quemar también los bohíos del poblado y guerrear contra aquellos indios, matando a algunos de ellos y tomando por la fuerza a otros como guías, para que los condujeran hasta aquel nuevo Eldorado, al que llamaban Aute.

A partir de entonces, su caminata, en busca del océano, se convirtió en un tormento. Los indios que hasta entonces los habían rehuido, acechaban en los manglares, los atacaban cuando más vulnerables se encontraban, cuando el agua les llegaba al pecho, mientras atravesaban un pantano, o cuando se detenían agotados a descansar en una isla. Eran además, aquellos indios, arqueros de atinada puntería. A un muchacho llamado Avellaneda lo mataron con una flecha que le acertó en la mínima hendidura entre dos corazas. Pronto, por otra parte, quizá porque avanzaban entre las miasmas de aguas estancadas, en ensenadas interminables y abruptas que nunca acababan de desembocar en costa o mar abierta, o porque la sed empujaba a muchos de ellos a beber su agua salada y putrefacta, decenas de hombres comenzaron a caer enfermos, con grandes dolores de barriga, fiebre y vómitos. Cuarenta de ellos murieron. Otros, sobre todo los de a caballo, y los indios, huyeron, retrocediendo sobre sus pasos. El resto continuaba avanzando a duras penas, como animales agonizantes, con sus pesadas armas a la espalda, cuyo peso y rozadura les provocaban llagas, que la sal marina avivaba, mientras bajo el agua misteriosas plantas y criaturas marinas acariciaban con morbidez sus testículos y sus muslos, y las aristas de coral del suelo les cortaban las plantas de los pies.

Cuando por fin llegaron a Aute, resultó ser un poblado semejante a los que hasta entonces habían encontrado, humeante y abandonado, pero en el que al menos hallaron varias fanegas de maíz, resplandeciente como el oro. Tras descansar en él unos días, acordaron fabricar varias balsas, y hacerse a la mar desde una pequeña bahía que había a unas pocas leguas de allí, a pesar de que entre los que quedaban vivos ninguno conocía el arte de marear y tan solo se contaba un carpintero. No obstante, en apenas mes y medio construyeron cinco balsas, no sin dificultades. Tuvieron que descamisarse para fabricar las velas. Con las crines de los caballos trenzaron jarcias y cuerdas. Calafatearon las embarcaciones con estopa que obtuvieron de unos palmitos que por allí abundaban. Y cuando echaron en falta la pez con que brear las barcas y se dieron cuenta de que ninguno sabía cómo conseguirla, el misterioso griego Doroteo Teodoro se ofreció, por sorpresa, a fabricarla extrayéndola de unos pinos que encontró en el bosque.

—He hecho esto mil veces, cuando era niño, allá en Patras —dijo, con resolución, pues, en efecto, su padre, que al igual que él era pintor de iconos religiosos, le había enseñado a obtener de árboles y plantas los colores y tintes para sus pinturas, así como la resina de los pinos para dar consistencia a los marcos de madera.

Por último, desollaron las patas de los caballos y de sus cueros hicieron botas en las que transportar el agua dulce.

Partieron, en fin, el 22 de septiembre de 1528 desde Bahía de Caballos, como llamaron a aquel lugar, en el que habían tenido que ir sacrificando a todos los jamelgos excepto a uno, para comérselos, una vez que se agotó el maíz.

Pero la travesía por mar fue aún más penosa. Los pellejos de agua se pudrieron y con ellos el agua que contenían. Perdieron en una tormenta los tallos de palmito que habían acopiado para alimentarse y tuvieron que matar después al último caballo. A veces, encontraban algún pequeño poblado de pescadores, más pobres que las ratas, y que, sin embargo, les ofrecían —y si no lo hacían, ellos lo tomaban por la fuerza— todo cuanto tenían: agua, techo, ostiones… En uno de ellos, por cierto, los indios apedrearon los bohíos mientras dormían y muchos de los hombres, entre ellos el gobernador, resultaron heridos.

Fue tras esta celada, al hacerse de nuevo a la mar, cuando, después de unos días en los que el agua volvió a escasear, se acercó hasta ellos la canoa con los indios, los cuales señalando el estero a través del cual habían aparecido, les hicieron ver que, internándose por aquellas aguas pantanosas, podrían saciar su sed.

Los indios iban desnudos y desarmados y su apariencia era

afable y pacífica; la mayoría de ellos tenían además los ojos velados por alguna catarata o alguna úlcera. No parecían, en fin, unos guerreros muy fieros.

—¡Es una trampa! —gritó Pánfilo de Narváez, no obstante, mientras palpaba la hinchazón de su rostro— ¡Más nos valdría degollarlos y bebernos su sangre!

Los indios, sin embargo, remaron hasta colocarse junto a una de las barcas y el que parecía mandar entre ellos repitió sonriente sus gesticulaciones, creyendo tal vez que antes no lo habían visto o entendido. Uno de los hombres alzó entonces amenazante su espada. El indio la miró boquiabierto e inmóvil, con el reflejo del acero iluminando la nube de su ojo enfermo. Después, alargó muy despacio uno de sus brazos y deslizó la yema de su dedo índice sobre el filo del arma. La sangre brotó de inmediato en varias lágrimas rojas, una de las cuales se meció rutilante en la punta de la espada, atravesada por los rayos de sol. Pero el indio no retiró su mano, ni se chupó la herida. Solo esbozó una sonrisa y luego se escuchó el trino alegre de una carcajada saliendo de su boca, a la que se sumaron después las del resto, elevándose al cielo como una nube de pajarillos, mientras todos los cristianos los observaban patidifusos, sin atreverse a ensuciar con sus movimientos o sus voces la inocencia de aquella escena.

Fue el griego Doroteo Teodoro, a quien su inseparable mulato describía al oído lo sucedido, quien por fin rompió aquel silencio que atenazaba todas las gargantas, al fondo de las cuales alguien parecía haber arrojado una paletada de tierra:

—Zaide y yo iremos con ellos —dijo.

CAPÍTULO 6

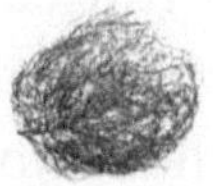

23 de junio de 1529

Querido Antón, mi príncipe: te escribo de nuevo, esta vez desde otro poblado llamado Birulé. Los indios entre los que nos hallamos ahora no son calvos, pero todos tienen algún defecto en la vista: los hay tuertos, ciegos, cegatos o bizcos, como yo. Se hacen llamar a sí mismos *begihodei*, que quiere decir «los de los ojos nublados», según creo entender después de algunas semanas entre ellos en las que ya he comenzado a familiarizarme con su lengua, a la que llaman *primahitu*, y que, por cierto, se parece bastante al vizcaíno, del cual mi madre me enseñó algunas palabras.

Al contrario que los calvos, es esta gente dulce y pacífica, aunque ello se deba tal vez a que nosotros no les resultamos amenazantes, pues estamos solos los tres, después de habernos separado del bravucón de Pánfilo de Narváez y el resto de los hombres.

Como ya te dije en la anterior carta habíamos decidido desertar de la expedición y hallamos una oportunidad inmejorable el día que estos *begihodeis* se acercaron hasta nosotros ofreciéndonos agua. Fue don Doroteo Teodoro quien tomó la decisión, después de que yo le contara al oído cómo uno de los indios se había cortado un dedo al tocar cándidamente el filo de una espada, cuando un soldado lo amenazó con ella. Aunque creo que en realidad la culpa fue mía, pues exageré un poco la escena. El caso es que a don Teodoro le impresionó aquella inocencia y pensó que tal vez estos indios tan apacibles nos acogerían entre ellos y que, con la excusa de ir a por agua, Narváez nos permitiría partir en su canoa.

Así fue. Y, aunque el adelantado tomó en prenda a dos indios, no los hemos vuelto a ver, a los cristianos, me refiero, porque los indios rehenes regresaron a Birulé al cabo de dos días, después de haberse arrojado al agua desde una de las balsas en las que Narváez navegaba a la deriva, según contaron. Y contaron también que los nuestros, por el contrario, no parecía que hicieran gran esfuerzo por venir a rescatarnos. Nosotros tampoco los echamos de menos, de todos modos —quizá, solo un poco, al tesorero Cabeza de Vaca, que siempre nos trató con respeto y que contaba algunos chismes muy graciosos—. Pero aquí estamos bien los tres. Muy bien. Yo diría incluso que «los nuestros» son ahora estos indios.

Llegamos hasta Birulé después de remar hasta una pequeña cala entre acantilados, en la que los *begihodeis* encallaron sus barcas. Después se zambulleron en el mar y atravesamos un agujero en una roca que llevaba hasta la pequeña bahía en la que tienen su poblado, protegido por una muralla de piedra y agua y oculto a los ojos de todos.

Yo, lo reconozco, al principio me asusté un poco, pues no sé nadar, y menos bajo el agua, pero con la ayuda de un tritón que se me apareció milagrosamente, crucé también sin mayor problema aquella puerta subacuática.

—Parece un cuadro —recuerdo que murmuró don Doroteo Teodoro, cuando al otro lado apareció ante nosotros, como una gran burbuja de aire, la aldea: las chozas, con sus tejados de paja dorada, la hierba brillante, que parecía cortada por un barbero, los indios, sonrientes, desnudos y detenidos, mirándonos como estatuas de bronce…

Nos quedamos pasmados.

El primero en reaccionar fue el hombrecillo verde, que comenzó a hablar con un perro que saltaba juguetón a su alrededor.

—No sabía que existiera el paraíso en la tierra —dijo.

—Y además aquí no tenemos manzanas —le contestó el perro, moviendo el rabo…

Pero, disculpa, hijo mío: todavía no te he contado nada de él. Del hombrecillo verde, quiero decir.

Así que lo haré dentro de un rato, pues ahora voy a salir a tragar el humo también verde de unas hierbas que los indios suelen quemar por aquí y que, a falta de vino, purifican y alegran igualmente la mente, y a las cuales, claro, me he hecho muy aficionado.

Ya. Conocí, como te decía, al hombrecillo verde el mismo día que a don Doroteo Teodoro. Fue en Madrid, hasta donde yo había llegado, tras salir de la prisión de Salamanca, después de dar muchos tumbos y sufrir un sinfín de penalidades. No voy a hablarte aquí de ellas, aunque creo recordar que te lo había prometido en la anterior carta; pero tú conoces de sobra todos esos padecimientos y además me parece que ahora a ninguno nos conviene recordarlos. Tampoco quiero extenderme mucho sobre los años que pasé cautivo. Solo diré que ojalá no te veas nunca en ese trance, Antón, porque la cárcel no es sino otro patíbulo en el que a los pobres se nos asesina lentamente. Yo, por ejemplo, creo que salí de allí vivo de milagro, solo porque no acababa de morirme entre aquellos siniestros muros y mis verdugos consideraron que había más posibilidades de que me mataran fuera que dentro. De hecho, una vez en la calle, tras cumplir mi condena, no hice sino recibir una paliza tras otra, que al parecer es el destino de un mostrenco, es decir, de un mulato sin amo, como yo. Un negro libre es, en fin, el esclavo de todos, aquel a quien cualquiera se cree con derecho a tratar a patadas, como a un perro sin dueño…

Pero había prometido no hablar de nuestras desdichas.

El caso es que en Madrid, una tarde en que estaba merodeando por la Puerta del Sol junto con otros desgraciados, me llamó la atención, por lo emperifollado, un peatón, así que decidí acercarme hasta él, todavía no sabía si para pedirle limosna o para cortarle la bolsa.

—Dadme algo, por el amor de Dios, llevo dos días sin comer. —Me decidí por lo primero, cuando tras seguirle unos pasos, se giró bruscamente, como si sintiera el filo de mis dos ojos cruzados, como una tijera, rozar su costado.

Él, por su parte, tenía la mirada hundida al fondo de unas gruesas lentes, tras unos anteojos que parecían un pozo apedreado, en el que se dibujaban varias ondas de agua.

—¡Quieto! —me ordenó, y permaneció durante unos segundos mirándome boquiabierto, como si se encontrara frente a un aparecido.

Estaba a punto de salir por piernas, cuando de repente vi al hombrecillo verde, escondido tras la espalda de aquel inquietante hombre, que, como ya habrás imaginado, hijo mío, no era sino don Doroteo Teodoro. Y entonces fui yo quien me quedé de piedra. No me lo podía creer. El hombrecillo verde era clavado a los que dibujaba mi madre, tu abuela Alondra, en aquel puente bajo en el que malvivíamos en Salamanca. Con sus seis dedos huesudos y largos en cada mano y sus tres testículos con ojos colgándole entre las piernas.

Nervioso, miré a mi alrededor, pero a nadie parecía llamarle la atención la presencia de la extraña criatura. Era como si no lo vieran. Pero estaba allí, no me cabía ninguna duda:

—Este hombre va a ofrecerte quedarte con él, Zaide. Yo que tú, aceptaría. Es un buen amo —le oí dirigirse a mí.

Y en efecto, a continuación, don Doroteo Teodoro dijo:

—Me gustaría hacerte un retrato. Soy pintor.

Para pedirme a continuación que lo acompañara a una quinta en las afueras de la villa, en la que se alojaba y tenía su taller.

Yo estaba muerto de miedo, pero no lo dudé. ¿Qué podía hacer? ¿Ignorar aquel mensaje que me enviaba mi madre, Alondra, desde donde quiera que estuviera? Tenía que seguir al hombrecillo verde, hasta el fin del mundo si hacía falta, y así ha sido, y así fue también como comencé mis andanzas junto a aquel pintor griego, don Teodoro Doroteo.

La quinta en que este vivía era en realidad un caserón en ruinas, en el que, sin embargo, se encontraba a sus anchas para pintar sus cuadros. La mayoría de ellos eran retratos por encargo de hidalgos pobretones, que habían llegado a la corte con intención de medrar y que le pedían que los dibujara con mucha pompa, con un escudo a sus espaldas, o un lebrel blanco tumbado a sus pies sobre un cojín de terciopelo. Aunque también había otros cuadros, en colores negros y con escenas que unas veces daban un poco de grima y otras resultaban turbadoras, por ejemplo, un borracho vomitando, o una prostituta lavándose en una palangana el minino; y además, muchos retratos de pedigüeños, lisiados, leprosos, contrahechos... Y mucha gente cagando. El mío, claro, mi retrato con la espalda desnuda y las cicatrices de los latigazos y el pringamiento, don Teodoro lo quería para esta galería de enormidades.

Estuve posando para él durante varias semanas. Algunos días, mientras lo hacía, el hombrecillo verde me observaba tras las espaldas del griego, sin decir una palabra. No había vuelto a hablarme desde la tarde que lo vi por primera vez (de hecho, no es muy hablador, desde entonces solo se ha dirigido a mí en dos ocasiones, una para explicarme la teoría del libre albedrío en san Agustín y la otra para hacerme saber que con uno de sus tres testículos ve en blanco y negro). A veces, además, la criatura desaparecía durante días. Pero como a mí todo aquello me intrigaba, y, además, aunque sin grandes lujos, don Doroteo me daba de comer caliente a diario y me trataba bien, como a un semejante, comencé a camelarme al griego y le hice ver que conocía bien el oficio, por mi madre, Alondra, y sabía cómo mezclar los colores o de qué plantas obtener algunos tintes…

De ese modo, me convertí en su pupilo.

Meses más tarde uno de aquellos hidalgos trepadores a los que don Teodoro retrataba para ganarse el sustento, uno al que no le gustó que lo dibujara demasiado parecido a como era, lo denunció al Santo Oficio a cuenta de una de aquellas pinturas negras (una en la que aparecía un obispo acariciando con un gesto rijoso a un niño), y tuvimos que salir huyendo de Madrid, hasta Sevilla, donde don Teodoro Doroteo, en busca de un lugar donde por fin pudiera pintar con total libertad, decidió embarcarse al Nuevo Mundo, y yo con él, y el hombrecillo verde con nosotros dos.

Y aquí estamos ahora los tres, junto a estos indios ciegos o burriciegos, los *begihodeis*, a los que hemos caído en gracia, supongo que porque nosotros también lo somos, bizco yo, don Doroteo ya apenas sin un ápice de vista y el hombrecillo verde, aparte de con el color atrofiado en uno de sus tres huevos, invisible a sus miradas, condenado a hablar con los perros o las nubes.

Por lo demás, la vida aquí, en Birulé, es sencilla y plácida y, con todo el respeto a Antona, tu difunta madre, me he enamorado de una *begihodei,* pero de eso ya te hablaré en otra ocasión, pues es tarde ya para salir a cazar algún pichón o a pescar algún molusco con cuya sangre emborrono estas cartas que seguiré escribiendo, si es preciso, con la mía, con mi propia sangre, que es también la tuya, Antón. Estas cartas que todavía no sé cómo, pero estoy seguro de que algún día llegarán a tus manos.

Entretanto que Dios te guarde por muchos años, mi príncipe.

CAPÍTULO 7

Extractos del diario de don Doroteo Teodoro, con una anotación de Zaide, en donde se nos presenta a la hermosa, al menos para un bizco, Begiunchi, cuyo nombre quiere decir «Ojos de conejo»

21 de agosto de 1529

Llevamos ya varios meses aquí y ahora son cuatro los ojos que ven por los míos ciegos, sumidos ya en una oscuridad casi total, en la que solo se abre un mínimo resquicio de luz, fino como la hebra de un pincel, a través del cual todavía puedo pintar. Cada vez lo hago menos a menudo, sin embargo, y, es curioso, no me importa, no siento esa necesidad, casi corporal, de vomitarme sobre un cuadro, que me ha acompañado desde que era un niño, allá en el Peloponeso. Solo pinto cuando los indios me lo piden, pues les sorprenden o les divierten mis dibujos. Y pinto estos, además, en la playa, con un palo, sin ninguna pretensión. ¿Qué puede importarme la gloria o la posteridad cuando no son más que trazos sobre la arena húmeda?

23 de agosto de 1529

El bohío en el que vivimos desde que llegamos a Birulé, pues así se llama esta aldea, también está en la playa, algo apartado de los demás. Es la cabaña de una joven viuda llamada Begiunchi, que en la lengua de estos indios, los *begihodeis*, quiere decir «Ojos de conejo», según dice mi buen Zaide. Begiunchi padece una extraña enfermedad que la obliga a permanecer durante el día con los ojos cerrados. Por la noche, sin embargo, estos brillan como una brasa, o como las pupilas rojas de los conejos en la oscuridad —de ahí su nombre—, en la cual su vista se agudiza. Por eso, permanece despierta hasta la madrugada, dando vueltas de aquí para allá, vagando por el poblado como un espíritu, aunque en realidad está memorizando cada esquina del mismo, cada nuevo bache o árbol cruzado en los caminos, que recorre durante el día decidida, sin tropezar jamás ni perderse. Yo mismo la he acompañado en alguna ocasión, y a su lado me siento protegido, lleno de luz, pues, como escribí más arriba, sus ojos, como los de Zaide, velan también ahora por mí.

24 de agosto de 1529

—¿Cómo es Begiunchi? —le pregunto a Zaide, a veces.

Y él, tan locuaz habitualmente, me suele contestar con una sola palabra:

—Hermosa.*

O, como mucho, añade:

—Y muy lista.

La inteligencia de la joven es, en efecto, inusual, y su curiosidad desbordante. Durante estos meses ha aprendido a hablar nuestro idioma y hace unos días me pidió que le enseñara a «dibujar las palabras», supongo que intrigada y azuzada por la calma que, dice, transforma el rostro de Zaide cuando lo ve escribiendo las cartas para su hijo Antón o las páginas de este diario que yo le voy dictando.

*Anotación de Zaide: *Begiunchi no es en realidad tan hermosa; su boquita, con sus dientecitos asomando entre los labios, parece la de un conejo, y creo que en realidad su nombre solo intenta suavizar o excusar, entre estos indios tan compasivos, ese defecto físico suyo. Begiunchi no es hermosa, pero eso a la vez la convierte, a mis ojos bizcos, en la más hermosa del mundo: su pelo negro como la noche y los misterios; sus párpados, como dos corazones palpitantes en mis labios; su piel firme y resplandeciente, como la pared de un caldero, que abrasa mis dedos cuando la toco… Amo a Begiunchi. Pero me avergüenza confesárselo a don Teodoro. Aunque sospecho que algo debe de sospechar asimismo él, que tal vez esté ciego, pero sordo no es.*

Continúa el diario de don Doroteo Teodoro

25 de agosto de 1529

El papel, los cuadernos y resmas que traje desde España y pude salvar de los naufragios y las tormentas, de las largas caminatas a través de bosques y pantanos y del sol abrasador, comienza a escasear, pero he decidido fabricarlo yo mismo, como hacía con mi padre allí en Grecia, cuando preparábamos los lienzos para nuestros cuadros. Lo cual me ha hecho recordar los balbuceos de Pánfilo de Narváez, hace meses, en Aute, el día que le mostré la pez para las balsas con las que nos hicimos a la mar.

—¿Qué le parece, gobernador? Ya tengo al menos dos destrezas más que usted: dibujar mis monigotes y fabricar esta brea que nos sacará de aquí —le dije, con cierto recochineo.

Me pregunto a veces qué habrá sido de él, del adelantado, y también de Cabeza de Vaca, y del resto de los hombres. Y cada vez que lo hago me alegro de haber tomado la decisión de abandonarlos. Junto a Narváez probablemente yo ya estaría muerto. Aunque siguiera vivo. Los sueños que guían al gobernador y a todos los hombres como él sin imaginación —el oro, la fama, la religión— se han convertido en pesadillas para mí. Siempre lo fueron, en realidad. Pienso, a la vez, en qué me aguarda aquí, junto a estos indios, de los que en realidad no sé nada. Quizá no haya un camino de regreso a la civilización desde este pequeño paraíso. ¿Pero es acaso este el Nuevo Mundo que anhelaba? Yo solo buscaba un lugar en el que pintar en libertad, en el que nadie me persiguiera ni menospreciara mis «monigotes». Y ahora he perdido el deseo, la necesidad de crear. Sin embargo, sorprendentemente, me siento feliz, en paz conmigo mismo, por una vez en mi vida. Como si esa náusea que es el arte estuviera ligada al dolor y al sufrimiento, a la soledad, al extrañamiento… Me inquieta, no obstante, esta dicha. No puedo dejar de pensar en qué o quién la quebrará, cuándo se desvanecerá, cuál será el precio que deba pagar a cambio. Y como Begiunchi, y a la vez al contrario que ella, trato de acumular en mi memoria estos días de luz, para que me guíen e iluminen cuando se cierna la oscuridad, que esta vez me temo que será completa.

CAPÍTULO 8

En el que Begiunchi muerde los dedos de Zaide y aparecen niños con los ojos blancos y guerreros con las cuencas vacías

Begiunchi y Zaide hacían el amor sobre la arena, junto a la choza, todas las noches, cuando ella volvía de madrugada tras pasearse como un espectro por el poblado. Sus ojos rojos brillando en la oscuridad se encendían hasta la incandescencia en cuanto Zaide acariciaba su piel. No lo podía evitar, así como la risa que brotaba de su garganta cuando él la penetraba y que iba *in crescendo* hasta volverse escandalosa con cada vaivén de la cadera del mulato, el cual se veía obligado a tapar la boquita de conejo de la muchacha con la mano, para no despertar a don Doroteo Teodoro. Begiunchi, entonces, mordisqueaba los dedos de Zaide, tratando de aplacar su excitación, y a veces clavaba sus dientes con tanto ardor que lo hacía sangrar. Los labios de la joven viuda se humedecían y se convertían así en una fruta roída y reventada, que Zaide besaba como un insecto libando una flor y a la vez su propio corazón. Y a aquel néctar de saliva y sangre, se sumaban a veces las lágrimas de emoción y placer que recorrían las mejillas de Begiunchi.

Desde que su marido desapareció una madrugada, como se disipa una nube, ningún hombre había mostrado interés por ella; o si lo había hecho, al igual que las demás mujeres de Birulé, había sido para hacerle sentir su desprecio, un desprecio silencioso y distante, que dolía más que los insultos y los golpes, los cuales no eran habituales entre los *begihodeis*.

Su choza, además, estaba apartada del resto y era en ella en la que se alojaban los recién llegados a la aldea, hasta que eran capaces de demostrar su pureza, que a la vez era la impureza de sus ojos. Quienes no sufrían ninguna enfermedad en la vista, o recuperaban la misma, como el marido de Begiunchi, no eran aceptados en Birulé, aquella especie de santuario para ciegos.

Zaide y Doroteo Teodoro pronto dejaron de ser los últimos en recalar en este extraño lugar (aunque, a diferencia del resto, siempre fueron en él *kanpotar*, es decir, extranjeros): una o dos veces al mes, desde el abrupto acantilado que aislaba por tierra la bahía alguien hacía descender, atada a una liana, una cesta, en la que aparecía acurrucado y tembloroso un niño llorando desde sus ojos blancos, o, en la playa, la mar escupía a un anciano con cataratas, remando sobre una frágil canoa, o, nadando a tientas, a un joven guerrero al que sus enemigos habían vaciado las cuencas.

El cadáver tuerto del adelantado Pánfilo de Narváez también apareció una mañana, flotando boca arriba, con el vientre hinchado, la piel púrpura y el ojo sano comido por los peces. Meses más tarde, cuando Zaide tuviera que abandonar Birulé junto a Begiunchi y la hija de ambos, sabría que el gobernador había perecido ahogado, junto a la mayoría de los hombres de la expedición, en la desembocadura de un caudaloso río al que bautizaron con el nombre de Espíritu Santo y que los indios conocían como Misisipi. De aquel fatal naufragio, tan solo se salvaron cuatro hombres: Alonso del Castillo; Andrés Dorantes, su esclavo negro; Estebanico; y el tesorero y alguacil mayor Álvar Núñez Cabeza de Vaca.

Por lo demás, cada vez que Zaide y Begiunchi hacían el amor junto a la choza, al otro lado de la misma don Teodoro Doroteo también naufragaba en un mar de lágrimas, que derramaba afligido por una extraña mezcla de felicidad y abatimiento.

CAPÍTULO 9

Extractos del diario de don Doroteo Teodoro, con anotaciones de Zaide, en los que se venera a unos anteojos, se hacen algunas consideraciones sobre prepucios y Begiunchi se inicia en la gramática

22 de septiembre de 1529

Hace ya varios días que han desaparecido mis anteojos. Ahora que estoy ciego no me hacen ninguna falta, en realidad, y por eso nunca he puesto pegas a que los *begihodeis* los manoseen, los usen por turnos o los lleven con veneración de choza en choza, como si de una reliquia con efectos milagrosos se tratara. De hecho, hace no tanto tiempo para mí eran exactamente eso, un milagro de colores e imágenes: el mar, el monte, un galgo cagando en el monte, el mundo, un acantilado…; eran, en fin, mis ojos, y no dejaba que nadie me metiera el dedo en ellos.

Entiendo por eso mismo los aspavientos que sacuden a algunos indios, aquellos cortos de vista, cuando se colocan las lentes por primera vez, sus gritos de alegría e incredulidad, sus risas nerviosas, los pellizcos que se propinan a sí mismos, su ansiedad por palpar todo aquello que de repente cobra para ellos otra dimensión.

—¿Qué piensan que somos? —le pregunto a Begiunchi cuando, en esas ocasiones, se acercan agradecidos a nuestra choza y nos hacen reverencias y besan nuestros pies y nuestros párpados y nuestros prepucios.

—Unos dicen que sois magos con grandes poderes. Otros que habéis llegado desde las estrellas o desde la profundidad del océano.*

*Anotación de Zaide: *Y los hay también que dicen que somos, simplemente, unos farsantes, que por las noches nos despojamos de nuestras pieles como si fueran un camisón y que nos convertimos en indios corrientes, como ellos; o quienes recelan, sobre todo de don Teodoro, pues en sus poblados natales han visto o han oído que otros cristianos como él degüellan, queman, violan, engañan con «milagros» semejantes —espejos, cascabeles, cuentas de vidrio— al de los anteojos. Estos últimos indios, claro, no auguran nada bueno a nuestra presencia entre ellos.*

Continúa el diario de don Doroteo Teodoro

Últimamente, no obstante, he observado que los indios miopes no se acercan ya en procesión a nuestro bohío.

—Eso es porque los anteojos están en casa del Gran Anciano Arrugado —me ha explicado esta mañana Begiunchi.

Los *begihodeis* no tienen jefes ni sacerdotes, pero respetan a sus mayores y entre ellos el mayor de todos es este al que llaman el Gran Anciano Arrugado, un hombre de larga melena blanca que debe de rondar los noventa años y las sesenta libras, la mayor parte de ellas de una piel estriada y reseca, y al que llevan a borriquito por la aldea los jóvenes de la misma, mientras él da órdenes y refunfuña.

—El Gran Anciano Arrugado dice que esos anteojos son una amenaza para Birulé, que los *begihodeis*, los hombres y mujeres de ojos nublados, dejarán de serlo si los usan. Por eso los ha prohibido —ha añadido Begiunchi.

266

Sin embargo, Zaide y yo nos hemos acercado, por curiosidad y por recuperar los anteojos, esta tarde hasta el bohío del Gran Anciano Arrugado, y como este además de cegato está sordo como una tapia, después de llamar varias veces a su puerta sin obtener respuesta, nos hemos asomado a la misma, y lo hemos sorprendido con las lentes puestas, fisgando a hurtadillas a través de un agujero que hace las veces de ventana, con un hilillo de saliva cayéndole de la boca entreabierta y mirando maravillado ese nuevo mundo que, sin embargo, pretende arrebatar a los ojos enfermos de todos los demás.

1 de octubre de 1529

Las costumbres de estos indios son tan extravagantes como volubles, acaso porque el pueblo *begihodei* es un aluvión de gentes venidas de diferentes tribus. Cada día descubro y me sorprende algo nuevo. Esa manía, por ejemplo, de besarse alegremente los prepucios, que para nosotros raya en lo nefando.

—Es símbolo de pureza —aclara, no obstante, Begiunchi, y me explica también que, como los indios acostumbran a circuncidarse cuando llegan a la edad de procrear, llevar el miembro viril cubierto se asocia a la inocencia infantil.

Por el contrario, un adulto con prepucio es poco menos que un apestado o un lerdo —como si alguien decidiera coserse la boca, dice Begiunchi—, lo cual no sé muy bien en qué lugar nos deja a nosotros.

Los *begihodeis* dan gran importancia y a la vez no le dan ninguna a sus relaciones íntimas, que viven de una manera natural y relajada, a menudo demasiado relajada para nuestro modo de ver. Todos ellos caminan desnudos, con los sexos al aire, según me cuenta Zaide, lo cual, sumado a esos besos en las partes blandas, a nosotros nos provoca algún que otro varonil inconveniente. Los *begihodeis* son, por si eso fuera poco, unos indios hermosos, de cabellos sedosos, piel broncínea y músculos torneados, que a menudo adornan atravesándoselos con espinos. Algunos de ellos se agujerean con estos incluso los pezones o el miembro viril, a modo de cilicio, según creo entender, pues las erecciones en público son tomadas como una muestra de inmadurez. Por el contrario, no es extraño ver a las parejas fornicando a la luz del día, o a los más pequeños, tan inocentes, jugando a imitar a los mayores, sin que nadie los reprenda, ni siquiera aunque los niños intenten sodomizarse o las niñas frotar sus entrepiernas, pues no es raro tampoco ver paseando por la aldea a parejas de hombres o mujeres de la mano o enlazados por la cintura, lo cual me alegra y alivia, acostumbrado como estaba a las miradas torvas que debía recibir en los reinos de España cuando caminaba agarrado del brazo de Zaide.

Quizá esta laxitud en sus costumbres (o al menos a nosotros, que somos lerdos, inmaduros y cristianos, así nos lo parece) se deba a que los indios no adoran a ningún otro dios que la madre naturaleza, así la llaman, que por lo demás les es bastante propicia, pues esta pequeña bahía, protegida por farallones de piedra, parece estar milagrosamente a salvo de inclemencias del tiempo como huracanes y tormentas.

Se alimentan, por lo demás, los *begihodeis* de las frutas que recogen de los árboles y de la pesca, que es aquí abundante, con lo cual, y como no aspiran a mayores riquezas, apenas dedican unas horas a la semana a trabajar, lo que les deja el resto del tiempo libre para holgar, bailar, darse por culo o inhalar unas hierbas a las que son muy aficionados y que les nublan además de los ojos la mente, a menudo hasta el desmayo.

Y si bien no tienen otros dioses que los de la lluvia, el viento, las mareas y los mareos, sí creen en los demonios, que para ellos son aquellos cuyos ojos están sanos, a los cuales llaman vistudos, que es el peor agravio que se puede hacer a un *begihodei*. Lo que explica en cierto modo el hecho de que el Gran Anciano Arrugado requisara hace unos días mis anteojos, que son considerados por algunos en Birulé como una terrible herejía, una influencia perniciosa y un instrumento del diablo.

—Aunque hay quienes, como vosotros, también han sorprendido al Gran Anciano Arrugado in fraganti, con los anteojos puestos y curioseando por la ventana de su bohío, y por eso muchos *begihodeis*, sobre todo entre los más jóvenes, han comenzado a cuestionar, si bien de momento solo en conversaciones privadas, su autoridad —ha apostillado Begiunchi, en un perfecto castellano, por lo demás.

6 de octubre de 1529

Nunca he conocido a nadie tan inteligente como Begiunchi. En apenas unos meses ha aprendido a leer y a escribir, y además en una lengua ajena, como es la nuestra, que, por cierto, habla con gran propiedad. No contenta con eso, ha comenzado a «dibujar» las palabras de la suya, así que se pasa buena parte de las noches, después de regresar de sus escarceos nocturnos, escribiendo listas, y de paso traduciéndolas al castellano, para que nosotros, Zaide, sobre todo, que también tiene buen oído para las lenguas, aprendamos el idioma de los *begihodeis*:

—Sagarra-Manzana. Icacha-Carbón…*

Después, durante el día, Begiunchi recorre Birulé, pidiendo a los vecinos que le cuenten historias que a su vez a ellos les contaban sus padres, y a estos los suyos, o que le digan cómo llaman a esta mariposa o a aquella flor…

Al principio los *begihodeis*, que habitualmente suelen tratarla con desprecio, no la tomaban en serio, pero cuando alguno de ellos finalmente accedió a contarle una historia y Begiunchi fue capaz de regresar al día siguiente y repetirla palabra por palabra, leyéndola en el papel en el que la había anotado, todos se quedaron estupefactos. Desde entonces, todas las tardes, muchos indios, sobre todo jóvenes y niños, vienen a la playa y le ruegan a Begiunchi que les lea la historia del dios de la lluvia que comió peyote (así llaman a una planta mágica); o la del niño tan pequeño como un pulgar, al cual se lo tragó una vaca, y que solo pudo regresar junto a sus padres el día que esta se tiró un pedo como un trueno.

Oigo reírse con grandes carcajadas a los pequeños, en esas ocasiones; en otras, me cuenta mi buen Zaide, sus ojos enfermos y blancos brillan de emoción, como un sol moribundo, en medio de un silencio sepulcral, mientras la joven india cuenta otras historias más tristes o trágicas.

Algunas se las inventa ella misma. Como la del Gran Anciano Arrugado, «que, aunque no os lo creáis, una vez también fue pequeño», dice Begiunchi, y entonces los niños vuelven a reírse entre grandes carcajadas, incapaces de imaginar al patriarca de la tribu con la piel tersa.

Y así pasan los días, y las semanas y los meses en este pequeño paraíso, en el que no hay manzanas pero sí anteojos y palabras dibujadas sobre la arena.

*ANOTACIÓN DE ZAIDE: *Sagarra-Manzana. Icacha-Carbón… Begiunchi canturrea las palabras de su idioma en mi oído y mientras lo hace yo la acaricio… Mujer-Andría. Hombre-Gizon… Acaricio su piel de caldero y mi pene se convierte en una cuchara… Arraucha-Testículo. Bioch-Corazón… Rebaño dentro de ella y mi lengua decanta la sal de sus muslos… Isilun-Silencio. Titiburu-Pezón… Nos amamos, ahora callados, después de hacerlo a gritos sobre la arena; tratamos de no despertar a la liebre que duerme sobre la oreja de don Teodoro… Unchi-Conejo. Arnasa-Respiración… Nos posee una locura de amor que nos vuelve cuerdos. Hace, por cierto, semanas que no veo al hombrecillo verde: ha desaparecido, se esconde, ya no lo oigo hablar con los perros y las nubes. Orchi-Firmamento. Estanda-Explosión… Y así, mientras ella sigue recitando sus listas de palabras, yo me vacío entre sus labios.*

CAPÍTULO 10

CARTA DE ZAIDE AGUIRRE A SU HIJO ANTÓN, EN LA
QUE LE HACE PARTÍCIPE DE UNA BUENA NUEVA Y
RECUERDA EL TIEMPO BREVE PERO DICHOSO QUE
PASÓ A SU LADO, EN SALAMANCA, A PESAR DE
QUE ALGUNA VEZ LO LLAMARA HIJOPUTA

4 de febrero de 1530

Querido Antón, mi príncipe: Begiunchi está embarazada.

No sé cómo te tomarás una noticia como esta, espero que con la misma alegría que yo. Aunque comprendo que no todos los días le dicen a uno que tiene una hermana a la que no conoce. Y es que para cuando tú leas esta carta la niña ya habrá nacido; y sí, será una niña, su madre lo sabe, aunque todavía falten varias lunas para que dé a luz.

—¿Cómo estás tan segura, eres adivina? —le pregunto a veces a Begiunchi.

—Lo sé, no tengo que adivinar nada ni predecir el futuro, ella ya está dentro de mí —contesta, muy segura de sí misma—. Y por eso sé cómo es. Y por eso sé también su nombre: Chorichiquia, que quiere decir «pequeño pájaro» —añade.

Y yo sé que no se equivoca, que ese será el nombre de nuestra hija, es decir, de tu hermana.

Tu hermana.

Me gustaría ver tu cara en estos momentos, Antón. Tal vez

pienses que soy un mal padre, un irresponsable, que también a Chori (como ya la llamamos, entre nosotros) la abandonaré un día, igual que hice con Lázaro y contigo. Pero nunca tuve esa intención, al contrario, ya te lo conté en Sevilla: siempre quise lo mejor para vosotros y fue precisamente eso y también mi mala cabeza, es cierto, lo que nos separó, amados hijos.

Nunca soporté ni me pareció decente veros pasar hambre y frío, mientras las bestias a las que yo cuidaba y las que me pagaban por cuidarlas vivían a cuerpo de rey. Tampoco pensé nunca que pudieran descubrirme, pues todos los mozos de cuadra descuidábamos parte de la comida y de las mantas de los caballos, entre otras cosas porque podíamos permitírnoslo, pues el comendador de la Magdalena al que servíamos nadaba en tal abundancia que aquello que le robábamos era una minucia, pequeñas gotas de agua que se le escapaban al chapotear en su bañera de oro. En mi fuero interno, además, yo no hacía sino ajustar cuentas con este mundo miserable e injusto que permite que los caballos de los ricos engorden hasta reventar mientras los hijos de los pobres lo hacen de hambre, con sus vientres henchidos de puro aire.

No sé quién me denunció, aunque estoy casi seguro de que fue alguno de mis compañeros, por protegerse a sí mismo y seguir robando a manos llenas, no ya para mantener a su familia, sino por avaricia, pues algunos ganaban más dinero vendiendo sacos de cebada bajo manga que con su jornal en las caballerizas.

Sí, alguno de ellos fue el chivato, no me cabe duda, alguno de quienes me señalaban con más alharacas mientras el verdugo me azotaba y pringaba con manteca ardiente mi espalda. Todavía recuerdo cómo me dolieron sus gritos acusadores y sus risas, sobre todo sus risas, más que los golpes y las quemaduras; cómo me siguen doliendo todavía y siguen abiertas esas heridas en mi alma, en tanto que las de mi cuerpo ya se han cerrado en las monstruosas cicatrices que recubren mi espalda.

—¡Hombre cocodrilo, hombre cocodrilo! —me gritan aquí

en Birulé, los niños, cuando me paseo con el torso desnudo por la aldea, y lo que yo oigo cuando lo hacen son los gritos de aquellos mozos de cuadra a los que ingenuamente creía mis iguales: «¡Ha sido el moreno, ha sido el moreno!».

Pero contengo mis lágrimas, mis lágrimas de cocodrilo, pues aquí soy feliz y no tengo derecho a ellas, y dejo que los pequeños se acerquen y toquen mi espalda, curiosos y precavidos, y que sanen las heridas y que sus risas nerviosas e inocentes me reconcilien con el mundo.

También Begiunchi me cura por las noches, acaricia mis costados, besa mis cicatrices, muerde sus crestas… Nos amamos, hijo mío. Nos amamos con locura. Nos amamos hasta tal punto que algunos días bebo el agua con que ella se lava. Si tú has conocido ya el amor, Dios quiera que sí, lo comprenderás.

A tu madre la amé de igual modo. Begiunchi me recuerda mucho a ella. A las dos las amé, antes de amarlas con locura, por compasión. A Antona, en las caballerizas, a las que venía cada día para recogernos la ropa sucia, mis compañeros la recibían con groserías, la llamaban jamona o pelandusca, y alguno de ellos se creía incluso con derecho a magrearla, envalentonado al saberla sola, viuda, y con un hijo que mantener: tu hermano Lázaro. Tu madre soportaba todos aquellos abusos resignada, pues no podía permitirse renunciar al trabajo, aunque este no fuera sino uno de los varios con los que se partía la espalda de sol a sol y de luna a luna. Yo, por mi parte, procuraba no arrimarme a ella, apocado de carácter como soy, pero también porque tu madre no pensara que era uno más de los que la humillaban. Pero como aquello no calmaba mi conciencia, una tarde de invierno al acabar la jornada la seguí hasta la casita que tenía en las afueras de Salamanca y le llevé algo de leña que sisé por primera vez de las cuadras, con la que tuviera para calentar el cuarto de su hijo. Ella, entonces, se echó en mis brazos y rompió a llorar como una magdalena. Recuerdo que yo también me emocioné, por una parte porque no estaba acostumbrado a aquellos gestos de afecto, antes al contrario, muchas veces a mi paso, por la calle, la gente se apartaba, como si fuera un demonio o una aparición, cuando no eran ellos lo que me apartaban a mí, como a un animal, de un empujón o una coz; y por otra parte, porque noté los pechos de tu madre como dos animalillos correteando por el mío, lo cual, que una mujer blanca rozara siquiera a un moreno, era todavía más desacostumbrado.

Comencé, por ello, a frecuentar casi a escondidas la casa de tu madre, al anochecer, cuando nadie pudiera vernos ni murmurar, y a llevarle más leña, y los sacos de cebada, las mantas, y también algún que otro trozo de carne. Y algún juguete para el pequeño Lazarillo. Tu hermano, al principio, me miraba con espanto, y me rehuía, pero como reconociera a su madre feliz y la casa y el estómago calientes, comenzó también a cogerme aprecio, y yo a él, pues era un muchacho alegre y avispado.

Lo echo de menos y, como a ti, espero volver a abrazarlo algún día.

Supe, por cierto, no hace mucho, por boca de uno de los hombres de la expedición de Pánfilo de Narváez, un moreno, como yo, llamado Estebanico, el cual servía a un caballero salmantino, don Andrés Dorantes; supe, decía, que un tal Lázaro de Tormes ejerce de pregonero en Toledo, y deduje que no puede ser sino nuestro Lázaro, al cual yo busqué en Teruel equivocadamente, seguramente porque quien antes me dio noticia de él confundió el nombre de esas dos ciudades; o al menos, esa es la esperanza a la que me aferro, como un náufrago a un tablón, pues mi ilusión es teneros un día ante mis ojos a los tres juntos, hijos míos.

Pero perdona que me haya ido por los cerros de Úbeda, o por el del Bú de Toledo, mejor dicho. El caso es que el roce fue haciendo el cariño y yo empecé a pasar algunas noches en la casa de tu madre y al cabo de algún tiempo ella quedó embarazada de ti, Antón. El día que lo supe fue el segundo más feliz de mi vida, a pesar del vértigo que sentí. «¿Qué dirá la gente?», me preguntaba.

«¿Qué le espera a un niño como este, mulato e hijo de una cristiana? ¿Cómo los tratarán? ¿Y yo? ¿Podré vivir junto a ellos, dejar de venir a esta casa como un fantasma o como un delincuente?»…

Todos aquellos temores se disiparon el primer día más feliz de mi vida, que fue el día que tú naciste. Recuerdo que, cuando te sostuve por primera vez entre mis brazos, dentro de mi cabeza se encendió una luz blanca, atravesando todo un espeso bosque de recuerdos e iluminando al final de ellos el del día que yo mismo nací y fue mi padre, es decir, tu abuelo Pedro Guinea, quien me arrulló. Pude ver sus ojos clavados en los míos bizcos, su feo rostro azul, con la nariz desmochada y una sola oreja, que a mí me pareció el más hermoso del mundo, resplandeciente de bondad y honradez. Sentí que debía transmitirte ese destello y aquel hilo de luz que nos conectaba a través de los tiempos, como si nuestras vidas fueran eslabones de una misma cadena que a la vez teníamos la obligación y la condena de romper a lo largo de generaciones. Lo vi colgarme del cuello su diente de tiburón y su oreja embalsamada. Y vi también cómo la luz blanca hacía el camino de regreso y entonces era yo quien colgaba del tuyo, de tu cuello, los amuletos. Pedí entonces a Dios que tú, como él, como tu abuelo, y como yo mismo, fueras un hombre libre (aunque, por si acaso, pues la providencia en realidad tampoco nos había ayudado mucho en ese sentido, también juré que haría todo cuanto estuviera en mis manos porque así fuera).

Por desgracia, apenas pude cuidar de ti un año, hasta que mis compañeros, que no lo eran, me denunciaron. Durante aquel tiempo, que pasó como un suspiro, yo seguía visitando la casita de tu madre al anochecer, como una sombra que solo sabía de ti, de tus primeros pasos y palabras, por la boca de Antona y de tu hermano Lázaro, pues cuando llegaba ya estabas acostado y todo cuanto podía hacer era velar tu sueño y acariciarte, confiando en que la memoria de tu piel guardara el recuerdo de mi amor. Una noche, no obstante, en que la fiebre te despertó, al verme a tu lado rompiste a llorar como un descosido.

—¡Madre, Coco! —gritabas, señalándome, y saliste corriendo buscando consuelo en los brazos de tu madre, mientras Lázaro reía con grandes carcajadas.

—¡Cuántos debe de haber en el mundo que huyen de otros porque no se ven a sí mismos! —Oí murmurar a tu hermano.

Y aunque llevaba más razón que un santo, a mí se me rompió el corazón, y hasta se me escapó algún que otro «hijoputa», que te dije sin pensar, pero despúes Antona, que no me lo tomó en cuenta, te calmó, y estuvo colocando tus bracitos unas veces junto a los míos, otras junto a los suyos o los de Lázaro, para que compararas los tonos de nuestras pieles, y tú, al descubrirte diferente, especial, comenzaste a hacer unas muecas muy graciosas, y a reírte, como un cascabel, y a contagiarnos a los demás la risa, aquella risa alegre y orgullosa, y ese fue finalmente el tercer día más feliz de mi vida, pues por primera vez tuve la impresión de que éramos una familia.

Solo algunos días más tarde me prendieron y, tras azotarme y pringarme, me llevaron a prisión, donde pasé unos años terribles, que no quiero recordar aquí, como ya quedó dicho, y a los que si sobreviví fue gracias al vino y la locura.

Ahora, aquí en Birulé, vuelvo a sentirme sereno. Las hierbas de estos indios, al contrario que el vino, no nublan mi cabeza, o cuando la nublan es para dejarla a continuación despejada, y comprendo entonces por qué el destino puso en mi camino a don Teodoro Doroteo, y gracias a él a Begiunchi, y gracias a ella ahora a la pequeña Chorichiquia. Quiero creer que es una segunda oportunidad que me concede la vida, pero tengo también miedo porque a veces me da la impresión de que ¡se parece tanto a la primera!…

De Begiunchi, por ejemplo, me comencé a enamorar, como digo, también por compasión, como de tu madre (lo que no he dicho, sin embargo, es que yo también buscaba compasión en ellas, alguien que se apiadara de mi dolor y mi extrañeza).

Y como a tu madre, a Begiunchi los *begihodeis* la menospreciaban.

Su único pecado, el único pecado de las dos, era ser mujeres solas y dueñas de sí mismas, aunque en realidad ese pecado lo hubieran cometido otros, encarcelando a su marido, el padre de Lázaro, en el caso de Antona, y haciendo desaparecer de Birulé al de Begiunchi, por vistudo.

A ambas me arrimé incapaz de soportar esa injusticia (y me gusta pensar que eso forma parte también del legado de tu abuelo, Pedro Guinea: una rebeldía incontrolable frente a cualquier forma de abuso).

Después, vino todo lo demás: el amor loco, los besos y caricias en la playa, a gritos; o, en la choza, en un silencio culpable, ante los ojos de don Teodoro Doroteo, que nos miraban sin vernos; la sed que nunca saciaba el sudor salado que bebía entre los muslos de Begiunchi… y ahora la pequeña Chori, cuyo nacimiento aguardo con felicidad y el extraño desasosiego que esta siempre arrastra consigo, como si la dicha solo fuera la antesala de nuevas desgracias.

Me gustaría, a pesar de todo, disfrutar de este momento y que cuando recibas esta noticia te alegres tanto como yo.

Entretanto, que Dios te guarde por muchos años, mi príncipe.

CAPÍTULO 11

El maremoto llegó con la novena luna. Antes de estremecerse y anegar Birulé, el mar se replegó sobre sí mismo, dejando leguas y leguas de arena al descubierto, en las que aparecieron las ruinas de otras aldeas, de otros pequeños paraísos amontonados y perdidos, y también los esqueletos de quienes habían intentado alcanzarlos o escapar de ellos, nadando en la oscuridad.

Los perros aullaron a aquella luna de sangre a lo largo de toda la noche, que duró dos días, pues al amanecer interminables bandadas de pájaros volaron tierra adentro y cubrieron el cielo.

El Gran Anciano Arrugado, que aunque nadie lo creyera un día fue niño y tuvo la piel tersa, ya había visto temblar al océano en otras ocasiones, y ordenó a los *begihodeis* escalar a los acantilados.

La mayoría de ellos lo siguieron ciegamente, cargaron a sus espaldas con los niños y los ancianos y las mujeres embarazadas y treparon por las paredes de roca palpando con precaución la piedra, acariciándola como si fuera la piel de una fiera dormida. Unos cuantos, a pesar de todo, se despeñaron. Otros se arrojaron al vacío, arrastrados por los gritos de los primeros mientras caían. Pero también hubo quienes ni siquiera lo intentaron: algunos viejos que permanecieron en la aldea, esperando resignados a la gran ola, cansados ya de vivir; y también algunos jóvenes, por el contrario, plenos de vida, rebeldes y altivos, que se negaron a creer y a obedecer al Gran Anciano Arrugado y desafiaron a la muerte en la playa, haciendo fogosamente el amor y tragando humo verde.

Primero llegó una ola mensajera, un sacrificio de espuma, que se abrió paso con ímpetu, pero sin derribar los bohíos ni doblegar las palmeras. Desde lo alto del acantilado, los *begihodeis* observaron en silencio la lengua de agua inundando la aldea y muriendo después, sobre un charco de sangre blanca y burbujeante que desapareció en apenas unos segundos, tragado por la arena. Y se preguntaron si tanto esfuerzo había merecido la pena, e incluso si no debían despeñar al bajar al Gran Anciano Arrugado, cuyo oráculo había resultado tan erradamente trágico.

Pero apenas unos instantes después, un rumor que procedía desde el fondo del océano se sobrepuso a los gritos y las risas victoriosas de los jóvenes en la playa, y en el horizonte vieron aparecer una enorme pared de agua, una ola gris y gigante que avanzaba demoledora. Los muchachos ni siquiera intentaron huir, conscientes de su insignificancia. Sentados en la arena dejaron que el mar los aplastara y fue una muerte hermosa, como lo es todo en la juventud: el dolor, el valor, la estupidez…

Después, la gran ola hizo saltar por los aires la choza de Begiunchi, primero, después las del resto de la aldea, arrancó de cuajo los árboles, borró todos los caminos y fue a estrellarse finalmente contra el gran farallón de piedra, haciéndolo temblar con un golpe ensordecedor y convirtiendo el aire en una metralla de agua y sal, que golpeó dos veces en los rostros congelados de los *begihodeis*. Tras chocar contra las rocas, la masa de agua se elevó casi media legua en dirección al cielo negro y después volvió a descender, en un diluvio en el que junto con el agua caían ramas, pájaros, piedras… Vieron incluso pasar ante sus estupefactos ojos la cabeza de uno de los jóvenes de la playa, desmembrada, hermosa, con la mueca plácida y final de quien descansa ya en paz...

Y hubo gritos de espanto, y quien, incapaz de soportar el pánico, se arrojó al gran vórtice líquido que se formó al pie del acantilado, como una boca succionadora e hipnótica.

Más tarde, poco a poco, la marea se fue retirando y dejó tras de sí un lecho palpitante de fango. Durante casi una hora se hizo un silencio descomunal, como si el aire se convirtiera en una gran losa mortuoria. Después, en el barro afloraron vasijas rotas, grandes raíces de árboles, cuerpos despedazados... Y comenzó el llanto. Los *begihodeis* estuvieron llorando durante dos días, refugiados en los huecos del acantilado, como pájaros heridos.

Begiunchi se puso de parto en la tercera mañana, cuando los indios comenzaron a bajar del acantilado, al ver regresar desde el interior las primeras bandadas de aves. Eran cientos, miles de loros, guacamayos, tucanes, cubriendo de nuevo el cielo. Los rayos de sol atravesaban, no obstante, sus plumas y la pequeña Chorichiquia nació bajo aquella luz a la vez tenue y multicolor.

Lo primero que hizo su madre, al tenerla entre sus brazos, fue retirar los párpados de la niña.

Y descubrió, aterrada, que en sus ojos no había ningún signo de enfermedad ni de ceguera.

CAPÍTULO 12

EN EL QUE BEGIUNCHI REFIERE CÓMO SU PRIMER
MARIDO EURI SE DISIPÓ COMO UNA NUBE Y CÓMO Y
POR QUÉ ELLA ABANDONÓ BIRULÉ JUNTO CON ZAIDE
Y LA HIJA DE AMBOS Y CON EL DOS VECES CIEGO DON
DOROTEO TEODORO

Semanas después Begiunchi decidió que debían irse de Birulé. Nunca se arrepintió de haber obligado a Zaide y a don Doroteo a seguirla. Ni siquiera cuando se convirtieron en esclavos, en el país de los *madaris*. Continuaban vivos, que era de lo que se trataba, y ella sabía además que su hija Chorichiquia volaría libre algún día, con la misma certeza que supo el nombre de la pequeña cuando la sintió aletear en su interior. En Birulé, por el contrario, lo único que podían esperar era la muerte, silenciosa y eterna. Eso también lo sabía, y que si se quedaban en la aldea desaparecerían sin dejar rastro, como lo hizo Euri, su primer marido. Porque en Birulé no se mataba, se desaparecía, de la noche a la mañana, y los asesinos, que podían ser cualquiera y todos, daban educadamente los buenos días a las viudas al amanecer.

Euri, el primer marido de Begiunchi, no quiso huir de Birulé cuando de repente, del mismo modo que se manifiestan a veces algunas enfermedades mortales, recuperó la vista. Había vivido allí desde que era un niño y creía que eso lo salvaría. Que con él sería diferente. Que aquella era su casa y su país… Begiunchi también lo creyó, pero estaba cegada por el amor. Y una madrugada, al regresar al bohío tras una de sus caminatas nocturnas, Euri ya no estaba allí. Había desaparecido, como se disipa una nube.

Begiunchi no estaba dispuesta a pasar otra vez por eso. Así que durante sus primeras semanas de vida, no se apartó de Chorichiquia ni un momento. Después, cuando los ojos de la pequeña definieron su color y su agudeza, decidió que había llegado el momento de marcharse.

No le costó convencer a Zaide. Con don Doroteo fue más complicado. Él era feliz en aquel pequeño paraíso devastado. Pero estaba ciego dos veces. Sus ojos se habían sumido ya en una completa oscuridad y, además, era incapaz de ver —o, mejor dicho, se negaba a creer a Zaide y a Begiunchi cuando se lo contaban— que la mayoría de los *begihodeis*, alentados por el Gran Anciano Arrugado, pensaban que el maremoto había sido culpa suya, de los *kanpotar*. Que fueron ellos, los extranjeros, quienes trajeron consigo la gran ola y, con ella, la muerte y la desolación a la aldea. Y también ellos quienes metieran ideas diabólicas y vistudas a Begiunchi en la cabeza, a la que a su vez culpaban de habérselas inculcado a los jóvenes que murieron ahogados y hermosos en la playa.

Finalmente, don Teodoro Doroteo accedió a acompañarlos, de un modo inesperado y casual, cuando preguntó a Begiunchi adónde se dirigirían y ella, cansada ya de intentar convencerle, le respondió:

—Al país de los *lardoka*, los que cagan por la boca.

Lo cual pareció despertar la curiosidad del griego, quien ignoraba que aquella era una frase hecha que usaban los *begihodeis* cuando querían mandar a alguien a la mierda.

Partieron una mañana, antes del amanecer y de que ningún *begihodei* les diera los buenos días.

—Tendremos que escalar el acantilado —dijo Zaide, que había pasado la noche en vela, a la orilla del mar, esperando al tritón barbado que lo había llevado meses atrás, nadando bajo el agua, hasta Birulé.

Pero esta vez el hombre pez no apareció, así que Zaide cargó con don Doroteo Teodoro a sus espaldas y echó a andar, montaña arriba.

—¿Qué ves? —preguntaron don Teodoro y Begiunchi, horas más tarde, un vez que salvaron la gran muralla de piedra y el mulato se colocó al pie del acantilado, mirando en dirección a la aldea.

—Nada —contestó Zaide.

Y era cierto, pues bajo sus pies se extendía una niebla espesa, como si todo cuanto habían vivido allí durante aquel tiempo solo hubiera sido un sueño.

CAPÍTULO 13

CARTA DE ZAIDE A SU HIJO ANTÓN EN LA QUE LE
HACE SABER UNA DESGRACIADA E INESPERADA NOTICIA
Y EN LA QUE SE REFIERE CÓMO LLEGÓ AL PAÍS DE LOS
MADARIS Y CÓMO SE CONVIRTIÓ ALLÍ EN ESCLAVO DE
UN ESCLAVO

1 de mayo de 1531

Querido Antón, mi príncipe: don Doroteo Teodoro ha muerto. Me tiemblan los dedos al escribirlo y vuelven las lágrimas a mis ojos, cuando ya creía que no podía llorarlo más. Fue un padre para mí, el padre que nunca pude tener, y creo que, como todos los hijos, lamento no haber hablado más con él, no haberle preguntado algunas cosas, descubrir incluso algunas respuestas inesperadas, ahora que ya es demasiado tarde. Y no haberle hecho nunca saber que, aunque tal vez no como él esperaba, yo lo amaba. Eso es lo que más me duele.

Me siento extraño escribiéndote esto a ti, hijo mío, pues sé que entre nosotros también hay muchas preguntas y muchos silencios por resolver (siempre por mi culpa, es cierto), y espero que algún día volvamos a vernos y dejemos de ser dos desconocidos; o que, al menos, entretanto, estas cartas puedan enmendar de algún modo mis errores.

Don Teodoro, como digo, murió hace ya unos días, no sabría decirte muy bien a causa de qué. Yo diría que de cansancio, o de tristeza más bien, una tristeza insondable. Se fue apagando, poco a poco, como la brasa de una hoguera, tras nuestra huida del país de los *begihodeis*.

Desde que te escribí la última carta han sucedido muchas cosas, la mayoría de ellas desgraciadas; aunque también nació, por fin, tu hermana, la pequeña Chorichiquia, que es alegre y preciosa, como un pajarillo. Horas antes de que ella viniera al mundo, el océano tembló y una gran ola arrasó Birulé. Fallecieron muchas personas y los indios nos hicieron culpables a nosotros. Tuvimos que abandonar la aldea, con gran pena, sobre todo don Teodoro, que creía haber encontrado en aquel lugar la paz y la serenidad que durante largos años llevaba persiguiendo y mereciéndose.

La huida fue interminable y penosa. Durante semanas no encontramos descanso ni consuelo, y lo que era peor, a menudo nada que llevarnos a la boca ni con lo que cubrir nuestros cuerpos ateridos. Algunas noches, Begiunchi hubo de amamantarnos a todos. Una de ellas, incluso, me desperté y volví a ver al hombrecillo verde, chupando con avidez de sus pechos. Todo parecía una pesadilla, el camino de regreso de un vía crucis que ya habíamos padecido meses atrás, durante la expedición del adelantado Pánfilo de Narváez. Volvimos a encontrarnos con los indios calvos, volvimos a beber su vino turbio, volvimos a despertarnos con el cabello ralo… En mi caso, eso sí, esto último fue porque durante la madrugada me levanté para orinar y me tiré con fuerza de los pelos, cuando tras tropezar con una de las cajas de mercaderes de Castilla que estos indios usan como ataúdes, vi dentro de ella a don Teodoro, al que, sin embargo, había dejado tumbado a mi lado en la choza, donde también lo encontré cuando regresé a esta. No quise admitir que aquello era un presagio y lo achaqué al vino. Recuerdo además que esa noche, cuando conseguí volver a dormirme, también vi en mis sueños a la pequeña Chori jugando alrededor de uno de esos ataúdes, entrando y saliendo de él, y a mí mismo correteando tras ella, tratando de impedírselo… Y volví a arrancarme los cabellos, aterrado y borracho.

A la mañana siguiente continuamos nuestro camino, sin un rumbo fijo. A veces pasaban semanas enteras sin ver un alma, aunque notábamos la presencia de alguien acechándonos: escuchábamos ramas quebrándose; respiraciones que se acompasaban con las nuestras cuando caminábamos y permanecían contenidas cuando nos deteníamos; o distinguíamos el brillo de ojos vigilantes entre la frondosidad del bosque. En dos o tres ocasiones quisimos levantar una choza en algún lugar en el que encontramos agua y unos frutos llamados «tunas», que los indios comen durante muchos meses del año, pero entonces comenzaron a llover piedras desde lo alto de los árboles e incluso alguna flecha de fuego que prendió el bohío.

Otras veces, llegábamos a poblados abandonados, en los que, sin embargo, todavía humeaban los pucheros. En ellos casi siempre hallábamos a algún anciano, incapaz de valerse por sí mismo, al que los suyos habían dejado atrás, y con el que Begiunchi conseguía entenderse, con mímica y gritos, porque por lo general estaban idos o sordos como tapias (sobre todo cuando les preguntábamos si podíamos descansar allí unos días o pedíamos algo de comer).

—Dice que antes que nosotros llegaron otros hombres blancos y negros y asesinaron a mucha gente —traducía Begiunchi sus palabras y sus gestos—. Que debemos irnos, si no queremos que corra otra vez la sangre…

Nos sucedió esto en el país de los *doguenes*, y en el de los *mariames*, y en el de los *maliacones*, y en el de los *susolas*, que así y de otras muchas maneras se llaman todas estas naciones de indios que recorrimos.

—¡Apalache! —Señalaban unos el norte, cuando nos dirigíamos al sur.

Y cuando nos dirigíamos al norte, otros indicaban con grandes aspavientos en dirección al sur:

—¡Aute!

Todos querían, en definitiva, perdernos de vista, como si fuésemos apestados, o emisarios del diablo, y a menudo incluso nos daban facilidades para alejarnos de sus aldeas; por ejemplo, cuando hacía mucho frío, preparaban varios fuegos separados unas leguas unos de otros, en los caminos que se alejaban de ellas, para que pudiéramos detenernos a calentarnos y, una vez repuestos, continuar nuestra huida.

Así que cuando por fin, agotados y muertos de hambre, llegamos al país de los *madaris* y estos nos hicieron presos, nos sentimos en cierto modo agradecidos, pues por fin podíamos descansar y comer, aunque fueran las sobras y los huesos roídos, que aquellos indios nos arrojaban como a perros (lo cual, dicho sea de paso, no dista mucho de cómo viven algunas personas durante toda su vida). Nos obligaron a cambio a realizar las tareas más penosas, como recoger las dichas tunas, arrancar raíces, o limpiar sus letrinas, todo ello entre gritos y palos, que daban primero al pobre don Teodoro Doroteo y que este, como entendían que yo era su esclavo, debía a su vez darme a mí, mientras que a su vez yo tenía que continuar aquella cadena de humillaciones abofeteando a mi mujer, pues las mujeres son para ellos el eslabón más bajo de la naturaleza.

Recuerdo que la primera vez que obligaron a don Teodoro a pegarme él se negó, pero entonces lo patearon, le escupieron, le mearon encima… Después, derramando lágrimas, mi amo me golpeó, procurando hacerme el menor daño posible, y entonces las patadas y escupitajos cayeron sobre mí, hasta que él comprendió que para evitarme más dolor debía abofetearme con todas sus fuerzas, y así lo hizo, entre grandes risas de los indios, los cuales, los muy hijoputas, a veces también le animaban a repetir el bofetón, y lo ponían, ciego como estaba, ante unos árboles que por allí había parecidos a las chumberas, a los que llamaban «cactus», de modo que al golpearlos la mano se le llenaba de pinchos, que luego había que sacar uno a uno y cuyas heridas a menudo se le infectaban.

Eso fue así sobre todo los primeros días, después los *madaris* comenzaron a aburrirse del juego, pero a don Teodoro todo aquello lo entristeció profunda e irremediablemente. Apenas comía, no hablaba y dejó de escribir su diario. Se fue apagando, despacito, y una mañana, cuando los indios nos despertaron a patadas, él se volvió de costado con una sonrisa dibujada en el rostro, que no le borraron los puntapiés, los salivazos ni los insultos con los que lo atormentaron, hasta que se dieron cuenta de que estaba muerto.

Muerto. Me tiemblan de nuevo las manos al escribirlo. Y lo único que me consuela es recordar aquello que imaginé esa mañana atroz: que en el momento en que don Teodoro Doroteo murió, mientras dormía, estaba soñando que era un niño pequeño cagando en el mar, allí en su Peloponeso natal, pues en más de una ocasión me había confesado que ese era uno de los recuerdos más plácidos de su infancia.

Esa misma noche los *madaris* hicieron un gran fuego y quemaron su cuerpo, como tienen por costumbre, entre grandes llantos y golpes de pecho, pues muestran gran afición a llorar y en todo encuentran un motivo para hacerlo y si no lo encuentran se lo inventan y le cortan la nariz o un dedo a uno de los suyos, por ejemplo, para así poder lamentarse con él de su desgraciada suerte.

Y como a Begiunchi y a mí nos sublevaban aquellas lágrimas falsas, nos obligamos también a llorar, pero nosotros de risa, recordando algunas de las ocurrencias y extravagancias de nuestro querido don Doroteo Teodoro. Y creo que esa fue la mejor manera en que pudimos despedirlo.

Han pasado ya casi dos semanas desde entonces. Lo echo de menos. Me siento desvalido y me doy cuenta ahora de que no era yo quien lo guiaba a él, en su ceguera, sino al contrario. Por suerte, tengo conmigo a Begiunchi y a la pequeña Chorichiquia. Y cada vez que sostengo a mi hija entre mis brazos me acuerdo de don Doroteo y vuelvo a sentirme seguro, como si él continuara caminando a mi lado. ¡Qué extraña es la vida! Sé que la pequeña no puede ni debe llenar su ausencia, pero a la vez me parece que hay algo que relaciona el nacimiento de una y la muerte del otro, algo que no alcanzo a comprender pero de lo que creo que don Teodoro me habló cuando me dictó la última página de su diario, que he decidido adjuntarte con esta carta, por si tú, hijo mío, que tienes más luces e instrucción que tu pobre padre, puedes entenderlo.

Espero, por lo demás, poder darte mejores noticias la próxima vez que te escriba.

Entretanto, que Dios te guarde por muchos años, mi príncipe.

CAPÍTULO 14

EN EL QUE DON TEODORO DOROTEO RESUME, EN
LA ÚLTIMA PÁGINA DE SU DIARIO, EL VIAJE QUE
ES LA VIDA

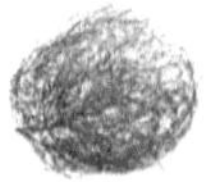

27 de marzo de 1531

De la oscuridad a la oscuridad, ese es el camino. Creo que ya no escribiré, que ya no te dictaré, mi buen Zaide, más páginas de este diario. La luz se apaga para siempre. Y yo me siento cansado. No, no se trata solo del largo y tortuoso viaje que hemos recorrido para llegar hasta aquí, hasta el país de los *madaris,* ni del trato inhumano que estos nos dispensan. Tampoco es la melancolía la que me mata. Birulé no era el paraíso, ahora lo sé, no era el pecho nutricio que imaginó el almirante Colón, quien escribió que el mundo tenía forma de teta de mujer y el edén se encontraba en su pezón. Yo me amorré a él, allí, en Birulé, como quien se agarra a un clavo ardiendo, pero en los últimos días, después del maremoto, mis labios agrietados ya notaron la quemazón agria de la leche, aunque me resistiera a reconocerlo. Hicimos bien, pues, en huir. En el paraíso también anochece y yo habría desaparecido igualmente antes del amanecer. Y no me habría importado. Pero vosotros todavía teníais que seguir caminando hacia la luz y sé que solo lo habríais hecho conmigo sobre vuestras espaldas.

Me pregunto, por lo demás, ahora que ya no puedo dar un paso más en otra dirección que no vaya hacia la muerte, si ha merecido la pena este viaje. Y creo que sí. Partí desde la oscuridad, desde la ignorancia y la brutalidad de mi Patras natal, donde fui perseguido por nada, por respirar, por pintar, que para mí era lo mismo, y he llegado a este país de bestias en donde estos *madaris* del demonio me roban el aliento, no con sus golpes sino con los que me obligan a propinaros a vosotros; pero en el camino de la oscuridad a la oscuridad encontré la luz por la que, sí, ha merecido la pena este viaje que es la vida. Si cierro los ojos, o si los dejo abiertos, lo mismo da ya, veo todavía sus destellos más brillantes: el resplandor azul del cielo en el mar de mi niñez, allá en Grecia; el mapa del Nuevo Mundo tatuado, mi buen Zaide, en las cicatrices de tu ancha espalda, plenas de promesas; la radiante boquita de conejo de Begiunchi, mientras inventaba un alfabeto… Y junto a ellos otras luces más tenebrosas, a las que solo puedo acercarme en lo más profundo de esta oscuridad, donde se alojan mis obsesiones, mis complejos, los miedos y las verdades a los que nunca supe enfrentarme: el calzón abultado de san Andrés, martirizado en la cruz; los indios *lardoka*, los que cagan por la boca; de nuevo las cicatrices de tu ancha espalda, plenas de promesas, mi buen Zaide… Te pido perdón, en fin, por arrastrarte conmigo en mis aventuras, en mis pasiones, en mis delirios, en mi ceguera… Solo me queda el consuelo de saber que no desfallecerás y seguirás el camino, junto a Begiunchi y la pequeña Chorichiquia, en la dirección de la luz, hacia la libertad, y que cuando llegues al fin del viaje sabrás, como yo, que la libertad y la luz son, precisamente, ese camino.

CAPÍTULO 15

EXTRACTOS DEL DIARIO QUE ZAIDE COMENZÓ A
ESCRIBIR TRAS LA MUERTE DE DON DOROTEO
TEODORO, EN DONDE CUENTA, ENTRE OTRAS COSAS,
ALGUNAS DE LAS PERNICIOSAS COSTUMBRES DE LOS
MADARIS O CÓMO SU HIJA CHORICHIQUIA SE DESCUBRE
LAS MANOS Y ÉL LOS PIES

23 de junio de 1531

Creo que a él le hubiera gustado, así que he decidido seguir haciendo anotaciones en el cuaderno de don Doroteo Teodoro. Llevar mi propio diario, como si este fuera, de algún modo, la continuación del suyo, o una manera de mantener todavía sus ojos abiertos.

Empiezo hoy, víspera de San Juan del año del señor de 1531.

Llevamos ya varios meses aquí en Ilún, que es así como llaman los *madaris* a esta aldea. La pequeña Chori crece sana y sonriente, ajena a nuestro sufrimiento, a los golpes y humillaciones, a los cuales, no obstante, vamos acostumbrándonos, pues solo así, endureciendo la piel, es posible sobrevivir —como bien aprendí en la cárcel de Salamanca—. También es cierto que tal vez soporto este calvario porque a la niña y a Begiunchi los indios las dejan en relativa paz. Los niños son sagrados para los *madaris*. El peor de sus pecados es levantarle la mano a uno de ellos. Como si quisieran mantenerlos tiernos, con la piel limpia y maleable, para, cuando llegue el momento de ensuciarla, hacerlo con más saña, llenarla de moratones y heridas, pervertirla con más regodeo… Pues la mayoría de los *madaris* son pendencieros, viciosos, brutos…

En cuanto a Begiunchi, si la dejan tranquila es porque no reparan en ella, porque para ellos es poco más que un animal, un perro, del que yo, su amo, me debo ocupar. En alguna ocasión, sin embargo o precisamente por ello, nos han obligado a fornicar como perros, a la vista de todos. A diferencia de los *begihodeis*, para quienes el sexo es algo natural, los *madaris* ríen nerviosos, se agitan y se sonrojan cada vez que hablan o ven algo relacionado con él.

Cuando eso sucede, cuando me fuerzan a copular con Begiunchi, alguno de ellos suele montarse sobre mis espaldas, como si yo fuera un verraco, y me golpea con un palo los costillares, entre grandes carcajadas de los demás. Y casi siempre, los miserables que me cabalgan son indios que rehúyen mi mirada atemorizados cuando están solos, del mismo modo que hace años, cuando me pringaron con manteca ardiente la espalda, quienes jaleaban con más entusiasmo al verdugo eran los más pusilánimes, aquellos a los que los otros mozos de cuadra solían menospreciar y maltratar con mayor crueldad.

Por suerte, a Begiunchi, tal vez porque en Birulé no era extraño aparearse a la vista de todos, estas ofensas no parecen hacerle mella, y mantiene el ánimo alto, cuida de la pequeña Chori con alegría y todavía le quedan fuerzas para ayudar a otras mujeres, que son las que se ocupan de todo en Ilún, las que cocinan, acarrean la leña y el agua, cultivan los campos, mientras los hombres zanganean, se emborrachan con humo o participan en unas ceremonias secretas después de las cuales suelen aparecer dormidos en los techos de las chozas.

—Ten cuidado —le advierto a Begiunchi, pues también ha comenzado a contarles algunas de sus historias a esas mujeres, o a dibujar sobre la arena las palabras con las que lo hace, como si lo que ocurrió en Birulé no la hubiera escarmentado.

Y de hecho, cuando las mujeres se ríen de alguno de los cuentos de Begiunchi, observo que los hombres suelen ponerse en guardia, desconfiados, y que, si no se levantan a molerlas a palos, es solo porque son unos gandules, a los que agota no hacer nada.

Esa misma gandulería es la que me permite a mí algunos momentos de calma, gracias a los cuales puedo escribir este diario, jugar con la pequeña Chori, hacer el amor con Begiunchi sin ningún indio mamporrero subido a mis espaldas o planear el modo en que algún día, tarde o temprano, escaparemos de este maldito país.

15 de julio de 1531

Hoy, jugando con la niña, he recordado el día que Chori se descubrió las manos. Estaba tumbada en el suelo, de repente alzó los brazos y se quedó detenida y muy seria, mirándose los deditos, hasta que de pronto comprendió que estos no eran una pequeña e inofensiva bandada de pajarillos revoloteando a su alrededor; que era ella quien los movía, quien ordenaba cómo hacerlo, quien tenía la voluntad de esos movimientos... Y entonces, su rostro se iluminó con una sonrisa, e incluso soltó una pequeña carcajada. Cuando crezca, olvidará este momento y, sin embargo, quizá sea uno de los más importantes de su vida, el momento en que de una manera imprecisa y por pura intuición, fue consciente de su singularidad, de que es una persona, con la libertad de decidir y pensar, y de que con esas manos ella podía hacer cosas, como estirarnos del pelo a su madre o a mí o agarrar con fuerza los dedos que colocábamos entre los suyos, que hasta entonces pensaba que sucedían por puro azar o porque estaban en manos de otros, nunca mejor dicho.

10 de agosto de 1531

Ayer regresó a la aldea un grupo de hombres que partió hace

algunas semanas persiguiendo a una manada de venados. Han vuelto delgados, con los músculos afilados y la cara chupada y curtida por el sol. Recuerdo que cuando se fueron me sorprendió verlos correr, con un trote vivo, después de pasarse meses haraganeando, como gatos gordos tumbados al sol.

Traían consigo varias piezas de caza y se mostraban triunfales y nerviosos, con ganas de celebrar sus correrías, lo cual me hizo temblar. Al caer la noche hicieron grandes fuegos y pusieron a asar alguno de los animales, mientras danzaban a su alrededor, saltando y lanzando gritos. Yo los esperaba sentado a la puerta de mi choza, protegiendo a Begiunchi y Chori, que trataban de dormir dentro, sin conseguirlo. El humo, al menos, espantaba a los mosquitos, pero el olor de la carne asada se metía dentro de sus cuerpos como una culebra, o como la lengua de un perro hambriento.

Vinieron a medianoche. Eran un grupo de borrachos y me llevaron con ellos entre empujones y risas. No era la primera vez que sucedía, así que yo sabía qué debía hacer. Me sentaron junto al fuego, y me hicieron tragar su humo verde y también beber su vino sucio, semejante al de los indios calvos. Yo comencé a saltar y a hacer cucamonas antes incluso de que la borrachera me hiciera efecto. Imitaba sus danzas, trataba de hablar en su lengua, daba volteretas… Y ellos se partían de risa. Conseguí entretenerlos hasta que les dio por llorar y por abrazarse unos a otros. Después, fueron cayendo uno a uno, hasta que solo quedaron una docena despiertos, la mayoría hipnotizados por el fuego, aunque también había tres o cuatro con ganas de pelea.

Los vi venir hacia mí, embrutecidos. Sabía que me golpearían, que desahogarían su mal vino y sus malos humos conmigo. Pero entonces, cuando el primero de ellos ya se había colocado tambaleándose frente a mí, sucedió algo inesperado.

—¡La Mala Cosa! —Oí gritar a los que se encontraban más atrás.

E inmediatamente todos salieron corriendo despavoridos. No

era tampoco la primera vez que los oía hablar de aquel ser, una especie de fantasma o duende, que de vez en cuando recorría el poblado, arrastrando una enorme piedra afilada, con la que destazaba a quien encontraba a su paso y les sacaba las mantecas, las cuales luego echaba al fuego y se las comía, para acabar desapareciendo por una grieta en el suelo, entre eructos que olían a muerto y carcajadas siniestras.

Yo pensaba que se trataba de supersticiones absurdas, pero entre el humo negro y las reverberaciones del fuego, vi, en efecto, aparecer a una especie de enano, vestido con una túnica vaporosa, que se mesaba las barbas, de color rosa, y me miraba sonriendo.

Me dio un vuelco el corazón. Pero apenas fue un momento, pues enseguida me di cuenta de que aquel espectro no era sino el hombrecillo verde, extrañamente disfrazado.

—Gracias —le dije.

Y después me acerqué al fuego, cogí un trozo de venado asado y volví a mi choza, a saciar el ansia de los perros que lamían, famélicos, los huesos de mi mujer y mi hija.

11 de septiembre de 1531

Hoy Begiunchi me ha contado que las mujeres le han contado que nosotros no somos los primeros extranjeros a los que los *madaris* toman como esclavos.

—Hace algún tiempo también retuvieron a un hombre blanco al que llamaban Beiburu. Era un hombre rubio, con los ojos azules y la cara cortada.

—¿Qué pasó con él? —le he preguntado.

—Durante algún tiempo lo obligaron, como a nosotros, a recoger raíces y tunas —ha contestado Begiunchi—. Dicen que los hombres lo trataban muy mal, que le daban coces y se burlaban de él, que lo amenazaban de muerte poniéndole flechas en el pecho…

Pero que después lo obligaron a hacer de mensajero y de mercader con otras tribus con las que los *madaris* suelen guerrear. Estaban convencidos de que sus enemigos lo matarían, pero, por lo que se ve, al tal Beiburu, que era un tipo simpático y astuto, no se le daba mal negociar, y como de cada uno de sus viajes regresaba con buenas noticias o con pieles, mantas o pedernal, fueron permitiéndole más libertades, viajes más largos… Hasta que un día, claro, el hombre blanco no regresó a la aldea.

Al escuchar eso, he dado un respingo, y del mismo modo que mi hija descubrió sus manos meses atrás, yo me he mirado a los pies, y también he sentido que el rostro y la mente se me iluminaban.

—¿Qué quiere decir Beiburu, por cierto? —he preguntado después a Begiunchi.

Y ella ha contestado:

—Cabeza de Vaca.

CAPÍTULO 16

CARTA DE ZAIDE A SU HIJO ANTÓN, TRES AÑOS
DESPUÉS, EN LA QUE LE CUENTA CÓMO VIAJÓ COMO
EMISARIO DE LOS *MADARIS* AL PAÍS DE LOS *TRABUBUS* Y
CÓMO EVITÓ QUE ESTOS LE COSIERAN LA LENGUA AL
CULO

27 de marzo de 1534

Querido hijo mío, Antón: he esperado durante largo tiempo para volver a escribirte, pues tal como te dije en la última carta quería hacerlo cuando tuviera buenas nuevas que darte.

En aquella ocasión hacía apenas unas semanas que había muerto don Teodoro Doroteo, del cual todavía me acuerdo con gran cariño y pena casi a diario, entre otras cosas porque decidí mantener, precisamente, el diario que él había iniciado sobre nuestras desventuras en el Nuevo Mundo. Confío en hacértelo llegar algún día junto con estas cartas y de ese modo tendrás noticias más detalladas de lo sucedido a lo largo de estos cuatro últimos años.

Ya te adelanto, eso sí, que Begiunchi, tu hermana Chorichiquia y yo continuamos en este infierno de Ilún, en el país de los *madaris*, aunque creo que —y esa es la buena noticia— dentro de poco podremos escapar de aquí y seguir nuestro camino hacia la luz.

A los pocos meses de la muerte de don Teodoro, una noche,

mientras dormíamos, nos despertaron unos golpes en el techo del bohío. Sobresaltado, me levanté de un brinco y miré entre las mantas raídas en las que solíamos acostar a la pequeña Chori. Junto a su cabeza, a menos de un palmo, había una enorme piedra y en el techo un agujero. Rápidamente tomé a la pequeña en brazos y salimos los cuatro fuera, donde se escuchaba un gran revuelo, pues también habían caído piedras en otras chozas. Algunos hombres corrieron a por sus arcos y sus flechas, tiznaron su cara con hollín y almagre, y se internaron en el bosque, entre gritos estremecedores, que hicieron llorar primero a los niños y después, como los niños lloraban, a todos los demás.

Al cabo de un rato los guerreros regresaron. Parecían haber ahuyentado a los atacantes, que, según me explicó Begiunchi, pertenecían a la nación vecina de los *trabubus*, a los que los *madaris* odian profundamente o con los que se alían como hermanos para odiar profundamente a otras tribus, depende de la época; pero los indios todavía estaban nerviosos y hablaban a gritos, como si ahora las pedradas se arrojaran desde sus bocas. Comenzaron a discutir entre ellos. Algunos proponían iniciar una guerra contra los *trabubus*; otros, enviar algún mensajero que intentara calmar la situación y averiguar los motivos de aquel ataque.

—¿Y quién va a ir? O es que no recordáis que al último que mandamos nos lo devolvieron con la lengua cosida al culo —me pareció entender que decía uno de los indios.

Supe entonces que esa era mi oportunidad.

—Iré yo —dije.

Todos se volvieron hacia mí estupefactos, como si de repente hubiera hablado un ratón. Pero yo no me dejé intimidar. Llevaba planeando aquello mucho tiempo. Había acompañado a los *madaris*, que eran grandes corredores, en alguna ocasión, cuando salían a cazar venados, y no me había quedado a la zaga. Conocía el terreno. Había hecho grandes progresos con la lengua…

—Sí, sí, pero ¿cómo sabemos que volverás, que no harás como

el otro extranjero, el hombre blanco? —interrumpió uno de ellos mis argumentos, que yo había expuesto con gran fervor.

—Porque aquí, en Ilún, están mi mujer y mi hija —dije.

Se escuchó entonces un murmullo de aprobación, pero después volvió a imponerse sobre él, como una nota discordante, la voz de otro aguafiestas:

—¿Y si vuelves, pero con la lengua cosida al culo?

En eso no había pensado, pero de pronto se me ocurrió una gansada que, de manera inesperada, acabó de convencerlos.

—Entonces aprenderé a hablar con pedos —dije.

Y todos estallaron en grandes carcajadas y aplausos, de los cuales yo deduje que aceptaban mi propuesta. Después de todo, ¿qué podían perder, como no fuera a un extranjero estúpido? Días más tarde trajeron a mi choza unas cuantas caracolas de mar, que debía de utilizar como moneda de cambio en mi viaje, pues eran muy apreciadas entre los indios, y me transmitieron el mensaje que querían hacer llegar a sus enemigos. Y a la mañana siguiente, tras despedirme de Begiunchi y de mi hija, que me siguió correteando y abrazándose llorosa a mis piernas a lo largo de casi media legua, partí hacia el país de los *trabubus*.

Todo el aplomo que había mostrado ante los indios y ante mi familia se convirtió en congoja en cuanto me quedé a solas. Las piernas me flaqueaban y tuve que detenerme, mareado. Me aterraba pensar que quizá, como había sucedido otras veces —como sucedió con tu hermano Lázaro y contigo dos veces, Antón—, el destino tal vez también me apartara de ellas, de la pequeña Chori y de su madre. Estuve tentado incluso de olvidarme de aquella aventura y volver al poblado.

—¿Qué prefieres, arriesgarte a no ver nunca más a tu hija o tener la seguridad de verla cada día junto a ti convertida en una esclava? —Escuché de repente una voz.

Era el hombrecillo verde, hablándome por cuarta vez, ahora desde la copa de un árbol y con una funda en el pito, como las que los *madaris* solían calzarse en algunas de sus fiestas. Pensé que últimamente no estaba muy bien de la cabeza, pero también era cierto que llevaba gran razón en lo que me había dicho, de modo que continué mi camino, en parte por ello, pero en parte también por perderlo de vista, pues a continuación se empeñó en explicarme la relación entre fe y razón según san Anselmo de Canterbury.

Por suerte, debió de darse cuenta pronto de mi falta de entusiasmo y desistió de su propósito, sustituyéndolo por unos movimientos violentos con los que atrapaba los insectos y mariposas que revoloteaban a su alrededor y se los metía en la boca o las guardaba entre las guedejas de sus barbas rosas.

Allá lo dejé, mosqueado, y continué mi camino.

Tardé casi tres días en llegar al país de los *trabubus*, pues mientras andaba me repetía una y otra vez el discurso que había preparado, y cada vez que me trompicaba, me detenía y volvía a empezar. Total para nada, pues, al final, los *trabubus* me atraparon por sorpresa, me llevaron prisionero en una red, como a una fiera, hasta una de sus aldeas y, una vez allí, cada vez que intenté arrancarme a hablar, me interrumpieron con grandes risas y gritos. Pronto comprendí que con toda seguridad yo era el primer hombre negro al que veían. De hecho, algunos a veces se acercaban a mí y me tocaban con gran cautela, retirando sus manos apenas entraban en contacto con mi piel. Decidí entonces utilizar el recurso de las caracolas.

—Se escucha el mar —dije, antes de ofrecérselas, acercándome una de ellas a la oreja, y me sentí estúpido, pues aquello era algo que sabía hasta un niño de tres años, pero, para mi sorpresa, cuando uno de ellos, que parecía ser el alcalde, la recogió e imitó mi gesto, comenzó a hacer grandes muecas y a pasarla entre el resto de indios, que se mostraron igualmente impresionados.

Yo no comprendía nada, pero en los días siguientes me di cuenta de que los *trabubus* empleaban las caracolas, tallándolas para ello, como instrumentos musicales o para comunicarse a larga distancia, soplándolas. Y no me pareció tan descabellada su reacción, pues, del mismo modo, a ninguno de nosotros se nos habría ocurrido jamás escuchar el rumor del océano dentro de un cuerno o una trompeta.

Sea como fuere, eso cambió la disposición de los *trabubus* hacia mí y, una vez que me gané su simpatía, pude explicarles que era un emisario de los *madaris*.

—Están muy apenados por lo sucedido y quieren disculparse, si os han ofendido en algo, y mostrar sus respetos —les dije, aunque más bien el mensaje que los *madaris* me habían confiado era que como volvieran a ver a un *trabubu* rondando por su aldea le cortarían las pelotas en rodajas.

—Lo entiendo y acepto las disculpas —dijo el alcalde, con una de mis caracolas pegada a la oreja—. Pero ellos deben comprender que mear en nuestro bosque mágico es una ofensa muy grave y que realmente lo que nos gustaría es que al *madari* que lo hizo se le caiga el pito a cachos.

—Tal vez sea así —improvisé yo, que desconocía aquel detalle—, pues ese *madari* se ha impuesto a sí mismo como castigo no volver a fornicar durante siete años y orinar solo una vez a la semana. De ese modo aprenderá a contenerse, pues también debo decir que actuó de tan indecoroso modo apremiado por una urgencia, sin darse cuenta de dónde se desahogaba.

—Siendo así, la ofensa quizá pueda repararse con algunas caracolas más como estas que has traído —respondió el alcalde—. Y como muestra de buena voluntad nosotros entregaremos a nuestros hermanos los *madaris* unos cueros de venado, que tanto aprecian, dado que como son de natural gandules, no es costumbre entre ellos curtirlos.

Zanjamos de ese modo el trato y esa misma tarde partí de regreso a Ilún, tras despedirme entre efusivos abrazos de los *trabubus* y dejar que todos los niños de la aldea acariciaran mi pelo rizado y las cicatrices de mi espalda. Ciertamente, no me pareció que aquel pueblo tan cariñoso fuera capaz de coser la lengua en el culo de nadie, aunque nunca se sabía, pues también los pacíficos *begihodeis* se dedicaban en la intimidad a hacer desaparecer gente.

Tardé apenas un día en realizar el viaje de vuelta. Me sentía alegre y satisfecho conmigo mismo y me moría de ganas de transmitir las buenas noticias a mi tribu y de volver a ver a mi hija y a Begiunchi. Así que corría todo lo rápido que podía.

—¡*Ketekete, ketekete!* —Reconocía el estribillo que componían mis pies descalzos golpeando en el suelo y en los muslos mis testículos colganderos; el mismo estribillo que, según me había contado mi madre, musitaba a menudo mi padre, Pedro Guinea.

Y aquella extraña comunión con la tierra y con mis antepasados me llevó en volandas hasta Ilún, sin apenas notar el cansancio.

Cuando llegué a la aldea, sin embargo, me pareció que me recibían con cierto desencanto.

—Vaya, habría estado bien escucharle hablar con pedos —oí murmurar a un muchacho.

Pero todo cambió en cuanto les transmití el mensaje de los *trabubus*:

—Los *trabubus* están profundamente apenados por lo que hicieron y como muestra de su arrepentimiento nos han ofrecido estas pieles —dije, y también los convencí de que para firmar definitivamente la paz sería conveniente corresponderles con algunas caracolas más.

Fue de ese modo como la guerra entre las dos naciones acabó convirtiéndose, como suele ser habitual, en un mero intercambio comercial, y yo en su muñidor.

Desde entonces, hijo mío, nuestra vida ha mejorado bastante. Me he convertido en emisario de los *madaris*. Recorro leguas y leguas hasta los países de otras tribus indias, cada una con su idioma y sus costumbres. Cierro tratos, concierto matrimonios, entierro hachas de guerra… Nada sucede en La Florida y más allá del río Misisipi sin que yo lo sepa o lo apruebe. Y a todos los sitios voy corriendo, como si tu abuelo Pedro Guinea se hubiera reencarnado en mí; o como si también tu espíritu, hijo mío, me poseyera, pues a veces los indios me obligan a soplar en los cuerpos de los enfermos, igual que hacen los saludadores, allá en España; como si los tres, en fin, Pedro Guinea, Antón y Zaide, fuéramos tres personas y un solo ser, una santísima trinidad, y nuestras tres vidas y sus diez mil heridas, un círculo y un milagro.

Los *madaris*, además, me tienen en gran consideración. Ahora vivimos en una choza más grande y tenemos mantas sin agujeros. Los hombres todavía no me invitan a sus ceremonias secretas, pero han cesado de golpearme y de meárseme encima. A Begiunchi también la dejan tranquila, cuando enseña a leer a las mujeres, pues, burros como son, creen que eso no vale para nada. Y Chorichiquia crece feliz y sana. A veces, incluso me acompaña en algunos pequeños viajes. No sospechan, en fin, que la estoy adiestrando para el día de la gran huida, en el que los cuatro partiremos de aquí y los hijoputas de los *madaris* nunca más volverán a vernos.

Espero poder darte noticias de ello en mi próxima carta, hijo mío.

Entretanto, que Dios te guarde por muchos años, mi príncipe.

CAPÍTULO 17

EXTRACTOS DEL DIARIO DE ZAIDE, EN LOS QUE
DESCRIBE SU VIAJE JUNTO A BEGIUNCHI Y LA PEQUEÑA
CHORICHIQUIA Y EN EL QUE RECORREN DIFERENTES
NACIONES INDIAS, CADA UNA CON SU LENGUA Y SUS
COSTUMBRES, Y EN DONDE ZAIDE TAMBIÉN REALIZA
OTRO TIPO DE VIAJE

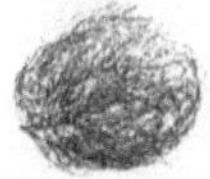

31 de octubre de 1534

Ya no nos alcanzarán. Hace tres semanas que huimos de Ilún y no creo que los *madaris* sean capaces de encontrar nuestro rastro, ni que tengan ganas de perseguirnos. Tal vez si fuéramos venados… No, ni siquiera así. Yo conozco ahora mucho mejor que ellos los caminos, los atajos, las estrellas, los aullidos del viento, los silencios de la noche, las señales del cielo. Y sé también dónde buscarían ellos mis huellas y mis excrementos, tras qué lomas acecharían, qué momento considerarían el más preciso para atravesarnos el corazón con sus flechas. Lo sé porque soy también un *madari*. He pasado años entre ellos. Siento por eso —a la vez que, por fin, me siento libre y es lo más hermoso que me ha pasado desde hace mucho tiempo— cierta pena por lo que queda atrás, pues imagino a los *madaris* de nuevo tumbados al sol, dejando indolentes que se los coman los mosquitos, que el humo verde los disipe, que las pieles de los venados que han cazado se pudran…

—No te preocupes. —Intenta consolarme Begiunchi; aunque sé que para ella es todavía más doloroso, porque echa de menos las risas de las mujeres, sus rostros resplandecientes escuchándola mientras les contaba sus historias; porque sufre pensando que ahora todas las palabras que dibujó para ellas las borrarán para siempre las tormentas o los hombres orinando de pie en la arena.

—Allí hemos dejado otra semilla —añade, a pesar de todo.

Y mientras lo hace acaricia la frente, caliente desde hace algunos días, de nuestra hija Chorichiquia.

20 de diciembre de 1534

Seguimos caminando. Me inquieta, lo confieso, no saber hacia dónde, ni cuándo nos detendremos, ni qué luz nos guía. Esa era una de las ventajas de ser un mensajero: que antes tenía un destino y un lugar al que regresar. Nadie, sin embargo, acoge al mensajero cuando no trae noticias —ni tampoco lo mata, al menos—. Es solo alguien que está de paso.

No permanecemos, por eso, demasiado tiempo en ninguno de los poblados por los que pasamos, a pesar de que en todos ellos me conocen y son hospitalarios con nosotros. Continuamos siempre hacia delante, siempre en la dirección del sol. Más allá del gran río Misisipi, allá hasta donde nunca llegué antes en ninguno de mis viajes, hasta donde nunca han llegado antes otros *kanpotar*, quizá. A pesar de que, en el fondo, creo que es a ellos a quienes busco, a otros cristianos y la manera de regresar a España, junto a mis hijos, pues presiento que esta aventura en el Nuevo Mundo toca a su fin, y yo ya he hallado mi Eldorado y mi país de la canela, que son, claro, mi mujer Begiunchi y mi pequeña Chorichiquia.

Chorichiquia, por cierto, tose desde hace unos días por la noche y es a mí a quien se le rompe el pecho de dolor y pánico cada vez que lo hace. Me aterroriza la idea de que me la pueda arrebatar una enfermedad. Creo que me volvería loco, que nunca me perdonaría ese nuevo error, perderla, sacrificarla, para regresar a buscar a los hijos que también sacrifiqué y perdí tiempo atrás.

Algunas noches, cuando la tos la despierta, veo su mirada afligida y las lágrimas que se deslizan como perlas extraviadas sobre su mejilla. Chori es una planta arrancada. Sé que añora Ilún, los amigos y pequeños compañeros de juegos que dejó allí. Pero sé también —y eso me consuela— que ella sabe que es además un pájaro, y la semilla que ese pájaro lleva en el pico. Desde muy pequeña aprendió junto a su madre, cuando esta se reunía con las mujeres y se consolaban unas a otras contando sus desdichas, que en Ilún las niñas dejaban súbitamente un día de ser reinas y se convertían en animales, en perros apaleados, en bestias de carga, en hembras sin otra función que la de parir y amamantar... Y que si quería escapar a ese destino, un día, más temprano que tarde, tendría que volar lejos de la aldea.

Ahora estamos ya a salvo, a muchas leguas del país de los *madaris*. Hace unos días llegamos al país de los *queirrichas*, que tienen por costumbre mezclar el polvo de los huesos de sus muertos con aguardiente y bebérselo hasta emborracharse con él, y que por eso siempre están alegres, bailando y cantando, a pesar de que son pobres de solemnidad y solo comen arañas, gusanos y huevos de moscas.

27 de marzo de 1535

Ayer llegamos a la tierra de los *guaycones*, donde los niños toman teta hasta que les sale bigote.

2 de mayo de 1535

Hoy hemos hecho noche en el país de los *atayos,* donde los hombres se casan entre sí, orinan en cuclillas y cuidan de sus hijos, mientras las mujeres, que solo tienen un pecho, cazan y guerrean.

7 de julio de 1535

Ayer dejamos atrás a los *cutalchiches*, que hablan siempre entre ellos cantando endecasílabos.

—¡Que tengáis buen viaje, hijos del sol! —Se despidieron de nosotros, muy apenados, pues su curandero no consiguió aliviar la tos, cada vez más fea, de Chorichiquia.

31 de octubre de 1535

Hace una semana que recorremos el país de los *lardoka*, los que cagan por la boca (en realidad suelen masticar durante horas unas raíces muy duras y amargas, que escupen a veces entre náuseas y arcadas y con las que después amasan una especie de pan que huele a estiércol pero sabe a gloria).

25 de diciembre de 1535

Los *acubadaos*, entre los que hemos pasado varios días, dicen que por delante de nosotros caminan otros tres hombres blancos y uno negro, como yo; y que estos son grandes médicos, capaces de curar con el aliento y con las manos, e incluso de resucitar a los muertos. Que los retuvieron entre ellos varias semanas, y que cuando finalmente partieron los siguieron muchos indios a los que no tuvieron tiempo de soplar o imponer las manos, y otros que fueron llegando y uniéndose a ellos desde otros poblados cercanos. A nosotros, por el contrario, supongo que al ver a la pequeña Chori escupiendo sangre y a mí o a Begiunchi incapaces de sanarla, nos invitaron a continuar nuestro viaje, haciendo varias hogueras en el camino, como tienen por costumbre, y dejándonos además junto a ellas varias ramas con cabezas y corazones de perro ensartados, no sabemos si para asarlos en el fuego o para espantarnos.

8 de marzo de 1536

Hace unos días dejamos atrás con gran pena el país de los *comos,* que, haciendo honor a su nombre, son grandes aficionados a la buena mesa, y cultivan con delicadeza plantas y verduras que nunca hasta hoy habíamos visto ni probado: unos guisantes gordos como aceitunas, unas fresas diminutas como guisantes, una especie de aceitunas que saben a fresas...

14 de abril de 1536

Ayer, probé por primera vez el peyote. Durante los años que vivimos con los *madaris* jamás me invitaron a sus ceremonias secretas, ni siquiera cuando me convertí en un hombre importante y respetado en Ilún. Sin embargo, apenas llevamos unos días aquí, entre los indios *avavares,* y ya me han sido revelados todos los misterios de esta planta mágica y sagrada.

—Ven con nosotros, Zaide, el peyote limpia el alma y alivia su dolor —se dirigió a mí el hombre cedro, al verme sosteniendo entre mis brazos a mi hija, pálida y desfallecida; y me empujó hacia la casa de los espíritus, un gran bohío en el que los hombres y mujeres de la aldea se reúnen para fumar el humo verde.

Dentro de la choza, los indios estaban sentados en círculo, alrededor de un fuego, al que el hombre cedro, que es una especie de sacerdote o chamán, echaba de vez en cuando alguna rama. En un segundo círculo, otros hombres tocaban unos tambores, con un ritmo pausado, como el de un gran corazón que extendía sus arterias invisibles hasta los cuerpos de todos los que allí estaban. Dos mujeres repartían además entre ellos un caldo rojo y espeso, que parecía sangre. Todos recitaban una especie de oración, con una voz grave y susurrante a un tiempo.

Me acomodaron entre dos ancianos. Uno de ellos olía a perro muerto y el otro a hierba recién cortada, pero no sabía de cuál de ellos procedía cada olor. Enfrente de mí vi al hombrecillo verde, sonriéndome. El indio que me había invitado a entrar echó una nueva rama de cedro al fuego e hizo circular una pequeña cesta con una especie de pequeños botones, que todos fueron colocando en la lengua como si fueran hostias consagradas. Cuando me llegó el turno los imité. El botón sabía amargo, como la primera saliva de la mañana. Lo tragué y esperé. Mi piel se convirtió en la de uno de aquellos tambores. La oración que todos recitaban en mi respiración. El líquido rojo, del que bebí un trago, en mi propia sangre. Por un momento tuve sueño y cerré los ojos. Cuando los volví a abrir vi frente a mí, sentado junto al hombrecillo verde, a don Doroteo Teodoro. Me levanté y me dirigí hasta donde se encontraba. Lo abracé, con grandes lágrimas y lamentos, que no parecieron incomodar a ninguno de los demás, incluido yo mismo, que permanecía todavía sentado al otro lado, recitando el salmo. Don Teodoro me besó en la boca y acarició las cicatrices de mi espalda. Después sonrió, se puso a defecar en un rincón y se desvaneció, como una voluta de humo. Volví a sentarme entre los dos ancianos. Uno de ellos tenía la cabeza entre los pies y al otro le asomaba un panal de abejas de una de las ventanas de la nariz. El hombre cedro me ofreció otro botón de peyote y lo acepté. Vi colores y figuras geométricas que nunca hasta entonces había visto. Me miré las manos: habían crecido de manera desmesurada. Mis ojos atravesaron mi piel y mis venas y distinguí la sangre circular a través de ellas, brillante, roja, azul, negra, burbujeante y dulce, llegando hasta cada rincón de mi cuerpo, que se había convertido en un porrón de vino. Bebí de él y experimenté una placidez y una paz desconocidas. Algunas gotas se cayeron de mi boca y formaron tres pequeños lagos, en los que aparecieron chapoteando y llamándome por mi nombre cada uno de mis tres hijos. Corrí hasta donde estaba la pequeña Chorichiquia, que se abalanzó sobre mis brazos y me pidió asustada que abandonáramos la ceremonia. Subimos al tejado de la choza. Desde ella vimos a Begiunchi, sus ojitos rojos de conejo, brillando en la oscuridad, las palabras que salían de su boca sin hacer ruido, pero que se elevaban al cielo y caían sobre la tierra reseca como lluvia purificadora, como un diluvio de letras… Chorichiquia comenzó a reír alborozada, pero la tos atragantó sus risas. Tosía con mucha fuerza. Su pequeño pecho se deshacía en mis manos como una hoja reseca. Tosió durante mucho tiempo, durante años, todas las veces que regresamos a aquella ceremonia, y por fin, la última vez que lo hizo, de su boca brotó un pájaro de colores, que batió las alas y echó a volar, arrastrando consigo a la niña, en la dirección del sol.

Abajo, en mitad de la noche, vi a su madre seguir con su mirada roja la estela rutilante de aquel pájaro, como la cola de una estrella, y echar a andar tras ella. Yo bajé del techo del bohío, entrelacé mi mano con la de mi mujer y continuamos juntos el viaje, persiguiendo la luz.

CAPÍTULO 18, Y ÚLTIMO DE ESTE TERCER LIBRO

6 de octubre de 1536

Querido hijo mío, Antón: creo que esta será la última carta que te escriba desde este Nuevo Mundo. La recibirás, junto con las anteriores y los diarios de don Teodoro Doroteo y el mío propio, de mano de don Francisco de Irurzun, a quien las dejo en custodia, aquí a orillas del río Petlatán, en la provincia que los cristianos llaman Nueva Galicia, los indios Sinaloa y nosotros, los nuevos seres, La Luz.

Son miles de leguas, a lo largo de largos años, las que he recorrido, desde que partí de La Florida con la expedición del adelantado Pánfilo de Narváez, a quien el demonio guarde por muchos años. Han transcurrido, de hecho, tantos años y yo he sufrido tales padecimientos que tal vez no me reconozcas cuando vuelvas a verme, porque así sucederá, del mismo modo que yo he vuelto a encontrarme aquí con mi padre, Pedro Guinea. El sol bajo el que he caminado desnudo durante todo este tiempo ha tostado mi piel, oscureciéndola hasta volverla azul, igual que la de un príncipe africano. Mi cabello, que no corto desde hace meses, nimba mi cabeza como si sobre ella llevara siempre una aureola o una nube blanca. Mi cuerpo cansado y acostumbrado a soportar el cansancio huele a perro muerto, pero también a hierba recién cortada.

Sí, ha pasado mucho tiempo desde la última vez que te escribí. Fue, si no recuerdo mal, antes de que tu hermana se convirtiera en un pájaro de colores. Desde entonces, Begiunchi y yo, y también todos los indios que van uniéndose a nosotros en este viaje, hemos andado durante cientos de jornadas, persiguiendo el vuelo y la luz de nuestra pequeña. A los primeros de esos indios los encontramos poco después de dejar atrás el país de los *avavares*, donde probé por primera vez el peyote —y ya no he dejado de hacerlo, pues los hongos sagrados purifican mi alma y ensanchan mi mente—. Eran tullidos, ciegos, locos, imbéciles, moribundos, madres con niños llorosos, a los que los dientes les asomaban por la nariz, o con las cabezas hinchadas, bamboleándose entre sus brazos... Pero también había indios con la piel demasiado clara o demasiado oscura, mujeres que habían huido de maridos o hijos que las golpeaban, ancianos desahuciados, jóvenes que habían desafiado a las tradiciones o a los dioses de su tribu, muertos de hambre, aventureros, soñadores, descreídos, o creyentes, con una fe ciega, en cualquier idea nueva, indios sin tierra y sin cielo, la gran nación india, en fin, de los desamparados, de los solitarios, de los débiles, de los desobedientes, de los extranjeros en su propio país...

Muchos de ellos llevaban días detenidos en los caminos, o a las afueras de las aldeas, o nos los topábamos de frente, regresando desde el oeste.

—¡Beiburu, Beiburu! ¡Se fueron por allí! —gritaban, señalando en aquella dirección.

Y pronto supimos que se referían a aquellos cuatro hombres, tres blancos y uno moreno, que, según contaban, nos precedían y que curaban a los enfermos y resucitaban a los muertos, y a los cuales yo no tardé en reconocer como el tesorero Álvar Núñez Cabeza de Vaca, el negro Estebanico, su amo, don Andrés Dorantes y otro más, que bien pudiera ser mi paisano don Alonso del Castillo, pues, decían, tenía los ojos torcidos como aquel, y como yo mismo.

Acompañaban a estos cuatro hombres cientos de indios, gran parte de los cuales, sin embargo, se había apartado de ellos y regresado sobre sus pasos cuando llegaron a un desierto, cerca de un lugar al que llamaban Culiacán, donde encontraron a otros hombres blancos, que, aseguraban, no eran como Beiburu y los otros tres, ni tampoco como nosotros:

—Vosotros venís de donde sale el sol; ellos de donde se pone. Ellos van vestidos y con caballos y con lanzas; vosotros desnudos y descalzos. Vosotros no tenéis codicia; ellos tienen por único fin quitarnos todo cuanto tenemos. Ellos matan a los que están sanos; vosotros sanáis a los enfermos —explicaban, y al decir esto último nos acercaban a sus hijos y a sus padres, para que les impusiéramos las manos o sopláramos en sus llagas.

Bueno, era a mí, en realidad, a quien los acercaban, pues Begiunchi se negaba, alegando que todo aquello no eran más que supersticiones ridículas; y puesto que yo, que no tenía ningún conocimiento de física o medicina, no sabía cómo podía curar a aquella pobre gente, solía rezarles algún padrenuestro o algún avemaría que, para mi sorpresa, los aliviaba de manera milagrosa, o no tanto, pues en realidad lo que sucedía era que reconocían en aquellas palabras las mismas con las que los habían tratado antes que nosotros Beiburu, es decir Cabeza de Vaca, y los suyos, a los cuales tenían por poco menos que santos o profetas.

Aunque, hablando de profetas, quien realmente serenaba a todos aquellos indios era Begiunchi, con las historias que les contaba al atardecer subida en alguna pequeña loma, como una Jesucrista india, y en las que les hablaba de una tierra prometida en la que todos ellos serían iguales y libres, y siempre habría tunas y peyote para todos, y todos aprenderían a dibujar y reconocer las palabras que salían de sus bocas.

—El pájaro de colores nos llevará hasta ese lugar —añadía luego, señalando en lo alto a nuestra hija Chorichiquia.

Y así avanzábamos, lentamente, hacia La Luz.

Cada vez éramos más. La noticia de nuestro éxodo recorría, como una brisa templada, los valles y las montañas, los desiertos y las costas, y desde ellos llegaban a diario decenas de personas, o salían a recibirnos en las aldeas por las que pasábamos otras tantas. A menudo, resultaba complicado avanzar, mover a tal cantidad de cojos y baldados, así que debíamos detenernos a descansar durante varios días a la orilla de algún río, o en un lugar en que hubiera abundancia de tunas, raíces u ostiones. Y entonces, se unían a nosotros más personas, que venían caminando a nuestro encuentro desde muy lejos. En una de aquellas paradas, nos alcanzaron incluso, para gran regocijo de Begiunchi, las mujeres de Birulé y las de Ilún, que habían abandonado a los gandules de sus maridos («¡Pues nos follaremos a los venados!», las despidieron ellos, pueriles y orgullosos, aunque en el fondo sabían que eso los condenaba a su extinción como tribu, además de a la gonorrea). En otra ocasión, cuando la comida escaseó, llovió providencialmente del cielo un diluvio de ranas y langostas. Y también hubo que detenerse a veces porque había mujeres que se ponían de parto, todas a la vez, y daban a luz nuevos seres, unos indios pequeñitos y muy guapos, que nacían ya con todos los dientes de leche, los cuales mostraban felices, riendo a carcajadas.

Y de ese modo, avanzando a trancas y barrancas, finalmente nos detuvimos en el que llamaban el desierto de los once ríos, en el meandro de uno de ellos que tenía por nombre Petlatán, un día que en la otra orilla, como si del reflejo de un espejo se tratara, nos encontramos con una turbamulta semejante a la nuestra, compuesta por cientos de hombres y mujeres guiados por la luz bienaventurada de la desesperación.

Durante unos minutos se hizo un gran silencio. Los indios del otro lado alegraron sus ojos al reconocer en las miradas de los nuestros la fe que habían perdido; y al contrario, entre los nuestros esa fe se desbarató, al reconocer en las miradas de aquellos la decepción y el abatimiento.

Me di cuenta, entonces, de que nuestros indios volvieron la vista hacia mí, esperando que fuera yo quien rompiera aquel espejo, de modo que me adelanté unos pasos. Desde el otro lado se elevó un murmullo, que poco a poco fue creciendo. Hubo después protestas y amenazas.

—¡Es Estebanico! —gritaban algunos.

Y otros:

—¡No, es el puto bizco!

Así hasta que, de repente, volvió a hacerse el silencio, cuando entre la multitud se abrió un pasillo, a través del cual apareció un hombre blanco, o rojo, mejor dicho, pues tenía la piel abrasada y despellejada por el sol. Iba vestido únicamente con un taparrabos y su pelo y sus barbas caían en una cascada de ceniza sobre su cuerpo escuchimizado, en el que se le marcaban los costillares como latigazos. Caminaba encorvado. Parecía muy cansado y muy débil, a pesar de lo cual entró al río y avanzó por el agua, trastabillándose, hasta que esta le llegó a la altura de su nariz ganchuda. Luego intentó nadar, torpemente, y cuando se dio cuenta de que era incapaz de flotar, quiso volver sobre sus pasos, pero ya era demasiado tarde, y terminó hundiéndose en el fondo, entre braceos desesperados y ridículos.

Sobre mi cabeza, vi a la pequeña Chorichiquia, planeando sobre las ondas en el río que el hombre había dejado al ahogarse.

El silencio se prolongó todavía durante uno o dos minutos más, como si todos esperáramos una explicación a lo que había sucedido.

Y cuando ya creíamos que se había tratado de una de esas bromas crueles y absurdas del destino, emergió del agua otro hombre, igualmente barbado y con la piel desollada, que arrastró hasta nuestra orilla al primero, al hombre rojo y delgado y narigudo, y volvió a sumergirse, tras dar una voltereta en la que se vislumbró una fugaz y plateada cola de tritón.

El hombre rojo y delgado y narigudo quedó tumbado en la orilla, sacudiéndose como un pescado, escupiendo agua y tragando aire a borbotones, hasta que recuperó la respiración.

Me acerqué entonces hasta él y lo ayudé a incorporarse.

—Gracias, compadre —dijo.

Me sorprendió, después de tanto tiempo escuchando hablar en *primahitu* y las otras lenguas de los indios, aquel castellano coloquial que me hacía viajar a través del tiempo y los continentes.

—Me llamo Francisco de Irurzun. —Me tendió un mano blanda y temblorosa; al menos al principio, porque después se aferró a la mía con la fuerza de una tenaza—. Por favor, ayúdame. No sé qué es lo que estos indios quieren de mí —suplicó.

Y a continuación me contó, de manera atropellada, su historia: Francisco de Irurzun, que tal vez tuviera unos cincuenta años, o tal vez solo la mitad, se había embarcado al Nuevo Mundo al servicio de un tan acaudalado como inquieto hidalgo sevillano, que se estableció en México, donde quiso probar suerte como armador. Una de las expediciones que financió la capitaneó un tal Diego de Alcaraz, del cual el sevillano no terminaba de fiarse, pues aunque era bravo e impetuoso, también tenía fama de despiadado y mal pagador, de modo que envió junto con él a alguien de su confianza, esto es, a su secretario Francisco de Irurzun. Era este, sin embargo, un hombre de letras, aficionado a escribir novelas, pero poco acostumbrado a la conquista y la aventura, de modo que pronto se horrorizó del modo en que Alcaraz trataba a los indios. Durante el tiempo que estuvo a su lado, su crueldad solo se interrumpió cuando, por sorpresa, se encontraron en el desierto de los once ríos con Cabeza de Vaca y sus hombres, a los que seguía una multitud de más de mil indios. Al principio, Alcaraz no distinguió a Cabeza de Vaca, Dorantes, Estebanico y al bizco Alonso del Castillo pues iban, como los demás, desnudos y con los cabellos largos y peinados en trenzas, pero cuando trató de someterlos con gritos y amenazas, se dio cuenta de que eran cristianos por el modo en que juraban y se cagaban en todos los santos. Les hizo saber, entonces, una vez solucionado el malentendido y los recelos, que se encontraban a solo unas leguas de Culiacán, donde vivía el gobernador de la provincia de Nueva Galicia, y cuando ellos mostraron interés en presentarse ante él para darle noticia de su paradero y de los diez años que habían permanecido vagabundeando por aquellas tierras y por las de La Florida, rogaron a Alcaraz que en su ausencia no hiciera esclavos ni cometiera abusos entre su gente —de ese modo fue como llamaron a los cientos de indios que los acompañaban—. El capitán así lo prometió, pero apenas Cabeza de Vaca y los otros se hubieron alejado, ordenó a los indios que le trajeran maíz, pieles y oro si no querían que les cortara las orejas.

—No tenemos nada de eso. Lo único que tenemos es hambre. Pero si tuviéramos lo que nos pides no tendríamos inconveniente en compartirlo contigo, sobre todo el oro, que, total, no se puede comer —contestaron los indios.

Lo cual sacó de quicio al capitán. Esa misma tarde, cuando una niña de apenas cuatro años que jugaba cerca de él se le arrimó y, tras tirarle de las barbas, comenzó a llamarle carahuevo o tonto del haba, como solía hacer con los otros hombres blancos, Alcaraz tuvo un acceso de ira y, en lugar de simular enfadarse y perseguir en broma a la pequeña, como hacían aquellos (quienes les habían enseñado por diversión a los niños esos insultos), le soltó un bofetón que la hizo caer al suelo, donde un gusano de sangre asomó por la comisura de la boca de la pequeña. No contento con eso, se abalanzó sobre ella y a punto estaba de volver a golpearla cuando se interpuso entre ambos Francisco de Irurzun, que, aunque era de naturaleza timorata, no soportaba aquel tipo de desmanes.

—Es solo una niña, dejadla en paz —dijo.

—Aparta de ahí, chupatintas —le ordenó entonces Alcaraz, derribándolo de un empujón, y una vez en el suelo comenzó a patearle las costillas y la cabeza y los cojones, con tal saña que hubiera acabado desgraciándolo o matándolo, de no ser porque varios indios habían presenciado todo y redujeron por la fuerza al capitán.

Esa misma noche, el cruel y rencoroso Alcaraz comenzó una de sus sarracinas, deteniendo a decenas de hombres, ordenando a sus soldados violar a las mujeres y provocando, en fin, la huida de aquellos cientos de indios que acompañaban a Cabeza de Vaca.

—Yo me fui con ellos, o mejor dicho, ellos me llevaron consigo, supongo que para protegerme, o porque me consideraron distinto a los otros blancos —concluyó el hombre rojo y delgado y narigudo—. Pero ahora no sé qué esperan de mí estos indios. ¡No lo sé! —repitió, entre grandes lágrimas e hipidos.

Y yo no supe, por mi parte, cómo consolarlo. Pensé qué haría yo en su situación. Le ofrecí un botón de peyote.

—No, gracias, me sienta mal, veo pájaros de luz y hombres de color verde —lo rechazó él, y yo me pregunté cómo debía tomarme aquella respuesta: ¿se estaba burlando de mí, era un visionario o simplemente le faltaba algún hervor?

Tampoco me dio mucho tiempo a pensarlo, pues, de pronto, escuché la voz de Begiunchi, que debía de llevar ya un rato allí, a mis espaldas.

—No tengas miedo. —Trató de calmarlo—. Has hecho bien. Ahora debes volver junto a ellos y decirles que aquí estamos seguros y que dentro de poco recibiremos alguna señal.

—Vaya, eso, y tener que volver a cruzar el río, me tranquiliza una barbaridad —dijo Francisco de Irurzun, quien, no obstante, regresó sobre sus pasos y entró de nuevo en el agua.

Esta vez, eso sí, hizo antes una señal a los indios del otro lado y en su ayuda acudieron dos jóvenes fornidos, nadando con determinación, que lo llevaron hasta la otra orilla. Una vez allí, vimos cómo la multitud lo rodeaba y lo engullía como un gran animal con un hambre voraz. Se escuchó después un murmullo, el rugido de las tripas del monstruo, y alguna voz que se elevaba sobre las demás destemplada, como un regüeldo, pero después, los indios comenzaron a separarse, a formar grupos y a sentarse a lo largo de la ribera del río, a esperar la señal de la que les había hablado el hombre rojo y delgado y narigudo.

Los que estaban en nuestro lado hicieron lo mismo.

Y así, esperando, transcurrieron dos días.

De vez en cuando, algún indio cruzaba de una orilla a otra, dependiendo de su ánimo y de su fe, y quienes estaban en aquella a la que se dirigía le jaleaban, mientras alrededor de él se veía entrar y salir del agua, con acrobáticos saltos y una sonrisa radiante dibujada en el rostro barbado, al hombre pez, que velaba por los nadadores. Al final del segundo día, sin embargo, dejó de hacerlo, pues algunos jóvenes hambrientos comenzaron a arrojar sus lanzas a las estelas plateadas que dejaba en el agua tras sus brincos.

La turbamulta comenzó a impacientarse. Hubo peleas entre los hombres, las mujeres gritaban y los niños lloraban nerviosos. Fue entonces, al atardecer del segundo día, cuando Begiunchi se acercó a la orilla, nadó hasta el centro del río Petlatán y comenzó a hablar a las dos multitudes, que la escucharon pasmadas, entre otras cosas porque ella permanecía de pie, no se sabía si sobre una roca en mitad de la corriente, sobre el lomo del tritón o directamente sobre el agua.

Estuvo allí, hablando, hasta que se hizo de noche y entonces sus palabras se elevaron al cielo y brillaron como estrellas. Les habló de la libertad y del paraíso. Les contó la historia del dios que comió peyote y la del niño al que se lo tragó una vaca y lo devolvió a la vida un pedo como un trueno. Les hizo reír y llorar. Reír y llorar. Les pidió, también, que no tuvieran miedo de los hombres blancos, ni de los indios injustos:

—Ellos tienen la tierra, nosotros tenemos los caminos. Ellos tienen los vicios, nosotros el placer. Ellos tienen las flechas, nosotros los corazones. Ellos lo tienen todo, nosotros lo que les falta —dijo.

Habló durante horas, y cuando se le secó la garganta de esta salió una nube de polvo, que se elevó al cielo. Luego la tierra tembló y las estrellas cayeron desde lo alto al río, en cuyas orillas resplandecieron incandescentes, como ojos de conejo, durante toda la noche.

Y solo a la mañana siguiente, al amanecer, pudimos ver el primer milagro: una manada de búfalos blancos, abrevando río arriba, a apenas una legua del campamento.

Partieron entonces varios grupos de cazadores en aquella dirección y al mediodía regresaron con más de veinte animales muertos. Desollaron sus pieles, empalaron sus cuerpos y los pusieron al fuego, en diferentes hogueras, alrededor de las cuales los indios comenzaron a danzar en círculos, mientras sonaban los tambores y el olor de la carne asada, hurgando como una ganzúa en los estómagos vacíos, aumentaba el nerviosismo y las contorsiones de los danzantes.

Poco antes de que comenzara la noche, la comida estuvo lista. Hubo de nuevo empujones, gritos, peleas y lloros, pero ninguno nos quedamos sin saciar nuestro apetito. Se reanudaron entonces los bailes, a los que esta vez acompañaron risas y cánticos. El humo, poco a poco, se tornó verde, y los tambores fueron acompasándose al ceremonioso latido en la sangre del peyote, que circuló con generosidad de mano en mano y de lengua en lengua. Los indios se apartaban tambaleantes del fuego y se acercaban a orinar al río, donde caían de bruces, o ellos mismos se arrojaban para cruzar hasta la otra orilla y abrazarse con los indios que allá estaban, a los que llamaban hermanos. De vez en cuando, el hombre pez salía del agua con uno de aquellos borrachos en brazos y besaba sus labios, de los que brotaban peces verdes y algas rojas, que escupía después en la orilla…

La fiesta se prolongó hasta el amanecer, y entonces, por fin, llegó la señal que todos estábamos esperando. Cuando el sol asomó tras una pequeña colina, Chorichiquia batió sus alas y echó a volar hacia él. Su figura se recortó contra la luz púrpura y su pequeño cuerpo de pájaro volvió a convertirse en el de una niña, en el de nuestra pequeña y querida hija, que se giró sonriente y con los ojos brillantitos hacia nosotros, y se despidió agitando sus manos, tan pequeñas e inocentes como cuando las descubrió por vez primera; pero fue solo un segundo, antes de inmolarse, de fundirse con aquella luz que, de repente, se tornó de un color blanco e hiriente, y hacia la que, sin embargo, la multitud, que ya era una sola, un espejo roto, comenzó a caminar de manera inexorable, pues a todos y cada uno de ellos llamaba por su nombre aquel sol blanco.

Y, ciertamente, allí estaban, avanzando hacia La Luz, todos los desamparados que nos habían acompañado durante meses en el viaje, los débiles, los cojos y los baldados, los extranjeros de sí mismos, los desahuciados, los enfermos, los desobedientes, pero también todos los que se habían quedado atrás en el camino, los jóvenes hermosos y estúpidos muriendo en la playa, los pobres de solemnidad, los mostrencos, los desorejados, las mujeres golpeadas, las putas, las putas negras, las putas negras y viejas y locas; allí estaba también mi abuela Urraca, con el cuerpo embadurnado de pintura, insultando en la lengua del abismo, el fuego y la hostia profanada a reyes y príncipes de la Iglesia; allí estaba su hija, mi madre Alondra, dejando un reguero de esperma sobre la arena del desierto mientras caminaba con las piernas desnudas y arqueadas; allí estaban quienes brotaban de aquella simiente, como flores con las hojas afiladas como cuchillos, los hijos que nunca nacieron, los que murieron al nacer, a los que los arrebató la enfermedad, el hambre, la sequía, las tetas vacías, los pezones sin paraíso; allí estabas tú también, hijo mío, encabezando, como en el funeral de tu madre, una horda de borrachines, niños expósitos, meretrices, mendigos, estudiantes gorrones, una multitud tambaleante, un ejército de muertos de hambre y de risa; allí estaba ella también, tu madre, Antona, y tu hermano Lázaro; allí estaban legiones de pícaros y de leprosos, haciendo sonar sus carracas y temblar los pechos de los sanos, los poderosos y los libres de pecado; allí estaban los bandidos de las Bardenas, y la cabeza cortada de Sanchicorrota, con la barba pelirroja y sucia de sopa, que le daba a cucharadas una anciana a la que la guerra había arrancado el corazón de todos sus hijos; allí estaban los carromatos de cómicos de la legua, caminando hacia la luz desde el inframundo, desafiantes y joviales con sus trajes de colores y sus zapatos puntiagudos, comiendo entre risas carne y pescado; allí estaban las Hermanitas de la Divina Consolación, vestidas como putas y aliviando con sus manos blancas a los heridos por los filos de las espadas y por la herrumbre de la soledad; allí estaban los recién nacidos con los ojos blancos, abandonados en los desfiladeros y a las puertas de los conventos, y las mujeres que en las de los palacios se disputaban a golpes los pulmones de vaca, los corazones de cerdo, todas las vísceras arrojadas al suelo como a bestias; allá estaban los ancianos con cataratas que remaban a tientas hacia el final negro de sus días; allí estaba don Doroteo Teodoro, ciego y agarrado de la mano de un san Andrés desnudo, liberado de su martirio y de su santidad; allí estaban los pastores de esqueletos, los labradores de polvo, los que siempre dormían con la espalda rota y el estómago vacío, los esportilleros de aire, los capazos de todas las hostias, allí estaban todos los hijos e hijas de las naciones sin tierra ni cielo...

Sí, allí estaban todos ellos, y a todos los podía ver yo, en la reverberación de aquel sol blanco y en la de las figuras geométricas y cambiantes del hongo sagrado, en aquel fulgor que se descomponía en miles de pequeños rayos como hilos de una red, que envolvían y arrastraban a cada uno de los soldados de la luz, de los nuevos seres, aislándolos de los demás.

Y allí estaba también el hombrecillo verde.

—Ya hemos llegado, paremos. —Escuché, de repente, su voz susurrándome al oído.

Habíamos caminado, sin darnos cuenta, durante horas, adentrándonos en el desierto. La multitud se había diseminado a lo largo de él. Cada uno de ellos era un rodamundo, uno de aquellos matorrales que vapuleaba el viento a su antojo.

—Toma. —Me ofreció el hombrecillo verde otro botón de peyote.

Y nos sentamos a esperar.

—Ahí vienen —dijo, al cabo de unos minutos o unos días, señalando el cielo.

Yo clavé mis ojos en el sol blanco y solo vi puntos negros. Miré fijamente, hasta que aquellas chiribitas se volvieron de colores, y comenzaron a trazar parábolas, alrededor de una especie de nube de luz blanca, una nave voladora, que poco a poco fue acercándose y de la que por un momento me pareció que comenzaban a descender más hombrecillos verdes, hombrecillos verdes con tres testículos y ojos dentro de ellos, hombrecillos verdes que se devoraban divertidos las orejas unos a otros, hombrecillos verdes que plantaban a otros hombrecillos verdes en bancales de arena, hombrecillos verdes que hacían el amor con cactus, hombrecillos verdes que abrazaban entre grandes sollozos de alegría a mi hombrecillo verde...

Después, la luz blanca se volvió más brillante, hasta deslumbrarme por completo, y cuando volví a abrir los ojos los hombrecillos verdes habían desaparecido, sustituidos por una especie de hombres pájaro, que descendían del cielo con alguien de color azul que pataleaba entre sus garras y al que dejaron sobre la arena ardiente del desierto y que apenas lo hubo hecho comenzó a correr hacia donde yo me encontraba.

—¡*Ketekete, ketekete!* —Escuché que rimaba su voz con el sonido de las plantas de sus pies desnudos golpeando la tierra reseca.

La luz blanca me impedía distinguir su figura, como si a esta le faltaran miembros: una mano, una oreja, media nariz…

Su voz y el sonido de sus pasos se oían cada vez más cerca.

Y justo antes de que llegara hasta donde yo me encontraba, comprendí que era él, mi padre, Pedro Guinea, tu abuelo, que se fundió conmigo en un gran abrazo, al tiempo que de nuestras mejillas comenzaron a rodar lágrimas enormes, que al caer sobre la arena formaban charcos, ríos, océanos, nuevos mundos y dimensiones en el espacio y el tiempo.

—¡*Ketekete!* —gritó Pedro Guinea, al separarnos, y rodeando con su brazo mi cuello me invitó a continuar corriendo a su lado.

—¿Qué quieren decir esas palabras? —le pregunté—. Nunca lo he sabido.

—Yo tampoco lo sabía. He tardado quinientos años en saberlo —contestó él—. ¡Bah, no es nada importante! Quiere decir: ¡mueve ese culo! O algo así, tampoco estoy muy seguro. ¡Qué más da! —añadió, soltando una gran carcajada.

Y continuamos corriendo juntos por el desierto durante horas o días.

Y eso, en fin, es todo lo que ocurrió, hijo mío.

Imagino que no es fácil de creer, ni de comprender. Tal vez no haya nada que comprender; o tú solo puedas comprenderlo cuando volvamos a vernos. Sé que eso pasará, pero no sé cuándo pasará. Tal vez dentro de unos días o de unas horas. Por eso, antes de volver hacia La Luz, mi padre, tu abuelo Pedro Guinea, me pidió que me despidiera de los míos. Por eso volví a la orilla del río Petlatán y busqué a don Francisco de Irurzun y a Begiunchi. Con ella hice el amor durante quinientos años. Y a don Francisco de Irurzun le entregué esta última carta, que junto con las demás y los diarios de don Teodoro Doroteo y el mío, te hará llegar cuando regrese a Sevilla, como me ha confesado que es su intención.

Le deseo, pues, un buen viaje, libre de enfermedad, naufragios y piratas. Y espero que tú seas generoso con él y que todo cuanto he escrito llegue a tus manos sano y salvo y te sirva para saber quiénes fueron tu padre, tu abuelo y tú mismo, querido Antón.

Entretanto, que Dios te guarde por muchos años, mi príncipe.

Zaide Aguirre, en La Luz, a 6 de octubre de 1536

FIN DEL LIBRO TERCERO

EPÍLOGO

Los manuscritos, como vuestras mercedes bien saben, llegaron finalmente a mis manos, más a salvo que sanos, eso sí, pues, a pesar de los deseos de mi padre, en el viaje de vuelta del Nuevo Mundo don Francisco de Irurzun padeció varias tempestades. Muchas de las páginas eran por ello ilegibles y otras se perdieron, de tal manera que yo tuve que recomponerlas como pude, usando unas veces la imaginación y otras la lógica, aunque a veces una cosa pareciera la otra, y al revés.

Deseché también, por cierto, muchos pasajes de los que se habían salvado porque eran puro delirio y ni exprimiendo mucho la imaginación tenían lógica alguna; y bien es sabido que si la realidad puede ser a veces inverosímil, la literatura debe parecer siempre cierta.

Otros los escribí mano a mano con don Francisco de Irurzun, que me los narró de viva voz los días que vino a visitarme a esta casa hospital de nuestra Hermandad de los Negritos.

Ya conté más arriba que el día que conocí a don Francisco, más que presentarse ante mí, se me apareció, pues se asemejaba, antes que a un hombre, a un espíritu, como la mayoría de los que regresaban del Nuevo Mundo, flacos como gatos de ferretería y con la lengua amarilla, de tanto relamerse soñando con un oro que sus ojos nunca llegaban a ver. Por si eso fuera poco, de vuelta de México el hidalgo sevillano al que servía se le murió ahogado en una de las tormentas que asolaron la nave en que viajaban.

Y así, sin oficio ni beneficio, lo único que le quedaba a don Francisco de Irurzun y a lo que confiaba su fortuna eran aquellos manuscritos, junto con unas caracolas, un puñado de hongos y una especie de limón reseco con pinchos, que, según contaba, era una de esas tunas que los indios comían, todo lo cual me entregó como prueba de su encuentro con mi padre.

—No me fío de él —fue la respuesta de don Juan de Zamora, el Conde Negro, cuando le propuse que don Francisco nos ayudara en nuestro trabajo en la hermandad, que resultaba ciertamente agotador, pues en este tablero de ajedrez que dicen que es Sevilla cada vez son más los morenos de los que sus amos se deshacen, por no poder mantenerlos, y de los cuales, en consecuencia, debemos ocuparnos nosotros.

—No, no me fío. Todo eso cuanto ha escrito no son más que patrañas —insistía, no obstante, don Juan.

Y lo cierto es que yo a veces también lo pensaba, y sospechaba que las cartas de mi padre y los diarios de don Teodoro Doroteo, que a veces costaba distinguir unas de otros, en realidad los había escrito todos don Francisco de Irurzun, quien además era gran aficionado al arte de novelar.

Sin embargo, lo que era evidente, por las muchas referencias ciertas que en su relato hacía, era que don Francisco de Irurzun había conocido a Zaide, y entonces yo me acordaba de aquel hombre pez que contaba a los bandidos de Sanchicorrota cómo había sido rey por un día, en la corte navarra de Olite, y unas veces lo contaba de una manera y otras de otra, y a aquellos que le escuchaban les daba igual, porque, cada vez que lo hacía, el hombre pez se lo creía y así ellos también. Del mismo modo, yo creía a don Francisco de Irurzun, pues los manuscritos que me había entregado eran la manera en que mantenía vivo el recuerdo de mi padre y tal vez la única en que, tal y como este había escrito, podía saber quién éramos tanto él como yo como, incluso, mi abuelo Pedro Guinea.

Mi señor, por el contrario, se negaba en redondo a creer y a dar cobijo y trabajo a don Francisco de Irurzun.

—No, no y no. Todo eso que ha escrito es solo una gran tomadura de pelo —decía.

Y a mí, entonces, me llevaban los demonios, y en más de una ocasión tuve ganas de estrangularlo, de lo cual siempre me he arrepentido, pues como vuestras mercedes saben, días después el Conde Negro murió atragantado por el hueso de un melocotón, y me pregunto si con aquellos pensamientos no fui yo pájaro de mal agüero y si no anticipé su muerte y mi condena, pues es precisamente de eso, de estrangular a don Juan de Zamora, de lo que me acusan.

De estos, mis malos pensamientos, como de los muertos que desenterré en Valladolid, también me arrepiento y lo confieso aquí, en estos tres libros que dejo a vuestras mercedes como defensa de mi honra y ante la justicia como prueba. En lo que respecta a esta última, lo hago sin mucha esperanza, pues como a lo largo de estas páginas se ha visto, la partida de ajedrez está amañada y los mostrencos siempre acabamos fuera del tablero, con un pie dentro de la cárcel y otro dentro del ataúd.

Y, por último, si me he tomado el trabajo de escribir estos tres libros ha sido, antes que para escapar de la prisión o la muerte, que a menudo son la misma cosa, para que aquellos que los lean cuando ya ni vuestras mercedes ni aquellos que me juzguen estén sobre la faz de la tierra, sepan que nosotros, los que tuvimos que pasar por esta como si no tuviéramos derecho a existir, también estuvimos aquí, también tuvimos e imaginamos una o incluso varias vidas. Que nadie lo olvide.

FIN

Patxi Irurzun
Sarriguren, 8 de enero de 2017-16 de noviembre de 2018

NOTA DEL AUTOR

A lo largo de *Diez mil heridas* aparecen pequeños homenajes, guiños y citas referidos a obras literarias, a canciones o grupos musicales y a películas.

En cuanto a la literatura, las más evidentes son el *Lazarillo de Tormes*, en el segundo libro, titulado *Mostrenco*, en el que se recrea la vida del hermanastro del famoso pícaro salmantino, y en el tercero, *Bizco*, en el que el protagonista es el padrastro negro de Lázaro de Tormes, Zaide; *Naufragios* de Álvar Núñez Cabeza de Vaca inspira también esta tercera parte de la novela, en la que el propio Cabeza de Vaca aparece como uno de los personajes. El griego Teodoro Doroteo, o Doroteo Teodoro, también está inspirado en un personaje real citado en *Naufragios*.

En los capítulos 4 y 24 del primer libro se adaptan al texto unos conocidos versos del poema *Tango del viudo* de Pablo Neruda, aquellos que dicen: Y por oírte orinar, en la oscuridad, en el fondo de la casa/como vertiendo una miel delgada, trémula, argentina, obstinada.

El inicio del capítulo 5 del primer libro es un evidente y nada original homenaje al cuento del dinosaurio de Augusto Monterroso, del mismo modo que la primera línea del capítulo 17 lo es al de *Crónica de una muerte anunciada* de Gabriel García Márquez.

En el capítulo 8 del primer libro, cuando el Príncipe de Viana sueña con hacer de Navarra el asombro del mundo, se alude a la conocida frase de Shakespeare: «Navarra será el asombro del mundo», pronunciada por uno de los personajes de su obra *Trabajos de amor perdidos*; mientras que el *valet de retrayt* que se burla del príncipe cuando este le pregunta «¿Qué es la vida?», y él responde «Solo un sueño, una ficción», parafrasea el monólogo de Segismundo en *La vida es sueño* de Calderón de la Barca.

El hacedor de instrumentos del capítulo 12 del primer libro, Mustafá Chukri, es un pequeño homenaje al escritor bereber Mohammed Chukri.

El personaje Podimonio del capítulo 8 del segundo libro es un remedo de Monipodio, el célebre hampón de *Rinconete y Cortadillo*, la novela ejemplar de Miguel de Cervantes. En ese mismo capítulo se habla de «Izas, rabizas y colipoterras», que es el título de un libro de Camilo José Cela, que a su vez lo tomó del verso de un soneto procedente del *Cancionero general de Amberes*, obra del siglo XVI.

La frase «Iba el arroyo de sangre como si hubieran muerto muchas vacas», en el capítulo 3 del tercer libro, está extraída de la *Historia de las Indias* de Fray Bartolomé de las Casas; mientras que la jocosa historia de la impotencia del duque de Medina Sidonia la recoge Juan Francisco Maura en el Archivo Ducal de Medina Sidonia de un documento referido a la nulidad del matrimonio del duque y doña Ana de Aragón.

Los episodios de la pantera en el capítulo 2 del primer libro y del tesoro hallado en un tejado por Antón Aguirre en el capítulo 3 del segundo están inspirados por dos de las *Mil noticias insólitas del país de los vascos* de Iñaki Egaña.

Respecto al cine, sobre el capítulo 4 del primer libro sobrevuela obviamente la escena de Pijus Magníficus de *La vida de Brian*.

Y las alusiones a los hombrecillos verdes plantados en un bancal en el segundo y tercer libro remiten de manera impepinable a *Amanece, que no es poco.*

En cuanto a la música, el personaje del zagal Erramun homenajea al cantante y pastor vasco Erramun Martikorena.

La frase: «Un rey no es rey por voluntad divina, sino porque sus antepasados se lo montaron divinamente», del capítulo 13 del primer libro, es una estrofa de la canción *Real como la vida misma* de La Polla Records.

Al inicio del capítulo 14 del primer libro hay una referencia, en la expresión «animal de galaxia», a la *Canción del elegido* de Silvio Rodríguez.

En el capítulo 17, la frase «Un siervo de los del rey» es un pequeño guiño a la canción de Tijuana in Blue *Rebelión medieval.*

El primer párrafo del capítulo 19 cita dos versos que aparecen en canciones de Extremoduro: «Fundir la nieve al paso de mis pies», de *Necesito drogas y amor*, y «páramos de asceta» en *Buscando la luna*, que a su vez está tomado de un verso de Antonio Machado en *Por tierras de España.*

«Pletórico yo de la vida, entusiasta y zarramplín», que aparece en el capítulo 2 del segundo libro, está tomado de la canción *Malditos vecinos* de Kojón Prieto y los Huajolotes.

Las traducciones que hace del *primahitu* al castellano Zaide en una de sus anotaciones del capítulo 9 del tercer libro —*Icacha-Carbón, Mujer-Andría, Hombre-Gizon*— están tomadas muy libremente de la canción popular vasca *Sagarra-manzana.*

Al inicio del capítulo 14 se cita la canción *Cansado y derrotado* del grupo Unidad Alavesa, donde se dice «ahora que ya no puedo dar un paso más en otra dirección que no vaya hacia la muerte».

El nombre de los indios *trabubus* está inspirado en la canción de Los Delinqüentes *Trabubulandia.*

En el capítulo final del último libro, cuando Begiunchi hace reír y llorar, reír y llorar, a quienes la escuchan y Chorichiquia se despide de sus padres con los ojos brillantitos, hay un pequeño homenaje a Kiko Veneno.

Los versos de ese mismo capítulo «Ellos tienen la tierra, nosotros tenemos los caminos. Ellos tienen los vicios, nosotros el placer. Ellos tienen las flechas, nosotros los corazones. Ellos lo tienen todo, nosotros lo que les falta», utilizados por Begiunchi, en uno de sus discursos, están tomados y ligeramente cambiados de una canción del grupo Venganza.

Y toda la obra, la idea de los tres libros diferentes, que de algún modo la autodestruyen, o la convierten en algo distinto a lo que comenzó siendo, debe mucho a Íñigo Cabezafuego y su canción *Busco título*.

Dedico esta novela a Anabel y a nuestros hijos Hugo y Malen.